朱宏梅 | 著

上海旧影

中国书籍出版社
China Book Press

图书在版编目（CIP）数据

上海旧影 / 朱宏梅著 .—北京：中国书籍出版社，2014.3
ISBN 978-7-5068-3910-5

Ⅰ.①上… Ⅱ.①朱… Ⅲ.①长篇小说—中国—当代 Ⅳ.① I247.5

中国版本图书馆 CIP 数据核字（2013）第 305364 号

上海旧影

朱宏梅　著

图书策划　武　斌　崔付建
责任编辑　杨铠瑞
责任印制　孙马飞　马　芝
出版发行　中国书籍出版社
地　　址　北京市丰台区三路居路 97 号（邮编：100073）
电　　话　（010）52257143（总编室）（010）52257140（发行部）
电子邮箱　chinabp@vip.sina.com
经　　销　全国新华书店
印　　刷　三河市华东印刷有限公司
开　　本　710 毫米 × 960 毫米　1/16
字　　数　181 千字
印　　张　18.75
版　　次　2015 年 1 月第 1 版　　2023 年 1 月第 3 次印刷
书　　号　ISBN 978-7-5068-3910-5
定　　价　56.00 元

记忆和遗忘

某年某天，我在日记里说，趁自己还写得动，我想写家族史了，总觉得自己负有责任。“搜刮”时，才知道，母亲记不住东西了，想到生命在遗忘中一点点消逝，我的头皮就开始发麻。

我担心母亲的回忆会影响睡眠，她淡淡说，都是过去的事了。可我纠结。它就像我身体里的血，有着恒定的温度，永远奔腾。

忘了谁说的，一是母亲，一是自然，一是童年的生活，是成就一个作家最重要的三个方面。那么，这部小说是唱给母亲的歌谣。

这个故事是真实的，也是虚构的。普鲁斯特认为，回忆中的生活比当时当地的现实生活更为现实。我能做的，就是忠实母亲的记忆，忠实自己的心灵体验。

花盈衣的原型是我母亲。这个美丽而伤感的名字来自李白诗句“落花盈衣”——裁缝家的女孩子，怎么能没有华衣呢？哪怕落花满肩。

小说介入历史，是一种极具挑战意味、具有特别难度的写作。

案头工作从2007年就开始了，那个时期的衣着、货币、战事、风俗、建筑，摊贩走卒，商品广告、街市布局，工业怎么样，农业怎么样，米多少钱一斤，涨过几次，租界有多大，扩过几次，谁负责巡逻，哪里是分界……好几万字的资料，一点一点消化。

动笔是 2008 年的 11 月，其间数度停笔。因为，我怕写出来或者写得不好对亲人造成伤害，这是我万万不能原谅自己的，可不写，我又放不下——他们毕竟在这个世界上走过，希望他们在我的小说里永生。

一位诗人写道："每当我写到母亲，我的笔总是跪着行走"。天知道，我是怀着怎样虔诚的心来书写这个故事啊！

这个长篇，没有宏大叙事，没有所谓的深刻，三百页，只有"生存"这个词。有什么能丰富过它、深刻过它呢？

长篇写作，我称之逼出元气。脱稿的瞬间，仿佛卸去囚衣丢弃辎重，无比轻松——也许，我们的心灵承载了太多的心愿，而心愿，多半是沉重的。

让我痛心的是，及至这个长篇出版，罹患阿尔茨海默病的母亲已经不认识我了。但无论如何，我要在她床前读一读的。

是为序。

作　者

2013.12.4

故事梗概

民国廿三年夏，江湾镇上，四季衣庄的老板娘花太太叉麻将回来，发现奶妈躺在自己丈夫床上，赌气带孩子回娘家。花阿六怕老屋给唯一的儿子花荣生带来晦气，无奈辞退奶妈。小女儿因此夭折。争吵中，牵扯出大女儿花盈衣的生理缺陷。作为补偿，阿六让盈衣读书。她和同学顾国桢成为好朋友。

花凌海是黄河皮箱厂老板毛毓海入赘女婿，一日，差人送来请柬，邀堂兄阿六全家赴宴。原来，岳父病入膏肓，名为祝寿实为冲喜。花凌海毛彩娣夫妇看上阿六次女花盈庭，欲结儿女亲家。阿六大惑。毛氏透露，儿子花之蝶不是亲生。

淞沪抗战爆发，阿六投奔师兄平桂生。战火烧到浦东，阿六决定避难租界，师兄执意不走。花阿六立誓，如果活下来，其女平燕燕就是儿媳。

上海爆发霍乱，花太太和盈庭染病身故。以避免疫情扩散为由，“荣记大世界”疏散难民，阿六们被装上卡车，弃于战区。日寇火烧闸北，阿六逃过一劫。岂料，摸黑找到的房子竟在日军司令部附近。荣生得罪日本女人，为避祸，阿六全家连夜逃往英租界。途中，盈衣外婆身体不支倒下。

阿六暂居堂弟家。其子花之蝶与花盈衣笃交。阿六怕节外生枝，搬出去重开裁缝铺。

阿六登报寻找因战事散失的伙计老周，却招来了朋友，红帮裁缝王子琦的雇员水根和土根。原来，王子琦卖了店面，做起投机生意。

阿六在电车上遇平燕燕，始知师兄父子已不在人世。

王子琦找到阿六家，见燕燕，惊为天人，认做干女儿。王千方百计讨好燕燕，终难赢得笑脸。阿六怕夜长梦多，决定给儿子圆房。是夜，燕燕出走。

盈衣寻找燕燕，遇见流落在外的花凌海家丫头阿英，惊闻堂兄身世。心乱之际，直言花之蝶。之蝶诘问生母，花凌海姨太太苏兰兰。兰跪求盈衣，盈衣忍痛骗过花之蝶。

顾国桢鼓励盈衣追求幸福。盈衣遂找之蝶剖白，不遇，打发顾国桢转告，亦不见回复，盈衣忍不住跑去，发现之蝶房里的传单系顾国桢笔迹，怀疑他们有私情，愤然嫁给水根。

新婚之夜，盈衣遭强奸。水根贩卖壮丁，盈衣伺机跑回上海，得知学运领袖顾国桢已遭暗杀，方知冤枉了他们，但觉得自己回不去了。

王子琦横死街头，平燕燕沦为交际花。盈衣苦劝燕燕回家。燕不允，决意以消灭自己的方式消灭痛苦。临终说出逃婚原因。

随着战争平息，花凌海决定让赴港的儿子回来，重振家业。为避之蝶，已经再嫁的盈衣带着刚满月的儿子随夫迁往苏州。

目录

Contents

第一章

1

阳光似能融铁，把柏油马路晒得又软又烫，像刚刚出笼的糯米团子。电车司机很敬业，管它有人没人，当当当，开过来，开过去。气温仿佛是今次头条新闻，张三李四，碰面就说，吃不消，吃不消了，人要馊掉了。弄堂里，不时传来大人的斥骂，小赤佬，快点死转来！要生热疮了。

花家的日子还是温吞水。太太照例在隔壁搓麻将，九岁的大女儿花盈衣，不晓得带着弟妹躲在了哪里，周师傅呢，伏在铺着桂圆色毛毯的长台板上，一把木尺，比来比去，在衣料上划线。没有一丝风，靠墙横着的竹竿上，搭着些棉线和丝线，纹丝不动。一个三十多岁的男人坐在店门口，方脸大耳，眉毛前端平缓，末梢突然吊起，像是画了一笔。一双眼睛，目光炯炯，不容逼视。这是店主花阿六。他不时伸出头去——街上白花花的，一个人也没有。阿六嘱咐自己，不要急，哪怕天火烧，也还是有生意的。江湾镇上，几千户人家呢。

客户没等来，来了王子琦。王子琦也是裁缝，他们是在南京路上一爿布店里认识的。两人同时看中一块布料。可这个花色只有一匹了。王子琦说，你拿吧。我去别的店看看。阿六不好意思，两人推来推去。最后，王子琦把布匹掮到了阿六家里。阿六能干，王子琦也能干，可结果却是大相径庭，好比同样的种子，一把撒在了盐碱地，一把撒在肥田里。

20世纪的上海，已经是远东第一国际大都市，中装和西装同时流行。做中式服装的本帮裁缝和做西服的红帮裁缝，一双筷子，一副刀叉，一起伸向市场这块蛋糕。虽然西风东渐，究竟东风浩荡。本帮的优势是显而易见的。尤其女装，几乎所有年龄段，各个层次的女人都穿旗袍。棉的、皮的、绸的，春夏秋冬，一年四季。旗袍的工艺相当繁复，量体36处，镶、滚、嵌、荡、盘、绣、贴，纽扣花样更是达数百种。阿六从小跟了开裁缝店的爷叔，本帮自然是他的不二选择。不知出于什么考虑，王子琦却想，上海人是赶时髦的，不如另投师门改做红帮。以他的资历，不可能为上流社会所接受，因此专门盯牢爱时髦又没什么大钱的年轻男人和女人。他没有像阿六一样摆开架势，租门面，请工人，而是学宁波人，缩在自己家中，一块门板搁在两条高脚长凳上，门板上铺一块灰布，放几样颜色不同的线团，一个熨斗，一把尺子，一把剪刀，几枚针，一个人日做夜做。衣服做好，用一块比八仙桌面大点的白布一包，送到客户家里，又用这块白布把客户的面料包回来。人称“包袱王”。有一年，孙中山身着黑哔叽中山装在南京路上兜了一圈，时髦的上海轰动了。身怀“两帮”本事的王子琦轧准苗头，赚了一票，盘下市中心两开间门面。市中心的门面啊！那是寸金地，也是活该他发财。1927年，南京西路小裁缝金鸿翔做西式裁剪、中装式样的改良旗袍，曰：时装。上海人两个特质，一是精明，二是时髦。如果没有精明商人，上海毁了一半；如果没有摩登女子，上海也毁了一半。时装，恰恰满足了这样的要求。王子琦紧追慢赶，从领子的式样、开衩的高低、袖子和下摆的长短到面料选择，甚至学人家，店铺放一些成衣，面料和图样，凭人挑选。价格又比鸿翔低，因此生意极好。

王子琦一身印花白绸短衫裤，用折扇遮住了头顶，“腾腾腾”走过来。阿六微笑道，天热来兮，嘎好胃口跑出来啊？小阿弟，眼热啦？王子琦轧出苗头，收拢折扇，在阿六头上敲了一记。阿六摸摸头，笑道，我是没办法，恨不得雁过拔毛。屋里七张嘴巴呢。

王子琦掏出手帕，细细擦干脸上的汗珠，才说，啥辰光有七个了？有姨太太了？

添了个女儿，阿六往右首一个房间努努嘴。

王子琦笑着说，老兄本事啊，哪像我，三个老婆，一个都没肚皮。走，吃茶去！这种短命天，有啥生意。

人家特为来叫他，阿六不好意思不去。

走到门口，王子琦见两扇木门上有副对联：激情剪锦裁绸，巧艺飞针走线。拍了拍阿六的肩膀说，灵格，女儿名字起得好，对联写得也好。阿六说，喏，隔壁，借光。王子琦点头，自然，自然。

“四季衣庄”离私立复旦大学不远，镇上还有几所大学。想起女大学生，王子琦嘻嘻一笑，哪天我搬过来。阿六说，帮帮忙，勿来搅我的生意。

量尺寸时，花阿六规规矩矩。他的朋友王子琦就不一样了。这人奇出怪样，揩油还有说辞，他说其实我不是爱摸女人屁股，我是看风景。阿六问，什么风景？王子琦哈哈一笑说，表情啊，她们羞涩的样子，不是好风景么？有的女人，还没量呢，面孔先红，真真有趣！阿六笑骂道，不怕她们闹起来断了你的生意？王子琦说，哪能谁的屁股都摸呢？要看山色的。说完，瞥了一眼阿六，意思是，这种门槛是教不会的。阿六却想，你是你，我是我。

盈衣娘今朝手气不好，几圈下来，面色像隔夜菜，青里泛黄。亭子间阿姨是庄家，一个冲动，抓起自己面前几张钞票，往盈衣娘手心里一塞，笑嘻嘻说，给小人买冰吃。这算啥？我输不起？盈衣娘面孔一红，又硬塞回去，说，勿客气，我们又不是亲眷。亭子间阿姨的笑变成了抽筋，她说，明朝再来啊。盈衣娘说，晓得。

店门敞着，周师傅低了头在缝定线。所谓定线，就是在正式缝衣服前，用针粗粗连着，这样，缝的时候就不会走样，等衣服做好，再行拆去。阿六呢？盈衣娘问。搭王子琦一道出去了。周师傅把缝衣针往头上篦了篦说。奶妈呢？周师傅没说话，脸朝右面偏了偏。盈衣娘狐疑地盯了周师傅一眼。房间里飘着奶花香，大床上，奶妈摊手摊脚呼呼大睡，却是不见小毛头。盈衣娘往前一步，才看见里床的女儿，小家伙两只小拳头举在耳朵边，睡得很熟。

这么热的天，亏她困得着。要死快哉，看看这副困相，以为是你闺房啊？盈衣娘先是好笑，后来觉得不对，一声尖叫，扑过去揪住女人的头发，拖下床来，然后，狠狠踢她，一脚，一脚地踢，然后叫她滚出去，滚出去！……当然，只是想象。真这么做，保管半条街上的人都轰过来。上海人是最爱看热闹的，哪怕马路上蚂蚁打架也要站住了看。

宝货！勿要面孔。盈衣娘暗骂了一句，退出来。周师傅仍旧在飞针走线，仿佛一架机器。

盈衣娘气鼓鼓坐在客厅里，眼睛看着某个地方却什么也没看见。发了一会儿呆，忽然想起三个小鬼，哪里去了？中暑可不得了。

一个废弃的仓库里，五岁的花荣生绕着一只废弃的柴油桶转圈，两岁的花盈庭在泥地上打滚，而他们的姐姐花盈衣，捡了几张破纸，一门心思在“做衣服”。

盈衣娘大叫一声，盈衣！谁叫你们出来的？盈衣吓得一哆嗦，连忙从地上爬起来。盈衣娘食指戳了下大女儿的脑门，气呼呼地说，明天不准出去！

该死的宝货，也不晓得管管，盈衣娘恨道。

三个小人，面孔上又是汗又是泥，盈衣娘喝道，还不去洗洗？盈衣赶紧一手一个，拉了弟妹去了后面厨房。

盈衣娘心神不定地在店铺里走来走去，终于推开阿六的房门，把奶妈摇醒，喂喂，起来起来！奶妈一个翻身坐了起来，惊惶地问，出啥事体了？出啥事体了？盈衣娘冷冷地说，出啥事体？自己看看。奶妈低头看了一下，不就敞着怀么？大惊小怪的。她乜了盈衣娘一眼，打了个哈欠。看看，看看，头发就像地上扫起来的，乱则乱，倒是有了风情，面皮又白又嫩，这会刚睡醒，泛出桃红来，两只乳房，那么大，那么鼓，那么白，甚至能看见蓝色的，细细的血管，它们骄傲地挺着，仿佛在嘲笑她的干瘪。

盈衣娘突然发作：勿要面孔！奶妈眼睛斜在别处，慢吞吞扣起大襟上的长脚纽，回敬一句，怎么勿要面孔了？偷你男人了？反了，反了！她怎么说得出口？哪点还有下人的样子？盈衣娘气得瑟瑟抖，一句话也说不出。

奶妈是亭子间阿姨介绍来的。盈衣娘没奶，原想到《申报》上登广告，亭子间阿姨说，勿灵的，陌里陌生，我有个远房侄媳妇，小人六个月了，想出来做。人邪气漂亮，活络，一点不输城里人的。盈衣娘说，要漂亮做啥？亭子间阿姨看出她的心思，笑道，不过是几个“号头”（月份）的事体，到辰光就走咪，勿影响啥。老话讲，吃啥人的奶像啥人，伊漂亮，侬小囡也漂亮啊。

勿要面孔！盈衣娘又嘀咕一句，拔脚就走。她不想听她回话，她实在不知道她还会说出什么话来。

不知什么鸟在哪里叫着，一声，又一声，叫得人心烦意乱。这种天，人都要热死了，鸟怎么还活着？阿六怎么还不回来？盈衣娘汗水不停地冒出来，蓝色的阴丹士林布旗袍湿透了，深一块，浅一块地粘在了身上。

那台老爷电风扇正对着周师傅的后背，嘎吱嘎吱转来转去，才觉得一点凉又转过去了。

2

盈衣娘看起来比阿六高些，瓜子脸，眉眼如画，紫棠色皮肤，太阳穴上有颗黑痣，有玉米粒大。她是民国十三年，也就是阿六开裁缝店的第二年，嫁给花阿六的。娘家姓张。父亲是做铜匠的，自己有店面，这要比挑了一副担子走街串巷的好，三儿一女，全靠着这铺子吃饭，虽然是“下等人”，倒也衣食无忧。不知怎么，痨病鬼缠上了这家人。七八年里，先是父亲，然后是三个儿子，一个接一个，全都丧了命。只留下女眷。

盈衣娘对男人的脾气是有数的。这人就是这样，对外阿弥陀佛，笑嘻嘻的，转过身就面孔铁板。笑容好像钞票，要节省着用的。不过，她今朝有点“心怀鬼胎”。她试探着说，阿六，我看这个奶妈有点自说自话的，不管啥等样人家，规矩总是要讲一点的……，她想告诉丈夫“偷男人”的话，嘴巴张了张，还是没说出来。说不出口啊！阿六皱了皱眉头，没说话。心里想，人是你找来的，说不好的也是你。

盈衣娘见丈夫不响，心里倒有点吃不准。也是，辞掉她，吃奶怎么办？找个奶妈也是不容易的。好人家是不肯出来做的，棚户区那些人太龌龊了。这个人是亭子间阿姨介绍来的，辞了，她会不会动气？唉，眼开眼闭算了。可是盈衣娘一闭眼，影像却更清楚了。不行！想烧香赶出和尚？盈衣娘口气变硬了，她说，阿六，我要她走！阿六说，烦点啥，太平日子勿想过啊。你喜欢她？盈衣娘白了丈夫一眼。阿六是个“板板六十四”的人，规矩极大，哪怕吃个饭，位子怎么坐，筷子怎么拿，夹菜怎么夹，都有讲究，如果不是喜欢，怎么能随随便便让一个女人睡在自己床上呢？他那张面孔，向来像刷了一层干糨糊，但他看她的时候，那糨糊像是着了水，肌纹都活络开了。如果不是喜欢，能那样吗？听了太太的话，花阿六一呆，怎么说呢？他的确喜欢她。他娶周玲玲，本是爷叔牵线搭桥。他说长女好，吃苦，将来能帮衬你的。可是死去的爷叔没想到，周玲玲即是头生女儿也是独生女儿，未免娇贵些，一般人家的女孩子善于做的那些事情，她基本上都不会，尖手尖脚的，叫人看了着急，养出小人不会带，又没奶，四个小人，四个奶妈。前面三个笨拙些，倒也相安。这个女人不同，聪明，漂亮，会做人。即使做错了事，总是笑在前面，婉转地说，是我弄错了。这么一来，谁还有脾气？今朝不知怎么惹毛了太太。花阿六说，叫她出来。我问问。盈衣娘毛蓬蓬的头一甩，说，我不叫，要叫你叫。奶妈，出来一趟。阿六喊道。周师傅看看山色不对，放下手里的生活（活计），悄悄溜走了。

奶妈出来了，头发绾在枕后，一丝不苟，衣服扣子，一直扣到了脖子上，怀里抱着仍在睡觉的孩子，轻柔地说，来了。庄重，慈爱，像是从耀眼的光芒里走出来的圣母。盈衣娘直愣愣地看着她，莫不是自己热昏了头？阿六不满地斜了太太一眼。

你在我房里做啥？阿六问道。

你房里风凉啊，喏，今天东南风，只有一点点。我热点倒不要紧，她才几个月，吃不消的。电扇又只有一个，她还小，不能吹啊。

盈衣娘说，你就不能扇扇子啊。

奶妈笑笑，你倒是试试看，手都酸死了。

盈衣娘被噎住了，气急地说，你敞开胸算什么？不知道这里有两个男人啊，怎么不懂难为情呢？奶妈说，天热呀，你也是可以敞胸的。放屁！放屁！盈衣娘拍着桌子喊道。阿六喝道，都住口！像什么样子。奶妈，回你屋里去。玲玲，你来。奶妈撇撇嘴，扭着腰肢走了。盈衣娘跟在阿六后面，进了沿街的那间房，阿六的卧室兼工作间。阿六说，我弄勿懂你，不就是在我床上躺一下吗？我又没躺上去。太太说，可问题是，她哪来的胆子？人家说了，雇主有了非分之想，佣人才敢放肆的。阿六说，瞎讲！我用得着偷偷摸摸吗？你看看我爷叔，王子琦，哪个没姨太太？你除了烧点饭就是叉麻将，小人都不管，还没说你呢！他顿了顿，我真讨了她又怎么样？

盈衣娘哭了，你……，姨太太？你讨得起？

阿六恼了，我讨一个你看看！

盈衣娘捂着脸冲出房间，忽然听见奶妈房里传来类似咳嗽的哭声，咳咳，咳咳……，盈衣娘止住脚步，心中诧异。

争吵不过是旺油锅里的一滴水，爆响一阵，归于平静。奶妈照旧喂她的奶，眼神更飘，腰身更活。尤其受不了的是，这个女人看她时的笑，似有似无，暗藏讥讽。周玲玲想，这人决不能留。怎么办呢？要是亭子间阿姨撬一撬就好办了。自家人说不好，看你花阿六怎么留！叉麻将的时候，盈衣娘故意让亭子间阿姨赢了几把，趁她高兴的时候说，你是不是很喜欢你这个远房侄媳妇啊。亭子间阿姨露出不满的神情，哪里，这小鬼不懂人情。

哦，没孝敬她呢！盈衣娘装作不懂的样子说，不会吧，她不要太活络哦。

活络？亭子间阿姨双手在八仙桌上画圆圈，麻将牌哗啦哗啦响，仿佛掌声。知人知面不知心！她在野男人面前才活络呢。别看她乡下人一个，天生狐狸精！盈衣娘不满地说，那你还介绍过来，不是存心害我吧？咳，瞎讲，我怎么晓得她是这种人啊。亭子间阿姨横了盈衣娘一眼。李太太说，你现在怎么晓得了呢？怎么晓得？我侄子说的么。最怕老实头人发火，喂奶就喂奶，跟人家七搭八搭的……啊？她做过几家人家啊？

你是第二家……勿要管她做几家！现在的问题是，阿六的魂，只剩一半了。我怎么办？盈衣娘抢过话头。亭子间阿姨眼睛滴溜溜一转，这样子……，她凑到盈衣娘耳朵上叽里咕噜。李太太一笑，只顾闷头洗牌。

热浪像春卷皮子，把人包裹得紧紧的。外邪内热，盈衣娘嘴巴上长了个黄豆大的热疮，奇怪的是痱子没一粒。非但是她，孩子们也是如此。倒是身上小腿上，还有未褪尽的疤痕，那是挠破的蚊子块。这几天实在太热，连蚊子也绝了踪迹。

直到薄暮升起，人们才长舒一口气，端出凳子，闲谈的闲谈，静坐的静坐。夏夜纳凉，本是赏心乐事，可盈衣娘却是不安逸，板着个脸进进出出。阿六想，女人家发个小脾气，过几天就好了。眼下最要紧的是找人手——镇长家不知为什么，大热的天急着办婚礼。有人说没过门的女儿有喜了，有人说亲家老太太不行了，要冲喜。这些跟阿六没关系，最好红白喜事一道来，那才叫好生意呢。可是，人手呢？

这一行季节性很强，春节前的几个月是最忙的，而夏季的活要比冬季少很多，用裁缝的话说是“晒案板”。工人大多是农村人，这时候往往回家种地，到秋收之后再回到铺内干活。

阿六想来想去，还是问王子琦借吧，几天而已。

3

阿六一来，王子琦就吩咐两个小伙计，花先生是我好朋友，你们过去帮忙几天，工资我来结。阿六慌忙说，不要不要。王子琦的小圆眼一弹，侬看不起我？

阿六粗粗看了一眼，两个人年纪不会超过16岁，被称作土根的人面无表情，水根倒是一脸谦恭地笑着，也不知是不是亲兄弟，看着不大像。阿六带了人就要走，王子琦说，白相相再回去吧，也不在乎这半日。

王子琦半是炫耀半真情，挑最时髦的地方招待阿六，游泳池、跑冰场、饮冰室，就差百乐门和华懋饭店了。阿六云里雾里地跟着转，倒不是热昏而是“冷”昏——那些都是清凉世界。尽管是王子琦掏腰包，阿六还是有点肉痛，有点惶恐，他说，钞票怎么能这么用呢？又不是偷来的。王子琦说，钞票就是这么用的，否则赚它作啥？阿六又是点头又是摇头，开眼界，开眼界！

开了眼界的阿六不免胡思乱想，假如我有钱……我就不做裁缝！至于做什么，是否像王子琦那样，阿六没想好。留着，慢慢想吧，就像馋什么好吃的，到了手，舍不得一下子吃完一样。

黄昏时候，他们又在新闸路露天舞台盘桓了半个时辰。所谓露天舞台，就是江湖客用粉笔在空地上画个圈，用粉笔在圈子里写上露天舞台四个字，然后在“舞台上”演出。开场锣鼓好像招魂幡，市民不由自主聚拢来，把演员团团围住。这种热闹阿六平时是看不到的，可是，他实在无心玩下去了。

阿六满腹心事去，满腹心事回来。去时担心王子琦变卦，回来又担心下半辈子的命运。阿六不过担心了几分钟，马上领着新来的帮手去了镇长家。

他们走了，屋子里静了。

盈衣娘和三个孩子像一串大闸蟹，一只脚跟着一只脚，刚跨出门槛，奶妈抱着小毛头回来了，她惊异地看着他们，忘了她不跟她说话这事，问道，你们到哪里去？盈衣娘也不搭话，催着盈衣，快点，快点。

亭子间阿姨给她出主意，阿六不是不许她带孩子回娘家吗？你就全带去，看他阿吃得消。盈衣娘说，要是，他吃得消怎么办？我们都要饿死的。亭子间阿姨笑，自己的男人还不了解啊，你想，他为什么不让你带孩子回娘家？还不是怕传染痨病么？盈衣娘苦着脸说，那，万一真的传染上了，作了老孽了。亭子间阿姨瞥了她一眼，舍不得孩子套不住狼。我是看在邻居的份儿上，多张嘴。

盈衣外婆租的是前楼大房间，推开落地窗，有个朝南的阳台。在上海，最金贵的就是阳光，这样的条件，月租三十块，一点也不贵。但是老太太一个人呀。老大嫁了花裁缝，老二娶妻不到一年就病死了，女人绢花，带着遗腹子回了娘家。老三和老四均是少年夭亡。一家子就这么死的死嫁的嫁跑的跑。房子越大，越显得没人气，就连空虚、寂寞也是放大了的。白天还好，夜里醒来的时候，看着天花板，想着一家人齐全时，那些忙碌而充实的日子，老太太止不住地悲哀。她想要退租，住到女儿家来，但是阿六说，不是我不肯，你看看怎么住？她又想换个亭子间，一个人，亭子间够了。可东家不肯，她说，这屋子晦气，要退也可以，付我道场费，我要做七七四十九天道场，还有消毒费、几年来的退租损失——，本地人家，一听你家男人都死光了，也都跑光了。你自己看看，现在都住的是什么人？江北人、舞女、拉皮条的，都是垃圾，瘪三，我的名声都被你们弄臭了，租不起价钱了。总而言之，要退，等你没钱或者死了。这么一来，老太太只好“酱”在那里了。钱不够，女儿补贴一点。

盈衣娘看见母亲就哭了出来，她一哭，三个孩子也放声大哭。他们是让娘给吓哭的。老太太又是开心又是着急，开心的是，难得外孙来了，着急的是，不知出了多大的事呢。不免慌了手脚。一会儿给女儿倒茶水，一会儿给孩子擤鼻涕。心里想，哭吧，哭吧，只要不出人命，哭完再说。

趁着空档外婆仔细端详三个孩子，老三盈庭像父亲，盈衣和荣生都像母亲，只是，荣生更白一些。盈衣是紫棠色皮肤，深眼窝，眼睛不大但很秀气，鼻头有点翘，嘴巴略大，嘴唇丰满，一口齐整的白牙。

唉，可惜了。周太太叹了口气。

盈衣停止哭泣，抬起头看看外婆，她不明白她在说什么。

你和阿六吵架了？

盈衣娘说了事情经过，她说姆妈你讲讲看，我是不是无理取闹？

老太太不知道怎么劝女儿，只说，你跑过来，不是把事体弄得更僵吗？

我不管，他不答应我就不回去！

不回去？他若不依，你有本事带着三个拖油瓶再嫁人吗？

盈衣娘愕然。

4

新来了两个人，阿六想跟太太商量怎么住，可到处找不到她，三个孩子也不在。赶紧问奶妈，他们到哪里去了？奶妈说，出去了，不像是串门，太太拿了包裹呢。你怎么不早说？奶妈笑嘻嘻说，你没问我呀。阿六想，她也没地方去，一定是回娘家了。要命！

阿六连夜赶到十六铺丈母娘家，答应辞奶妈。心里却是怨恨太太，你也太歹毒了吧？想让我绝子绝孙啊？

花太太心里倒是蛮高兴，这记杀手锏蛮灵。真要谢谢亭子间阿姨呢。

奶妈走了不过五六天，盈衣娘就瘦了一圈。麻将也没法玩了，每天天不亮起来，买菜烧饭带小人，常常是，炉子上潽了，小毛头哭了，顾东不顾西。幸好盈衣带着弟妹，也幸好天热，不必大鱼大肉。萝卜干炒毛豆子，绿豆芽也买掐了根的，再炒个鸡蛋什么的。然后烧一大锅粥，大号的钢精锅，人多，每人一碗就没了，因此炉子基本不空，一锅，再一锅。盈衣娘想，熬过这一阵就好了，等天风凉，小毛头也大了，好带了。可是连吃几天，那个叫水根的脸色就不好看了，说要回去，这么吃下去，不是饿死就是这辈子不想吃这几样了。这还好办，只当没听见好了，只是小毛头她弄不来，甚至，她连尿布都不会换，要么太紧，小肚子上勒出血印来，要么松得掉下来，横抱是哭，竖抱也是哭，弄得人心里发毛。给小毛头洗个澡吧，弄得一天世界的水。最严重的是，小毛头不肯吃粥，硬塞也不行，塞进去就吐出来。靠一点米汤维持着，原本红润饱满的双颊瘪了进去，蜡黄蜡黄的。

盈衣娘急得要命，嘴角又爆出两个热疮，开花赤豆似的。她也顾不得脸面了，抱着孩子去找亭子间阿姨。她带过几个小人，也许有办法。亭子间阿姨说，大概得了奶痨，断奶断得早了点，要不要我再去把她请回来？不过，估计是不肯了。盈衣娘赶紧说，不要，再说吧。

她央人写了个招聘广告贴在店面上：诚招奶妈，工薪优厚。管他船娘也好，窝棚草棚邋里邋遢也好，有奶就行。

天很热，过路人本来就少，难得有人站下来——以为招工呢，看一眼，又走了。

一天，两天，三天，很多天过去了。小毛头踢蹬的力气越来越小，哭声也越来越弱，盈衣娘抱着孩子直哭。真是糊涂啊，忍几个月不就过去了么？再说人家也未必想怎么样。现在怎么好？

这天傍晚，盈衣娘走开了，盈衣跑到床边看小妹妹。她不知道奶妈为什么走了，她走了小妹妹就不乖了，老哭，哭得都瘦了。盈衣这么想着，就去摸她的肚兜，鲜红的绸子，上面一朵很大的花，还有绿叶，很滑。她喜欢摸绸缎，很舒服的感觉。原先小妹妹的肚子能把肚兜顶起来，圆滚滚的，像一只冬瓜——小孩子“没”腰，可现在瘪下去了，肚兜很松。她想帮她系紧点，就去看她的眼睛，睡着了，眼睫毛是不动的。现在，她确定她真的睡着了。盈衣放心了，轻轻地，像推面团一样把小妹妹翻过去，打开缎带，重新系了一个蝴蝶结，双扣的，两个圈就像一对翅膀，两个头就像触须，她很满意自己的手艺。然后，她又把她扳回来，依旧面朝天花板。盈衣松了口气。这时，荣生突然冲到床前，推了小毛头一下，起来，起来！盈衣吓了一跳，赶紧去拉弟弟，干什么！心想完了，小毛头被弄醒了。她眼睛一闭，等着“哇——”的一声。可是等了半天，一点声音也没有，咦，她怎么不哭？

盈衣娘洗完澡，打算洗衣服，忽然听见盈衣叫，姆妈，姆妈，妹妹不动了！接着，三个孩子都大声哭叫，妹妹不动了，妹妹不动了！

盈衣娘和阿六一起奔进房间，太太只管哭，没了主意。阿六试试鼻息，立即抱起孩子冲了出去。盈衣娘急急忙忙去追丈夫。

店堂里，水根、土根和周师傅，三个男人面面相觑。

江湾镇原有“中医之乡”之称，儿科侯焕如很有名气。阿六侧着身子，从黑乎乎的，狭窄的楼梯上摸上去。谁呀？里面一个懒洋洋的声音。我是花阿六，“四季衣庄”的花裁缝，侯医生，请你看看我的小囡。里面的人说，侯医生不在……她怎么了？不吃东西，看样子不行了，求求你开门看看。我不是医生，你送医院吧。阿六响不落，像无头苍蝇一样撞下楼梯，盈衣娘从后卫转到前锋。

盈衣娘走着走着，腿一软，坐在地上，爬了几次都没爬起来。眼看丈夫走远了，盈衣娘大放悲声。纳凉的人慢慢围拢来，说怎么了，盈衣娘，不舒服啊？盈衣娘指着丈夫的背影，说不出话来。

有人说，花家出事了，她男人跑了。唉，这家人怎么办？裁缝店要关了吧？关了倒是不方便了，要跑远路了。对了，镇长家怎么办，他家在操办婚事啊，啊，要触霉头，嫁衣做不出来了。

盈衣娘始终盯着男人的背影哭，哭到人影子也看不见，又在地上坐了会儿，才扶着墙，一步，一步，走回家。

盈衣在黑暗中走出来，拉拉母亲的衣角说，小妹妹呢？盈衣娘抱住女儿又哭起来。盈衣又说，小妹妹呢？盈衣娘啪地打了自己一个耳光。盈衣哇地哭了出来，我要小妹妹，我要小妹妹！盈衣娘赶紧捂住女儿嘴巴，你想吵醒弟弟啊。盈衣抽噎着，回到自己床铺上，哭着哭着，睡着了。其实，她还没明白到底发生了什么事。只知道小妹妹不见了，她没有回来。

盈衣娘在门槛上坐到了天亮。

晨曦中，一个急匆匆的影子朝这边移来。

阿六像是刚从监狱里放出来，憔悴了很多，胡子也仿佛是一夜间长出来的。他站在妻子跟前，半天才沙哑着嗓子说，没了，半路上就没了。

盈衣娘看着丈夫，只有出气没有进气，扑地一声，倒在地上。

第二天，镇长派人来取衣料，留下一句话：节哀顺变。

生意没了，工人走了，白吃了饭，白给了工钱。阿六愁眉苦脸，跑到烟纸店买了一包大路牌香烟。裁缝铺有个不成文的规定：严禁烟火。裁缝铺是什么地方？星火燎原啊，一家一当都要报销的。阿六才吸了一口，就被呛着了，这一呛，眼泪鼻涕都出来了，压着的火也噗噗地冒出来。

一天到晚只晓得哭，哭哭哭，你说你有什么用？啊？！请个奶妈也是“七不老牵”（不着调），你看看盈衣的头颈！两个人也弄不好一个小人。这趟更加好，作天作地，作脱一命。适意了？太平了？

盈衣的奶妈，只有一只奶有奶水，结果弄成了偏头。盈衣娘慌忙看看四周，心想别叫她听了去。这小人本来就不十分活泼，小女儿走后，常常三五分钟愣在那里一言不发。盈衣娘吸了吸鼻子道，你以为我不难受啊，是不是要我也死啊？我知道，你是心痛生意……

我当然心痛生意！没有生意，一家门吃西北风啊！我叫你死？我说你几句就是叫你死？阿六说着说着，声音低了下来，望着原本堆满衣料的空柜子，“嗨”了一声，走出门去。

盈衣娘慌慌张张奔出去，一路走，一路喊，盈衣，盈衣……

盈衣蜷着双腿坐在台板下面。今天她很不开心。隔壁的女孩，一个叫嫦娥的，做了一件新衣裳，在她面前神气活现地走来走去，梗着脖子说，你家裁缝有什么稀奇？你有新衣服吗？盈衣想，是啊，裁缝做新衣服多方便啊，为啥不给我做？

她听见了父母的争吵，可是无法计较这是与非。但她至少知道了两件事，一是小妹妹死了，她知道死是什么意思，就是活人再也看不见了。再有一件就是她自己。阿爸说，你看看盈衣的头颈！我的头颈？她摸了摸自己的脖子——不痛，不痒，又转了转，没什么啊。她倒不放心起来，会不会也像小妹妹一样，死掉呢？她想了半天，从台板下爬出来，溜进母亲的房间，找出母亲的相片，盈衣把自己的头挨着母亲的，做比照。镜子里，她的脑袋和左肩，像是有东西牵着，再怎么用力也不能像母亲那样竖起来！可是看东西也不斜啊，这又是怎么回事呢？盈衣呆住了。慢慢想，慢慢想，想起有一次和别人吵架，人家说了一句莫名其妙的话：你难看死了，6点过5分！6点过5分？这是什么意思？盈衣跑到客厅，北墙上有只挂钟，站在那里研究了半天，才知是骂她呢。还有，外婆说可惜了，那是在可惜她，嫦娥梗着脖子，也是在学她！盈衣心里有样东西，“啪”地一下折断了。她觉得自己掉进了一个又冷又暗的地方。

她又爬进台板下，靠着墙，不断捡起台板下的布角擦眼睛，眼泪越擦越多，越擦越多。后来，她睡着了。

5

这幢房子是花家的祖产，平房，一共有三个卧室。阿六一间，奶妈和小毛头一间，太太和盈衣盈庭荣生一间。如今，奶妈那间空出来了，太太就把盈衣姐妹的床挪了过去。太太问盈衣你怕不怕？她迷惘地摇摇头——她不知道自己究竟怕不怕，怕什么。

夜，布下了天罗地网，罩住了这个精灵般的城市。东风就像偷偷潜入的反叛者，挨家挨户，鼓动人们冲出闷热的牢笼。

这是漂亮奶妈和小妹妹待过的房间。每天出门前，她总要先到这屋子里来看看小妹妹，摸摸她的脸，亲一下，小脸软软的，热乎乎的，茸茸的汗毛，弄得她的嘴唇都痒痒了。她想，等她大点了，她也要带着她玩的。这是一定的。起先是荣生，后来是盈庭，下一个就是小妹妹了。她是鸡妈妈，他们是小鸡。可是现在，她再也不能注视不能抚摸她了。盈衣的眼睛黑暗中闪闪发光。9 岁的她，第一次有了死亡的概念，这种概念是感觉传递给她的，模糊而深切。她悄悄溜下床，赤脚走到那张空床前，站了会儿，又爬上去，像小狗一样，趴着，到处闻。最后，她在靠墙的一角席子底下发现一块毛巾，一块白色的小毛巾，这是小妹妹擦嘴用的。她把它贴上鼻尖，猛吸了两口。酸酸臭臭的，混着奶香。她熟悉这种味道。小妹妹总是拽着小拳头，她一次次掰开，掌纹里有棉线似的东西，盈衣捻出来，放在鼻子里闻闻，酸臭酸臭的，是灰尘和汗水吧？她还偷偷地抱过一次。才抱起来，剃着桃子头的荣生就出卖了她，姐姐抱小妹妹了，姐姐抱小妹妹了……，害得她挨了母亲一巴掌。于是她很夸张地哭叫起来。现在，她没了，没机会了。小毛头不回来了！

她回到床上，紧紧抱住身边的盈庭，她得保护她，不让她死。她抱过她背过她，递过尿布喂过粥，妈妈说，小毛头是不肯吃粥才死的，如果她知道死还吃不吃呢？还有，他们为什么不给她起名字，名字一定是盈什么的，弟弟不叫盈什么，他是男的。如果是我的话，我就叫她盈……盈……，盈衣没想出来就睡着了。

月光像穿着白衣的仙女，轻轻来到她的床前。

盈衣被吓着了，不敢再带着弟妹疯跑，花太太也给吓着了，几天几夜没睡好觉，原本就瘦的她，面颊骨突出来了，跟鼓了个包似的。她不大敢出门，即使在买菜的时候也是低着头。生了三个小人了，怎么还不会带？这话就在人们嘴边呢！

女儿的性命教会了她该把心思放在孩子身上。于是她开始忙碌——至少在阿六眼里她比以前勤俭了。可是，她织的毛衣没一件可穿，要么太肥要么太瘦，鞋子更是了，从鞋样到成形不知要多少程序呢，搓鞋底线这一样，就难住了她。

少了一个人，阿六觉得富裕起来了。他决定让盈衣上学。

江湾镇上，有三所小学校，西江和虬江不招一年级，义学东江初等小学校早满员了。阿六和太太一商量，定了杨浦初等小学。虽然远了点，但镇上有华商公司的公共汽车，还是很方便的。对于三个孩子前程，阿六心里早有底稿。女小人早晚是人家的，儿子才是根基。

王子琦说，我们是中产阶级，老中产阶级，走下坡路了。什么是新中产阶级呢？阿六问。王说反正除了老的就是新的。这话等于没说！看来也是拾人下巴涎啊。阿六晓得，王子琦是怕伤面子，才说“我们”，我，我算什么中产阶级？一年才多少只老羊啊？阿六叫王子琦一定问清楚，他得打算打算。王子琦笑了，打算什么呀，你儿子才五岁，将来不知怎么翻天覆地呢。阿六正色道，行情就像风中的味道，要追着闻的。王子琦哈哈一笑，老兄放心，包在我身上，后来他说，商店店员不错，尤其大百货公司。你看人家新新，男职员中山装，女职员蓝色的旗袍，全都黑袜黑鞋，多齐整啊。老板是留洋的，学了洋派，所有的职员都有一个胸牌，“1”字开头的，是在第一层上班，“2”字开头，那就是二层。步兵是步兵，炮兵是炮兵，清清楚楚。

进公司要有担保人和学历。担保人倒也不难，王子琦认识的头面人物就不少，他跟电影皇后胡蝶跳过舞呢。百乐门，那可是身份和地位的象征！

关键是学历，要会英文，这种大公司，很多外国人光顾的，每天讲英文，开英文的发票。最好进永安。进了这个门，身价就上去了，和王子琦一样，吃大餐，上咖啡馆，看美国电影。退一步，要是经济能力搭不够的话，高小就算小知识分子了，起码有资格在小公司坐坐账台，做个管理人员。

盈衣很开心，想也想不到的开心。多少次，看见别的孩子成群结队蹦蹦跳跳上学去，馋虫就从眼睛里爬出来了。她没想过什么识字不识字，只是想，上学一定很有劲，比带弟妹有劲多了，妹妹走路还蹒跚着，几步一跌，弟弟呢？毫无意义地跑来跑去，很大一部分时间是去捉他。两个人，一快一慢，把她的肠子一会儿搓细拉长，一会儿揉成一个团。现在好了，她有真正的伙伴了。但是，盈衣的眼睛很快黯淡了——我这个样子，他们会看不起我的。因此，盈衣最后的反应竟然是无精打采。母亲有点奇怪，你不喜欢上学吗？盈衣点点头又赶紧摇摇头。盈衣娘扶着女儿的肩膀，对阿六说，这孩子太高兴了，高兴得神经有毛病了。盈衣怯怯地看看父亲，低下头去。他从来不和儿女开玩笑，也从来不和他们亲昵，她有点怕他。

很多年后盈衣记得，在席子嫌冷了的时候她上的学。

那天一早，盈衣照旧忙这忙那，像时钟，刻板而机械——帮弟妹穿衣服、洗脸，吃完早饭刷碗，接下来，该扫地了……

母亲捉住她，把她拉进自己房里，帮她梳好小辫，在辫梢上扎上粉蓝色的蝴蝶结，是缎子的，软而亮。新衣服是用零头布缝制的，最多的零头布自然是阴丹士林布了，青蓝色的，做了短袄，肥肥的中袖。裤子是灰绿色的，镶了深绿的边，裤脚只到小腿，也是肥肥的。盈衣顺着衣服的样子张开手脚，整个人僵了，像是摆在了橱窗里。盈衣娘噗呲一声，笑了出来。忽然想到社会上坏人多，盈衣娘倒不放心起来。她一个人到底行不行呢？虽然整日野在外面终究没离开过江湾镇。上海是个“打呵欠割舌头”地方，你张开嘴巴来打个呵欠，舌头就被人割去。曾经听人说：有一人在马路上走，看见一个三四岁的小人哇哇地哭，像是走失了，他连忙替他揩眼泪，问他家在哪里，想送他回去。忽然一个女人走来，搂住孩子，在他头颈里一摸，说：“你的金锁片哪里去了！”就拉住那人，咬定是他偷的，定规要他赔。怎么办呢？她总不能天天接送吧？问盈衣，我带你去一趟，以后你就一个人去了，行吗？盈衣点点头。接待她们的是很个胖女人，40岁左右，姓黄。她先出了一道个位数的算术题，盈衣不会。黄老师又换了题目，拿了一张卡片问，这个字识吗？盈衣点点头，说，“牛”，我属牛。卡片翻过来，果然是条老黄牛。

哦，1925年3月18日生的啊。这一年发生很多事的。黄老师拿起登记表说。

是啊，上海变成特别市，直属中央的，也不知涨了几级。有一阵，南京路上混乱，死了很多人。

那是五卅惨案，在全国影响很大的。

盈衣娘心里诧异，民办小学的老师大都是家庭妇女，她倒是蛮有见识的，晓得的真多。忽然抿嘴笑了，不多怎么当老师啊？

盈衣不晓得她们在说什么，她盯着老师的嘴巴。她的嘴真大。

6

杨浦小学在杨树浦路41弄的一个石库门里，离车站只有几步路。客堂间和灶披间连在一起，就是教室了。所谓灶披间，就是在天井中搭个雨篷，雨篷是斜的，便于流水，斜的雨篷，上海话叫“披”。教室后面一角，用木板档了下，算是马桶间。至于办公室，那是没有的。

课桌，长凳，面朝大门排了三列。长凳十之三四缺胳膊少腿，桌子也是最简单的那种，一块板，几根档子，在两侧钉了寸半寸的钉子，给学生挂书包。各式各样的书包都有，颜色也是五花八门，像是春日花开，陈旧昏暗的教室倒是有了生气。更有生气的是孩子，男孩子不忘捣乱，女孩子不忘尖叫。但是课堂纪律也是有的，不敢太放肆，若是谁过了，黄老师就会说，明天叫家长来，领回去！

搁在木架上的黑板，挡住了来自大门的一部分光线，一块阴影随日光移来移去，始终在教室里，仿佛竹布衫上洗不掉的墨迹。而天井里的雨篷，乌云似罩着，光线从边边沿沿漏下来，斑斑驳驳的，二十几个人，倒是大半面目不清。

国文、体育、算术、画图，手工、体操、卫生、乐歌，所有的课程黄老师一个人上。她既是老师也是校工，“校工”不打铃，也不吹哨子，都用掌声替代了。上课呢，“啪啪啪”好一阵：“上课了，上课了……”，下课呢，哪怕轻轻一下也是都听见了的。至于课间休息，全凭老师心情，就像放羊，高兴了，让羊多吃点草，不高兴了，赶回栏里。

黄老师是苏州人，普通话不准，她说原本还有交数学的张老师，尿道感染，请假了。她把尿道说成了鸟道。有几个男孩子诈痴不呆，举着手问：老师，什么是鸟道？鸟走的路吗？黄老师呵斥道，老师没问你们，不许乱讲话。

黄老师说话土，打扮也是黄土连天，从来不晓得翻行头。她还喜欢走来走去念课本，肥重的背影，滑稽的乡音，惹得课堂上一阵阵哄笑。笑了，她也没办法，只是拿了教鞭敲黑板，安静！安静！她一敲，引来弄堂里的野小人，他们拥在门口，有节奏地喊：“黄老师，大屁股，黄老师，大屁股！”等她追出去，早已不见踪影，如此再三。一堂课搅了大半。

文化课如是，体育课更是没章法，没操场啊。市面做在弄堂里，官兵捉强盗捉，跳绳跳橡皮筋，踢毽子，各行其是，附近的太太奶奶娘姨们，倒是有了消遣，牵着小孩子，看热闹。

上学第一天盈衣就吃了亏。

黄老师把大家赶到弄堂里，对着花名册念名字，估摸着身高，一个个往队伍里塞。念一个，塞一个。轮到盈衣，有个调皮的男生，从队列里溜出来，学她的样子，偏着头走路，脸上作出怪样子，惹得其他男孩子也发疯，又是叫又是跳，盈衣听见女生在嗤嗤笑，盈衣看她们，她们就装模作样地眼睛看着别处。一个女生似乎认识那个男生，她说，别这样，不作兴的，告诉你娘！男生说，我才不怕呢，她本来就是这个样子的嘛。盈衣心里很难受，但她不哭，狠狠瞪着学她样子的男生，眼睛也不眨。黄老师过来了，呵斥道，你们干什么，干什么！排好，排好！

大家都想要好桌椅，怎么办呢？开始是早来早挑，像菜场买菜。后来不行了——秩序，大人都有难度的事何况孩子？终于上演全武行。黄老师也没办法，拉了这边那边又打起来了。力气小的终究吃亏。盈衣却是很少坐坏桌椅，她的同桌是个很特别的女孩子，总有办法搞定，盈衣自然就跟着沾光了。她叫顾国桢，高额头，瘪嘴，枯黄的头发编成两条细细的辫子，身材高挑，她的眼珠有点黄，薄薄的单眼皮。她的性格像男孩子，鲁莽而爽朗。为此盈衣吃了她不少苦头。有一次，老师一提问，她突然站起来，长凳一翘，盈衣猝不及防，滑滑梯似的溜下去了。还有一次，盈衣回答完问题后，一屁股却坐地下去了——她突然上厕所去了，凳子移了位。

课间休息的时候，最是能看出同学之间的关系了，和谁要好，和谁不要好。尤其在跳绳和跳牛皮筋时，添谁，不添谁，泾渭分明。盈衣从不接近任何一堆，她想，如果她们要我自然是会来叫她的，凑上去吃弹皮弓，多没面子啊。

每一天，每一节课间，花盈衣总在盼，是心里盼，面孔上是不露出来的，做出很忙的样子。要么一页一页地翻书，要么埋头写作业。可是一个礼拜过去了，没人来叫她一起玩。盈衣想，她永远不会有好朋友了。

初秋的阳光像新鲜芒果，甜甜的，黄灿灿的，可也是悲伤的。盈衣站在回家的公共汽车上，手臂卷住门口的铁杆，埋着头，泪水滴答滴答，就像融化的积雪，从瓦楞上跌落。一个人，特别是女孩子，一旦有了发愁的事，所有的愁闷就会一拥而上。她想起了小毛头。你一个人躺在又黑又冷的地方，怕不怕？大姐姐做个梦好不好？梦里来抱你。

慢慢的，盈衣止住了眼泪，她想，毕竟，自己是女学生了。女学生是了不起的，等她长大了还上中西女中呢，黄老师说，那是名校。

她迎着阳光，扬起了脸。

汽车在国立劳动大学停下了。国立劳动大学只是地名，那儿只有一片棚户，两年前她还来过呢，她躲在树丛里看那些漂亮的大姐姐，她们穿蓝衣服黑裙子，白色的长筒袜和黑色的横搭配布鞋。她还想过，等她长大了就读这个学校。可是——

哎，哎——，有人大叫。

盈衣一惊，是不是有扒手？上海的扒手多得热昏。电车中，马路上，到处可以看到“谨防扒手”的标语。这是才识的字，黄老师把三字经放在一边，拣常用的先教。娘说，有一次等电车的辰光，从钱包里拿出一块钱，电车到了，我把你们先推上车，自己跟上去，忽觉后面一只手伸入了我的衣袋里。我不敢回头，身体一扭，挣脱了。等到电车开了，我才看去——站台上，一个满脸横肉的人，迅速地挤入人丛中，不见了。碰到扒手，盈衣啊，你切不可看他。否则，定要请你“吃生活”，就是把你打一顿，或请你吃一刀。盈衣冷汗下来了，忽然回念，自己是一分钱也没有的，一定不是叫她。

花盈衣，花盈衣！盈衣站住了。是顾国桢。她奔过来说，咦，侬此地下车啊？盈衣说是啊。顾国桢兴奋地说，侬姓花，镇上有个花裁缝，侬晓得哦啦？盈衣眼睛吧嗒吧嗒朝顾国桢看，说，这是我爷（父亲）。顾国桢做出惊讶的样子，拍着手说，这下好了，我可以常来。盈衣想，常来是什么意思？做衣服？从来没见过她啊。盈衣说，你也住镇上啊？不是，我姑姑，我去她家吃饭。盈衣哦了一声。顾国桢说，以后有什么事，不用怕，我帮你！盈衣想，还能有什么事呢？不过，她还是点了点头。

一个月后，教算术的张老师来了。她是个年轻女人，黑皮肤，马鞍鼻，眼皮有点肿，不知是天生的还是因为病。淡蓝色的旗袍紧裹着身体，一双很丰满的乳房很显然地突出来，两条又黑又粗的辫子一直拖到近膝盖，走起路来就像游鱼似的，煞是好看。

盈衣的作业本很干净，从不用橡皮擦。文科只有一个上，其余都是优，算术呢，一色 100 分。但是，张老师一接手，盈衣就一头栽下来。顾国桢说，岂有此理，这么干净的本子，又没有错，怎么是 60 分呢？摆明了欺负你。我找她去！盈衣赶紧抢过本子说，别去！别去！你爷看见怎么办？盈衣脸上露出恐惧的表情。她的眼光像冰刀，看她一眼，她的手脚就冻僵了。顾国桢辫子一甩，嘿嘿，看我的！

交涉的结果是补了40分。盈衣不知说什么好，这60分是糊里糊涂，100分也是糊里糊涂。

班上男生少女生多，男生斯文的少，调皮的多，其中一个叫阿三的，经常回答不出问题罚立壁角，这天语文课他又被罚了。阿三心中有气，眼睛咕噜噜乱转，一眼看定了花盈衣，冲过去，抢过本子就撕，盈衣哭了，她是急哭的，怎么得了啊，怎么回去交代啊，她边哭边说，为什么撕我的本子？为什么撕我的本子？我告诉老师！阿三听见老师这两个字更火了，拍着桌子骂她丑八怪。盈衣不哭了，冲上去抢本子，阿三一推，盈衣跌在地上。顾国桢从弄堂里斜过来，正好看见，三扑两扑就到了眼前，一把揪住阿三的胸口，大声叫，黄老师——！黄老师——！红头阿三打人啦——

怎么回事？啊，你居然打人？黄老师扭着腰身赶过来。顾国桢说，他还骂人，骂她——，骂她——，顾国桢说不出来，说了等于再骂一遍。黄老师说，此风不可长！她叫阿三自己拿笔在嘴上画个黑圈，站在讲台边，不许回座位。如果下次再耍流氓就开除！处理完阿三，黄老师又回头说顾国桢，不要给同学起绰号！

盈衣拉拉顾国桢的手，说，怎么办，本子坏了。

顾国桢说，不碍，我给你一本。你太节省了，5分钱一本的本子你还分两行写，给你60分也不冤枉！

盈衣不响。

顾国桢像大人一样叹了口气。

7

重阳这天，阿六接到一张大红帖子，上写着：“花阿六贤兄台启，谨定于民国二十三年十月廿六日，为毛毓海先生六十寿诞敬备家宴，恭请阖家光临。花凌海，毛彩娣敬邀。”

江南有个习俗：请吃喜酒，“窝”拜寿。意思是，喜酒是主人家下帖子请的，而拜寿，则是人家自己上门，“窝”就是等着的意思。因此这帖子来得滑稽。太太有些疑心，是不是有啥花头经？阿六沉吟道，也许是堂弟体恤吧。

阿六爷叔死后，小老婆跟人跑了，花凌海是大房生的，中学毕业后到皮箱厂做了管理人员。花凌海头脑灵活，做事又很卖力，深得老板器重，几年后把独女许配给他，说是许配实际是上门女婿。就因为如此，阿六从不请堂弟来做客，对方也忙于事务，两家竟像断了来往。这毛毓海阿六是知道的，黄河皮箱厂老板，堂弟花凌海岳丈。

为了备礼，阿六特地跑了趟南京路。选了几块上好的料子，老太爷的，两位婶婶的，还给孩子买了两份吃食。太太拿起衣料，往自己身上比了比，露出羡慕的神色，说，怎么，还讨了小？老丈人肯么？阿六鼻子里嗤地一声，还不是因为肚子！太太心里有些得意，那个王子琦也没有后呢。没有后代，钱再多有什么用？

几点到呢？太太问。阿六说，早不得晚不得的。早了尴尬，还得劳动人家陪着，倒水倒茶的，晚了怠慢，你算什么东西，要人家候着？太太点头道，是啊，人家也算是给了面子了，我们要识相的。他们是什么样的人家，我们又是什么样的人家？

天气转凉了，早晨又稀稀落落下了几滴雨，一阵风吹来，盈衣缩了缩脖子。她看看这个，又看看那个，全家都是新衣服。母亲是咖啡色衬绒旗袍，父亲依旧是灰色长袍，他总是爱灰色，妹妹穿了绿的，肤白衣翠，十分的娇嫩。弟弟却是一身洋装。衣服要皱了！盈衣忽然警觉，偷偷看了一眼阿六，赶紧放下胳膊。盈衣很满意自己这一身：乳白色的夹袍，粉红色滚边，衬里不知是什么做的，好滑。

盈衣娘提议，别坐公共汽车了，烂污泥浆的。阿六说，那就黄包车吧，贵就贵点，难得的——，这话与其是对太太说不如说是对自己说的。

三辆黄包车朝泥城桥奔去。

泥城桥位于黄浦区西北部，亦称新垃圾桥，泛指西藏中路两侧一带。马路上闹猛得不得了，老虎车、汽车、电车，戏院、商店，还有巡骑队的高头大马。盈衣眼睛看也看不过来。

黄包车在两扇铸铁镂花大门前停下了，阿六付了车钱，揿响门铃。铸铁大门开了，一个很大的花园，靠墙两排冬青像列队的士兵，向他们行注目礼。他们穿过威严的青石台阶，走过一个宽敞的半圆平台，然后推开一扇结实沉重的雕花大门。

喧哗突如其来。大厅里到处是人，有站着的，坐着的，走来走去的。阿六手足无措地站在门口，不知招呼谁——他一个也不认得。

阿六来啦，给六老爷倒茶！来来来，阿嫂，小客厅坐吧。一个三十出头的瘦条子男人，着一身海军蓝的毛葛单长衫，不知从哪个地方走出来，热情地招呼他们。

盈衣打量说话的人，不知道怎么称呼他。她询问的目光找母亲的眼睛。母亲说，叫爷叔，这是你爷叔。盈衣怯怯地叫了声。那人哎了一声，笑嘻嘻分送给姐弟三个红包。阿六也把几盒礼物给了他的跟班。他们跟他进了左侧的一扇小门。

阿六说，弟弟，你忙去吧。

好，你们先坐坐啊，大嫂，失陪！

盈衣母亲笑着点点头。那扇门刚关上，母亲悄悄拿走了儿女手里的红包。盈衣眨巴着眼睛，像根木头似的，动也不敢动。

荣生的手伸向了摆在案几上的蜜饯——，“啪！”阿六一记打在了儿子的手背上。

母亲怀里的盈庭，往后缩了缩。

羊毛地毯，大幅油画，架子上的古玩，瓶里的鲜花，盈衣娘想，她要是女主人就好了。

阿六也是恍恍惚惚，两条眉毛在簌簌地动。老爷，这个称呼太陌生了。

有下人进来了，开汽水，倒茶。门外的声浪又一次传进来，阿六欠身倾听，却是什么也听不清。

坐了一会，阿六觉得不妥当，这里是贵客呆的地方啊……堂弟怎么不引荐给他岳丈？大客厅里的人一定给老太爷请过安了。唉，还是来得太迟。

阿六再也坐不住了，招呼太太说，我们到大客厅去吧。

出了小门，他们沿墙走了几步，靠着花窗坐了下来，外面是花园的走廊。

几步开外，三个男人，站成一个品字。一个中等个子，三十岁左右，扁圆脸，西装革履，一个瘦高个，青布长衫，一个中年胖子，光秃秃的头顶，一对招风大耳朵，也是长衫。

扁圆脸对招风耳说，中央军围剿成功，时局总算稳定下来了，向东兄，生意不错吧。上海300多万人，啥人家勿用热水瓶？张向东说，哪里哪里，言兄，小企业，瞎混混，怎么比得上你们东方绸厂，一只鼎。他竖起大拇指摇了摇，用雪白的麻纱手帕揿在脸上，揩汗水。瘦子插言道，向东兄言兄，你们搞实业的都不错，哪像我们，唉，勿要去说它。政府查书封刊物，弄掉了几百家，不知什么时候轮到我们。说完，长脖子一伸，仿佛感叹号，又仿佛引颈待戮。言老板翻了他一眼，钱兄，你们不过弄点花边新闻，草木皆兵！言老板说，最怕打仗，一打仗，金融和实业就不碰头了。银行拿钱去做公债，做地皮，押款条件苛刻，展期困难，资金链一断，玩完！那两个附和道，是啊是啊。

阿六也在想，是啊是啊。都完结。两年前的江湾多少热闹，一打仗，完了一半。盈衣拘谨地坐在太师椅上，两只脚踮着地，躲着人们的目光。她不知道还要这样坐多久，感觉很难受。光线突然一暗，盈衣回过头朝外面走廊看，三四个人过来了，一眨眼就进了大厅。为首的那个正是爷叔，后面跟着一个美艳的少妇和一个十岁左右的男孩。

让大家久等了啊。爷叔笑着，团团一揖。

美妇身着孔雀翠华尔纱面子，白印度绸里子的旗袍。两只发光的眼睛，滴溜溜乱转，看见盈衣他们，牵着男孩走过来，到了跟前，盈盈一笑，姐姐，我们走吧。好的，二妹。盈衣母亲应道。

二妹，大妹是谁呢？盈衣想。忽然发现那个男孩紧紧盯着她，盈衣脸上飞起一朵红云，不由得心扑扑乱跳——他一定在心里笑话她呢！

走廊尽头，就是大餐厅。

盈衣被安排坐在了小婶婶身边，依次是母亲和盈庭。这一桌除了孩子都是女眷，醉人的脂粉香和细碎的笑语，缠绕着，飘来飘去。几个仆人鱼贯而入，一个人居然一只手拿了6只汽水瓶。盈衣惊讶地张开了嘴巴。忽然发现自己失态，下意识溜过眼光看那男孩子，他也在看她。盈衣一惊，低下了头。母亲的脑袋凑过来，对盈衣说，他叫花之蝶，你小婶婶的儿子，他比你大一岁，叫哥哥吧。

吃啊，菜水馆请来厨师，味道不错的。小婶婶忙着招呼着大家，伸长了手臂夹菜给盈庭。

“砰——！”的一声，引得大家回过头来——一个少年冲进来，用脚将门碰上。张向东在最里边的一桌上喊道，炳南，你只小赤佬，到哪里去了？张炳南冲过去，拿起一瓶汽水，嘴对嘴汩汩地灌了几口。脱口一声：浮尸！要你管！餐厅里，顿时鸦雀无声，都朝这边看。张向东一只手罩在酒杯上，另一只手捋了一把脸，讪讪地说，小赤佬，呒大呒小。扁圆脸哈哈大笑，现在的小孩子真是有趣，哈哈哈，有趣。大家跟着哈哈大笑，掩饰过去。

老太爷始终没露面，阿六有点郁闷，这是哪一出？哪有做寿不见寿翁的？盈衣娘喃喃说，会不会出什么意外了？

8

人们渐渐散去，阿六犹豫道，我们也走吧。盈衣娘东张西望，意犹未尽，说，再等等。就在这时，一个佣人跑过来，说，老爷请你们去小客厅。

阿六他们仍从大客厅的小门进去。

花凌海坐在靠墙沙发里，手指敲着扶手，若有所思，姨太太苏兰兰和儿子花之蝶依偎在一起，说着悄悄话，太太毛彩娣冷了一张脸，一个人坐得很远。

阿六他们一出现，苏兰兰就笑嘻嘻跳过来，叉起盈庭的腰，放到自己大腿上。小姑娘大约觉得痒，格勒一笑。

像啥样子！毛彩娣嗓门很响。盈衣娘吓了一跳，紧张地盯着苏兰兰。苏兰兰却只当没听见，神态自若，捏着盈庭白嫩的小手左看右看，眼里露出欢喜的神色。

茶来了。两只粉胭脂红的盖碗，分别放在了阿六和盈衣娘面前的茶几上。

花凌海和毛彩娣对看一眼，吩咐姨太太，你带小人出去吧。

苏兰兰嘟起嘴巴瞪了花凌海一眼，转过身来，笑眯眯对盈衣娘说，阿姐放心，交给我吧。

刚出门，荣生就活络了，大叫，小婶婶带我们去玩吧。盈衣娘在里头听见了，轻声笑骂道，小赤佬！

花凌海咳嗽了几下，对阿六说，阿哥，这趟请你来，是想跟你商量一桩事体。咳咳，老太爷其实是不来事（来事，上海话：行）了，做寿是想冲冲喜——，他停住了，察看阿六的脸色，欲言又止。

阿六想，叫我来大概做寿衣吧，因此他说，要我帮啥忙，只管讲。亲眷道里，不要客气。

你们家盈庭配亲没有？花凌海突然说。

阿六一呆，怎么讲到这上头去了？

没有。盈衣娘见丈夫沉吟，慌忙接口。

你看之蝶这个小人怎么样？花凌海干脆问盈衣娘。

这个……这个……，盈衣娘张口结舌。

阿六直瞪瞪地看着堂弟，怀疑自己听错了。

毛彩娣笑笑，说，我晓得你们在想什么。她压低了声音说，这小人不是我家老爷亲生的。

这话不啻一声响雷，阿六“啊”的一声直立起来。

都是自家人，说出来也不怕难为情，要不是我们没小人，你兄弟怎么会……，还不明白啊，你兄弟不会养（生）！毛彩娣跺脚道。

那么这小囡……，盈衣娘眼睛激大了看阿六。

阿六给太太使了个眼色。

咳咳咳，花凌海握着拳头，对着嘴，一阵猛咳。

这样吧，你们，考虑考虑，花凌海喘着气说，我的意思呢，双方，双方都是了解的，放心点。你们晓得，我只有这一个小人，将来么，一家一当都是他的。——不过，这桩事体不管来事不来事，勿讲出去，小人自家还勿晓得，要闯穷祸的。

晓得，晓得。阿六夫妻异口同声。

不过，阿弟啊，阿六想了想说，我勿懂你为啥这么急，小囡还小啊，大点再讲好咪。

不是啊，阿哥，毛彩娣说，这么好的小囡，我们是怕被人抢了去。

盈衣娘笑了。阿六脸上的肌肉牵了牵，也算是笑了。心里却在盘算，这桩亲事合算不合算，再有，外人不知道会怎么说呢，表面看，毕竟没过五服啊！

大家一时无话。

毛彩娣忽然说，估计兰兰带他们白相去了，这样吧，你们吃了夜饭再走。

阿六说勿要了，麻烦煞。他想，老太爷还不知怎么样呢，留下来多有不便。

麻烦点啥，难得来的，夜里就几个自家人。花凌海说。

阿六默默点头。

此刻，盈衣他们已经到了法租界洋泾浜，大世界游乐场门前。

三十年代，上海游乐场很多，有大世界、小世界、神仙世界、花花世界、江北大世界、新新世界、大千世界等，大世界是最大的，它是一个建筑群，由12根圆柱支撑着3幢4层主楼，另有两幢附楼，六角形的奶黄色尖塔直插云端。

小大姐阿英放下盈庭去买票，盈衣惊奇地望着这个庞然大物，就像到了另一个世界，她扬起脸，数着宝塔的层数，仰得脖子都酸了。荣生和盈庭和她一样都没来过，可是跟他们有什么话说呢？盈衣转过脸来，看看背着手像蛤蟆一样跳来跳去的弟弟。还有一个人，就是她的堂兄，花之蝶，他一定比她懂得多，人家是有钱人，常来这里的。她偷偷看了一眼花之蝶，花之蝶白净的脸上很安静，他也回望了她一眼，眼神温柔而忧郁。盈衣想，他有什么不称心的呢？他肯定也上学了，而且是顶好的学校。但是盈衣不想和他说话，他们家和自己家不一样，不会是自己人的。他还有奶妈！可我的小妹妹，却是没奶吃活活饿死的……他看她，一定是因为她的脖子，也许，他是在同情她呢！盈衣鼻子眼睛一酸，低下了头。

小婶婶没有注意到她，哗啦啦甩着票说，盈衣，两角钱一张门票，可从正午玩到夜半呢。她吩咐阿英仍旧抱三小姐，奶妈依旧拉着荣生，她自己牵着儿子，盈衣老老实实跟在后面。

进门就是一面“正经的”镜子，它仿佛提醒你，不管你幻化成什么样子，千万记住，这就是原本的你，父母给你的样子。后面就是12面哈哈镜，一字排开。这些凹凸不平的镜子面前的你，就像被施以魔法，一会儿顶天立地，一会儿矮成侏儒，一会儿大块头、一会儿细竹竿，甚至扁成螃蟹，头脚颠倒，左右分裂……盈衣终于笑得前仰后合。荣生更是，发了疯似的跑来跑去，这面镜子照照，那面镜子照照，不知照了几回。疯够了，才拉着小婶婶说，还有没有了？有啊，好白相的地方多了。她叫大家站好，慎重吩咐道，大家拉着手一起走，再挤都不要放手！

他们像一串螃蟹似的在京剧场、越剧场、沪剧场、评弹场转了一圈。里面到处有拴着白围裙的人，手里托着一个大盘子，盘子里盛着许多绞紧的热手巾，逢人就送上，硬要他揩，有的人拿了这热手巾，先揩面孔再擤鼻涕，真是恶心死了，因此她推了一下递过来的手。她看看花之蝶，小婶婶，他们都没要，只有荣生不管三七二十一，拿来就揩，小婶婶给了那人一个铜板。盈庭很乖，一声不吭，白嫩的小脸上，乌黑的大眼睛转来转去，不知在看什么地方。一个房间里在放电影，那个女人真漂亮，比小婶婶还漂亮。盈衣很想站下来看，可荣生老是催，不要看这个，走吧，走吧。

坐完飞船，小婶婶说，累了，回去吧。荣生不肯，盈衣说，不走让你留在这里，夜里有野猫的。她知道弟弟最怕野猫了，野猫一叫，他就往母亲怀里钻。小婶婶说，说好了，看完变戏法我们就走。荣生连连点头。中央广场是露天剧场，以演大型杂技为主，游客沿各楼面、走廊皆可观看演出。一场戏法变完，小婶婶领头，走到饮食店，荣生要冰淇淋，盈衣要了一杯最便宜的酸梅汤，花之蝶则是最摩登的刨冰。

阿英说，还有屋顶花园没去。不去了，我是走不动了。

成群的蜻蜓在花园里飞舞，阴沉沉的天就像一只沉重的罩子，落下来，罩住了所有的景物。闪电刚刚举起利剑，就被追来的隆隆雷声吓跑了——紧接着，大雨腾腾腾，打起尘土，像是跑马场迅疾的马蹄。

老爷未免埋怨姨太太，阿六忙说，回来就好了，我的这些孩子也可怜，没怎么出去过。说完，眼珠滑向他太太。盈衣娘腾地，面孔红了。

半个时辰后，雨小了些，天空色渐渐放亮。阿六说，我们回去了，小孩不可在夜里回家的。这是迷信！姨太太插嘴道。花凌海沉下脸来。苏兰兰吐了吐舌头。

花凌海吩咐手下叫车。

出租车一直开到台阶前，毛彩娣轻轻对阿六说，阿哥，等你回音。

花之蝶从人群里闪出来，递给盈衣一本小人书，又迅速跑开了。

柏油马路在车轮下迅速后退，大雨没有洗去浑浊的市声，只有滴水的屋檐，青翠的绿树，让人想起刚才的大雨。

9

盈衣娘时常回忆起去阿六堂弟家的事，印象最深的是，他家有小大姐，梳头娘姨，粗做女仆，起码五个吧。人家那才叫女主人呢。心里有点发酸，她说，你弟媳妇呒啥好看，面孔上都是雀斑，炮筒子，一个粗人。那个苏兰兰就不简单了，看上去不像是好人家出生，那双眼睛真花，风骚得很。

阿六不响。

盈衣娘停停又说，我还没见过这么做小的，真没有规矩。

阿六说，人家是两头大。

按旧礼，小老婆要像下人一样称自己的丈夫为“老爷”，尊大老婆为“太太”，在重要仪式上“见礼”时要给丈夫和大老婆磕头。亲生孩子只能算“庶出”，要称自己为“姨娘”。礼服不能是红色，住的房间称“侧室”（小老婆也叫侧室）等等。因此给人做小是很屈辱的事，上海的女人嘴巴上常挂着一句话，“愿做天上鸟，勿做地上小。”男人免讨气，常给两个老婆都一样名分。俗称两头大。

凭啥两头大？儿子又不是你兄弟的！盈衣娘还真想不通，弄个别人的儿子来装自家门面，算什么。阿六想，真是和你讲不通，一家有一家的道理么。

阿六说，你还是想想盈庭的事吧，人家等回话呢。

他被盈庭的事搅得心神不安，他不知道怎么办。阿六对小女婿的要求是，体面，富有。当然，盈衣的婚事是不做考虑的。富有不是问题，堂弟有厂，有这么一幢房子，但体面就难说了，这孩子不知哪里来的野种呢！万一他父亲是流氓，瘪三……这可不是玩的！总之，是一块鸡肋。

盈衣娘说，我看不行，你堂弟身体不好，老是咳咳咳的，万一也是痨病，传给儿子呢？盈庭不就倒霉了？她想起了死去的父亲和三个弟弟。

阿六心烦了，皱着眉头说，再说再说。

月光把树影投在白色窗帘上，像一幅水墨画。

花盈衣从温热的被窝里爬出来，悄悄下床，从叠起的木箱夹层里，抽出花之蝶送给她的小人书，拉开窗帘。封面上，哪吒脚踏风火轮，项戴乾坤圈，手使一柄金枪，海涛汹涌……这是本新书，摸上去很光滑，一点折痕也没有。这是她第一次拥有小人书，她眼馋好久了。盈衣抚摸了一会儿，又贴上胸口。她是认了一些字的，应该能看懂。荣生翻了个身，盈衣赶紧藏好，爬上床，满足地闭上眼睛。

人多教室少，学校只上半天课。顾国桢叫她下午到她家去玩，很多次了，她一直没去。她要来，她也不让。顾国桢说，你不跟我好了？盈衣说，不是。

那又为什么呢？

盈衣咬着嘴唇不说话。

顾国桢耸了耸肩说，好吧，随你便。

一天下午，顾国桢突然闯到四季衣庄找盈衣，荣生在门口拦住她，姐姐在写大大，不许进去！顾国桢就在门外喊：花盈衣——，花盈衣你出来！

盈衣赶紧放下手里的铅笔跑出来，什么事了。

来，来，顾国桢招招手叫盈衣过去，一阵耳语，盈衣脸色突变。她跑进店里，对父亲说，我可不可以出去一会？同学叫我。阿六瞪了她一眼。盈衣吓得不敢作声。顾国桢可不管，冲进来说，伯伯好！我想请花盈衣看电影。阿六沉默了一会，说，好吧，看完马上回来。

盈衣噢了一声，转身去了。

后面传来荣生的喊声，姐姐，等等，我也去——

回来！盈衣听见父亲喝道。

走了几步，盈衣眼睛红了，泪水在眼眶里转啊转，声音有些哽咽，你为啥不读了？

不是不读，我转校了。

盈衣很多话堵在胸口，像是吃山芋噎住了，胀痛得不过气来。

转到哪里去？

教会学校。顾国桢似乎不愿意多说。

我真的请你看电影。《渔光曲》，这是中国第一部在国际上获奖的影片，莫斯科国际电影节。票子也买好了，我父亲买的。

盈衣忘记了刚才的痛苦，问，你爸爸让你带同学看电影？

怎么不让，我爸爸是开明绅士。

什么叫开明绅士？盈衣问。

我也不知道。反正，我爸爸不怎么管我？

不管你就是开明绅士？

啊呀，你到底去不去？顾国桢跺脚道。她是蒸笼头，一来不来就满头大汗。

去去去，盈衣一叠声说，我还没看过电影呢。

大光明电影院在南京路上，店铺里传出的留声机甜美的歌声。马路上双层公共汽车，有高鼻头蓝眼睛的外国人，到处是广告招贴画，盈衣恨不得多长几双眼睛，不时问顾国桢，是不是这个人演？外国人看不看电影？顾国桢不耐烦了，等下你就知道了么。

电影院门口有三眼巨大的喷泉，顾国桢在门口的书报摊上，买了一本电影杂志《联华画报》，卷成一个望远镜，东看看，西看看。她们踏着铺着红丝绸的台阶到了大厅。大厅很高，很宽敞，到处亮闪闪的，盈衣说，像王宫，比大世界还漂亮。当然，大世界怎么和这里比？那里只要两角钱！盈衣傻傻地笑了笑。顾国桢甩一甩又黄又细的辫子，说，等我长大了，请你到国际饭店吃西餐。

盈衣眼睛吧嗒吧嗒朝她看，国际饭店也是最好的吗？

我等下带你去看。顾国桢说。

你知道的好地方真多。盈衣羡慕地说。

盈衣走在软咚咚的地毯上好像走在云里，头也晕了，脚也飘了。椅子很舒服，只是太高，太大了。掂着屁股坐一点点，那椅子据像铲子一样把她铲下来了。她又爬上去往后坐，椅子一翻，又掉进夹角，等她手忙脚乱地坐好，电影已经开映了。人矮，挺直了腰背看，一场电影下来，盈衣觉得吃力得唻。

散场后，盈衣问顾国桢，电影说的是什么？顾国桢说她也看不懂，反正是爸爸的票子，瞎看看。

顾国桢说，我带你去国际饭店。

盈衣说，我爸爸叫我早点回去呢。

顾国桢说，出都出来了，管他呢。

国际饭店老高老高，顾国桢叫盈衣数数总共有几层，盈衣脖子都酸了，还没数清楚。

该回家了，盈衣陡然悲伤起来，她搭着顾国桢的肩膀说，你要来玩的啊。顾国桢说，放心！我姑妈在江湾镇呢。

走到家门口，盈衣突然看见黄老师在她家，她慌忙躲起来，尖起耳朵听。

黄老师说，抱歉啊，只好请你们转学了。

转学？为什么要转学？学校停课了？盈衣紧张得心也跳出来了。

阿六说，不了，女小囡识几个字就算了。

盈衣听见黄老师哦了一声，似乎有点遗憾。

她说那我走了。

盈衣很想走出来和老师再说说话，甚至，求老师再和爷娘说说，但是，她就像跟木头桩子似的，动不了。

盈衣背靠着墙，慢慢滑下来，她就坐在墙脚，看着对面墙上的太阳一寸一寸地往上移，然后不见了。

第二章

1

老太爷就像未烬的柴禾，烟雾缭绕了四年，终于在民国廿六年八月十二日天亮前，被一根面条索了命去。

这碗面是小大姐阿英送进去的。

为什么半夜三更送面条？毛彩娣关上房门，追问丫头阿英。

太太，我不明白您的意思。阿英躬身站着，哭出乌拉说，老太爷叫肚皮饿，厨房没点心了，我就下了二两面条。她想纠正太太，不是半夜三更，天已经快亮了。但是她不敢。

没这么简单吧？见阿英不说话，毛彩娣重重拍了拍椅子扶手，不说？还想不想在这里干？火起来送你进巡捕房！

……

有人悄悄传话给苏兰兰。兰兰心里不适意，阿英是我的人，要问也是我来问。打狗还得看主人呢。但是，她又不敢贸然干涉，毕竟她是做小的，而且也显得心虚。怎么办？苏兰兰急忙跑到账房先生那里讨计策，他是她的同乡，也是她的大媒。账房反问她，太太在想什么？苏兰兰皱眉说，怀疑我教阿英弄死她爷啊。账房摇摇头说，她在怀疑老爷。苏兰兰想，是啊，老太爷早就立下遗嘱，等他过世后，再把工厂划归女婿名下。他不死，就难讲了，横戳枪的事体不是没见过。

你是说，老爷等不及了？苏兰兰抽下别在衣襟里的绣花手帕，擦了擦鼻尖上的细汗说，怎么会呢，难道老太爷还有别的想法不成？私生子？

账房先生放下丧礼簿，摇摇手说，我也是瞎猜。也许，还真是不巧给面条噎着了，什么事也没有。

苏兰兰说，那，太太是在拿证据？

账房先生似笑非笑。苏兰兰哦的一声，仿佛明白了。这丫头说不定已经是老爷的人了呢！

活该送巡捕房！苏兰兰咬牙切齿。

勿要，你这么火上浇油就得罪老爷了。

那怎么办？我总要有个态度啊。

解围！

对啊，苏兰兰恍然大悟，拍拍额头，说，老爷会感激我的。

账房先生叽里咕噜说了一通，苏兰兰连连点头，像鸟一样飞到太太房里。

阿英不在。苏兰兰大吃一惊，送巡捕房了？心呼地吊了起来。她很想抽身出去打探，可进来了总要说点什么吧。没等开口，毛彩娣冷冷地说，大家都在忙，你还有辰光荡来荡去？

兰兰讪笑道，我来看看阿姐好不好。

好！毛彩娣眉毛一挑，讥诮道。

苏兰兰干咳了一下，阿姐，我刚才去吴先生那里了，问了老太爷的事。

吴先生是瞎子，算命先生。毛家的老相识，但有委决不下的，都要找他。

哦？他怎么说？

苏兰兰走近几步，扶着毛彩娣的椅背说，阿姐，咱们老太爷属兔的对吧？是卯时去的对吧？毛彩娣不解，扭过脖子，眼睛吧嗒吧嗒朝她看。苏兰兰说，老太爷早不咽气，晚不咽气，拣了这个时辰，不能不算一件巧事。

卯兔寅虎么，老太爷是被属虎的人克死的呀。不过，我们这里好像没有属虎的——

毛彩娣哼了声，你就胡说八道吧。

苏兰兰说，不信，你问去！

苏兰兰说是这么说，到底有些心虚。柔声道，老太爷是寿到了，谁也拉不回呀。

毛彩娣斜了一眼苏兰兰说，妹妹，我知道。你看看去，缺什么赶紧叫人买。

她不过是敲山震虎，也没真想闹大。

那，阿英呢？

你什么时候交给我了？嘁。

苏兰兰低头一笑，找阿英去了。

老太爷的寿衣早几年就做好了。挑了闰月，忌“洋”（“阳”的谐音）忌“缎”（与“断”同音），袖长盖手，合乎章法。而且，穿了几回——看似断气了，下人慌忙穿上，结果又活转来。刚一说，大家还不信，真的死了？管家喝道，什么真的假的，你们还不动？！众人立即各就各位：一拨人布置灵堂，设孝帏、神案、灵牌，一拨人擦身、剃头，换老衣（寿衣）。穿好老衣，盖上“搭面纸”，把尸身扶“正”：头朝神案，脚向大门，双脚用棉线系着，使其并拢向上。这就是“寿终正寝”的意思了。一个走做的阿姨（所谓走做，指不住家的佣人），端来一只搪瓷面盆，放在老太爷脚下，准备烧锡箔。这是去阴间的“路费”。灰烬要用纸包好，放进棺材里。她问站在一边花之蝶的奶妈，太太怎么不来？奶妈说，来不得，血亲的眼泪落在死者身上是不吉利的。阿英点亮一盏油灯，一弯腰，端进门板底下。苏兰兰兜了一圈没寻着阿英，却见她从门板下钻出来，连忙一把拖住，你至于吗？躲到这里？阿英说你吓死我了，我在放过桥灯。什么过桥灯？过奈何桥吧，没灯不是看不见吗？搞什么名堂，这么复杂。苏兰兰嘀咕道。阿英赶紧竖起食指放在嘴唇上，别乱说，叫太太知道了不开心，这些都是她吩咐的。主仆俩全然忘了这是在灵堂，奶妈扯扯苏兰兰的衣襟，指指外面。意思是，你们出去说。就在这时，门外响起了噼里啪啦的鞭炮声。苏兰兰吓了一跳，死人还要放鞭炮啊。奶妈说，这是报丧，赶走来捉灵魂的小鬼。苏兰兰说，你怎么都懂啊。奶妈说，我们乡下都这样。苏兰兰把阿英拉到走廊，虎着脸道，老实讲，老太爷是怎么死的？我想来想去，怎么也轮不到你去伺候。他身边的人呢？阿英急得跳脚，你也不相信我？我正好路过，听见老太爷哇啦哇啦叫，却是没人理睬。估计那两个当差的吃酒赌铜钿去了。我总不能只当没听见吧？算我触霉头，好人真是做不得！苏兰兰说，你也别委屈，我在太太面前圆了这事，若再问，也不是你的错，只在那两人身上。你去吧！阿英撅着嘴巴，一甩辫子，咚咚咚，几乎是跺着脚走的。苏兰兰摇头，这丫头，被我宠坏了。

2

老太爷故去了，盈庭的亲事像煮熟的汤圆，浮出水面。盈衣娘说，要是他们提起，我们怎么办？倒不是我们夜壶上搁筷——搭臭架子，只想太太平平过日子。不稳当的事体是不好做的。阿六噗哧一声笑了，说道，从你嘴里说出稳当两个字倒是滑稽。盈衣娘说，怎么滑稽？阿六的脸又板起来了。盈衣娘莫名其妙，我又说错什么了？真是琵琶叶面孔，一面光，一面毛。

答应还是不答应？盈衣娘追问。

阿六轻轻叹气，是啊。也真是不能拖了。看情况吧。

盈衣娘又说，吊唁我们都去？

阿六摇摇头，犯不着的，吓着了小人不合算，不过是叫名头（名义上）亲眷。

盈衣娘点头，也是，堂弟的岳丈算哪门子亲眷？没得沾了晦气。

阿六买了一对香烛、几刀冥锭。想了想，又用白纸包了礼金。盈衣娘说，怎么要双份呢？阿六说，这不叫双份，丧事不可说双的。

盈衣娘说，这又不要紧，反正老太太已经死了。

死了也不作兴！阿六又不高兴了。

盈衣娘小声骂了一句：神经病！

阿六先是坐公共汽车到市区，又雇了一辆黄包车。

花凌海家铁门边的柱子上，贴了一副孝对："不迎不送丧家礼，自来自去吊客情。"阿六端详了下，拉拉衣衫，揿响门铃。

一个腰间系了白带子的男佣开了门，问清是谁，引了进去。

孝帏前，设了一香案，上面放了遗像和香烛斋果等。灵位前，三炷香，青烟袅袅。长明灯，一左一右，忽明忽暗。

阿六的脚刚跨进门槛，凄厉的哭声突然暴起，就像拉响了警报。

"老太爷呀，这是你日日惦记的阿六侄子呀，你说过，病好了，要请他做衣服呀，他来了啊，你睁开眼睛看看呀……"

阿六磕了一个头，跪伏在一边的花凌海扔下一截孝布（孝布也叫利市，忌迎面用手传给，不吉利）。阿六拣起来的时候，瞄了花凌海一眼。只见他一身孝子打扮：麻布"风凉帽"，白布长衫，白鞋，上蒙麻布条，腰束一条"左手绳"（反搓的草绳）。

阿六将白布条索在腰间，转到孝帏里面——不管真的假的，家属都在伤心，谁也没注意阿六的异常。他实在是好奇。十来年里，他还没见过死者的面呢。

老太爷又干又小，像白雪覆盖下的一截木头。阿六暗自长叹，人呀，真是没什么意思。

按规矩，人死二三日后大殓入棺，但天太热了，太太做主，即日大殓。

利市饭（利市饭必上豆腐，因此也称豆腐饭）摆在花园里。临时拉的，横七竖八的电灯线布满整座花园，每隔几米就是一只电灯泡，亮如白昼。老太爷过了古稀，算是喜丧，因此很多人在拼酒。大人喊，小孩叫，很是热闹。

阿六这一桌都是花凌海面上的，有丽华热水瓶厂老板张向东，有姓钱的记者，只是不见了东方绸厂那个姓言的。花之蝶在白孝带上和黑纱上缝一小块红布，坐在母亲身边。

阿六想，娘俩怎么不坐主桌？

苏兰兰一个个介绍过来，说到阿六时，阿六站了起来，抱拳团团行礼。张向东说，这位见过，尊夫人和小姐公子呢？阿六说，她们不太方便，我一人代表了。张向东哦了一声，坐着还了一礼。苏兰兰见阿六似有失落，忙道，向东你不上路，阿六是我大哥，你怎么坐着，罚酒！众人嘻嘻哈哈，全不在意。阿六也勉强笑了笑，岔开说，好像还有一个人，记得你们三个人在一起说话的。老太爷做寿那天。张向东敛笑道，唉，没了。阿六诧道，没了？刚想问，什么没了？忽然意识到是死了。不知是仇杀、自杀还是病死了。死者为大，不好议论的。钱记者跟着叹道，这人啊，事业就是性命，绸厂断气，他也断气。阿六点点头，这是破产了。这世道啊，没钱难，有钱也难，富人比穷人更脆弱。

想起事业，阿六有点羡慕堂弟，同为裁缝出身，人家平步青云呢。

阿六伸长脖子往中间那桌望去——

那边，花凌海对身边的太太说了什么，毛彩娣点点头。花凌海像鱼一样，在饭桌里穿梭，眨眼到了阿六身边。他一手扶着阿六的肩头，一手举起手里的玻璃杯，与在座的逐个碰了碰，招呼大家吃好。而后对阿六使了个眼色。

阿六跟着堂弟进了小书房。刚坐下，一个女孩子托着长方形的茶盘进来，放下两杯茶盏，倒退出去。几案上，两只荷花状的水晶果盘里，摆着樱桃、枇杷、西瓜等时令水果。阿六端起茶盏，呷了一口。府里一下子多了十来只陌生面孔，想必是办理丧事，临时雇来的走做。

花凌海张着两腿，靠在沙发上，一改平时正襟危坐样子。阿六想，老头子就像架子，架子散了，东西也东倒西歪。阿六等堂弟开口，可花凌海不做声，自顾自从一只紫檀木的烟筒里抽出一支香烟，“凿”的一声，点上。阿六想，那是金的。

花凌海吸了一口，吹口哨似的，嘬圆了嘴唇，喷出一口烟。慢悠悠说，老兄，想好了没有？不会不愿意吧……

阿六拎得清，知道这是在说盈庭和花之蝶的事。忙说，别误会，哪有不愿意的，既然，既然他不是你……

亲生。花凌海微笑着说出来。他想，说开了也好，免得心里疙里疙瘩。

放心，他们家没什么人了，不会寻衅作难的。

阿六心中大释，脸上露出笑来。至于花之蝶的亲生父亲到底是谁，怎么死的，已经不重要了。

两人商定，如果盈庭和之蝶的八字合，年前就拿盘（下彩礼）。

阿六回来一讲，盈衣娘蛮开心。老话讲，嫁囡高三分，像我们这样，吃吃做做的人家，最多也就攀个小康人家。漂亮有啥用？除非做发财人家的小老婆。盈庭真是好福气，当少奶奶了。世界上怎么会有这么巧的事呢？真像做梦一样。知根知底的，连相亲也用勿着了。

第二天早上，盈衣见父母喜洋洋的，也不以为意。大人就是这样，一歇歇开心，一歇歇不开心。一家人吃完粥，洗过了碗，盈衣拿了练习本和铅笔，坐到了餐桌上。

盈衣心心念念在那本小人书身上。日里，她是不敢拿出来“显宝”的，落到荣生手里，不是“尸骨无存”就是“面目全非”（这是盈衣学到的有限几个成语）。夜里呢，很有可能被父母没收——费电，又影响妹妹睡觉。因此在月色明朗的时候，她就偷偷拿出来解馋，尽管看起来模模糊糊的。再就是，大清老早，趁弟妹还在梦里，凑着窗户，一个字，一个字，手指着辨认，把生字抄在纸上，而后“光明正大”地誊上作业本，打算找时间问顾国桢去。

荣生轻手轻脚猫过来，小手从姐姐的臂弯里穿过去，突然一抽，拔脚就跑。

还给我！盈衣一把揪住弟弟的衣裳。

我也要写大大。荣生把手背到身后，身子扭了几扭。

过几天你就上学了……上学就能写大大了，听话。盈衣的声音有点哽咽。想起上学，心里总是难受。

见姐姐要哭，荣生心里害怕，顺从地把作业本还给盈衣，懂事地说，姐姐，勿动气。

盈衣擦擦眼睛说，荣生乖，姐姐写完作业就带你白相。

盈衣娘麻将瘾又上来了，心神不定地望望阿六，阿六说，想去就去吧，看我做什么？你不摸几把是浑身不适意的。盈衣娘讪笑着，赶紧溜了出去。走了几步，又退回来，叮嘱大女儿，你看好弟妹，别乱跑。阿六嘀咕了一句，三十多岁的人了，像小人一样。盈衣呆呆地看着母亲离去。蓦然一阵心酸。小妹妹，要是姆妈多在小妹妹身上花点时间，她就不会死了。隔壁小人，她娘也没奶水，也没请奶妈呀，怎么没死？

3

今天轮到李太太坐庄。盈衣娘直接就去了她家。李太太家比亭子间阿姨有钱，地板房，有三间呢。一个独生儿子，在复旦上学。另外还有两幢房子。夫妻俩靠租金过日子，倒也逍遥自在，每天就是搓麻将打扑克混日子。

屋子里蛮热闹，除了麻将搭子李家夫妻、亭子间阿姨外，还有两个小年轻，十七八岁的样子。一个人看着窗外发呆，另一个讲得起劲：

九点多钟的辰光，我出去买早点，一队日本兵过来，我连忙躲进弄堂里。我想，此地是保安队的地界啊！果然，站岗的哨兵朝天开枪警告，勿晓得日本人端起枪就朝他们开过去，对准人开！真的。

盈衣娘问李太太，他们是谁？在说什么？

我儿子的同学。李太太匆匆回答，又追着问那人，死人没有，死人没有？

不晓得啊，反正，要打仗了，我想还是来一趟，关照关照，你们早做准备吧。我们也要回去了。

他家儿子怎么不来，要同学来关照？盈衣娘有些奇怪，才要问，李太太叫了起来，要打仗了！“呼！”亭子间阿姨伸直胳臂作出射击的架势。

啊呀呀，不好了，要打仗了！盈衣娘似梦方醒，从凳子上跳起来，我告诉阿六去！

李太太白了盈衣娘一眼，一把扯下来，急点啥？打起来再讲，来，我们来我们的。

一百四十四只麻将牌像一百四十四个天使，安抚着太太先生们惊悚的灵魂。

盈衣娘到底心不定，好不容易挨到四点钟，她说，我要回去烧夜饭了。才到门口，忽然一声响，窗户玻璃喀拉拉抖了一下。盈衣娘慌忙缩回屋里。接着，又是一下，越来越密，像过年时的爆竹声。亭子间阿姨脸色苍白，她说，完结！看样子真打起来了。

李太太也呆了，忽然想起什么，冲到房间里，捻开无线电。

屋子里充满了一个女人嗲嗲的声音：“日本水兵冲出租界，射击守卫横滨路东宝兴路段的中国保安队，中国军队还击。10点半，商务印书馆附近中日军队发生小冲突……”

盈衣娘没听完，拔脚奔了出去。“哐啷”，一只搪瓷面盆被她撞在地上，吓了大家一跳。

阿六不好了，打仗了！日本人打江湾保安队了。江湾啊！你听，这是日本兵舰在开炮。盈衣娘满头大汗跑进来。

阿六听了听，还真是。说，你怎么知道？

无线电里讲的！

阿六将信将疑，我去买报纸。果然，《上海新报》头条就是粗大的黑体字：日本人放言：四个小时解决上海问题！

四个钟头？不是打起来了吗？四个钟头就打完？不大可能吧。我们怎么办？

阿六说，再看看吧，生意是做不成了。他在想，熨斗啊，尺子剪子啊，这些吃饭家什怎么办？

那，不做生意我们吃什么？盈衣娘双手捧住急得通红的脸。

还吃呢，有没有嘴巴还是问题。别烦了，还是想想带什么东西吧，这里住不得了。我和老周把剩下来的物事做好，省得人家说我们拆烂污。

话音未落，客户都来了，四五个，都说不要做了，不要做了，没有太平日子过了，省点钞票逃命吧。

三下两下，柜子空了。

盈衣娘和周师傅盯着阿六看。他们在等阿六拿主意。阿六搓着手，眼睛眨了几眨，艰难地对周师傅说，我们打算避一避……你怎么办？周师傅领会老板的意思，爽脆地说，我马上走，回老家去。说完，开始收拾自己的铺盖。荣生正在用一根碎花布条往手指上绕，抬起头问，周伯伯，什么叫老家？周师傅摸摸荣生的桃子头说，就是伯伯从前的家，以后带你去玩啊。荣生噢了一声，又低下头去。盈衣满脸不高兴，看着自己的脚尖，一声不响。她想不通。为什么不留下来呢？大家在一起不是很好吗？阿爸怎么也不挽留？

盈衣很依赖周伯伯。不开心的时候，周伯伯变戏法似的，从围身口袋里，从袖套里，变出一件洋娃娃的衣服甚至一双可爱的小鞋子，很耐心地劝她，他说他小时候也这样的，没关系，长大了就好了，而后，说些蹩脚的笑话给她听。每天，他出现在店堂里的时候，盈衣的太阳就升起来了，心里特别温暖、踏实。

周师傅从包裹里取出一枚铜顶针，走到盈衣跟前，说，盈衣，这是伯伯用了很多年的，送给你，做个纪念吧。盈衣本来忍着，这一说，绝望像是点着了引信的炸弹。她掩面奔了进去。盈衣娘皱着眉毛说，这小人，啥辰光变得哭出拉乌的。阿六沉着脸，从抽屉里取出一沓钱，递给周师傅，关照他路上小心，等局势好了，再回来。

周师傅走出老远，盈衣才从里面出来，手里多了一把蒲扇。她追上去，递给周师傅，伯伯，挡太阳。周师傅拍了拍小姑娘的脸，又擦擦眼角沁出的泪水，说，我得走了，路上还不知怎么样呢。你好好带弟妹，听大人的话。盈衣带着哭腔说，你还回来吗？周师傅说，要的，要的。他把手心里握着那枚顶针塞进盈衣手里，用力捏了捏，别忘了周伯伯。盈衣抽噎着，用力点头。

他们站在大门口，看着周师傅走远，远到看不见。盈衣娘叹了口气，说，天晓得还能不能看见他。盈衣生气地说，周伯伯说的，要回来的！

一家人匆匆吃完晚饭，分头忙起来。盈衣负责把两个小的哄睡，盈衣娘帮着阿六收拾东西。盈衣娘说，最好早点走，想好了没有？我们去哪里？你堂弟家？

阿六眼睛一瞪，不能去！还没过门呢，一家门哄过去，像啥样子？叫盈庭将来怎么做人？

盈衣娘小声说，也是。那么，我娘怎么办？

什么怎么办？她又不是小人，自己长了脚的！

盈衣娘气了，这叫什么话？转念又想，拖着两个小的，还真是顾不了她。

这件皮袍子要吗？盈衣娘闻了闻，皱起鼻子——一股樟脑丸的味道。

这个么，阿六看来一眼说，勿好拿。

值两千块呢，勿要？

不要！他们小声争吵起来。

盈衣过来了，睁大无神的眼睛，垂手站着，她不知道自己能做什么，但是，又隐隐觉得应该做点什么。

阿六说，这里不要你，不过你别睡，也许半夜就走。

一只皮箱，一只包袱，这是最后的结果。盈衣娘悻悻然看着一堆衣服还有碗盏家什，心里百般不舍。阿六说，我出去看看。转了一圈，他说，走不成了，戒严。

天蒙蒙亮，人们像穿山甲，从各自的门洞里钻出来，慢慢聚集到江湾镇主干道上。老的少的男的女的熟悉的不熟悉的，扛着拉着推着所有能带的东西，蚁群般蠕动在两三米宽的石片路上，出了镇子，他们朝不同的方向散去，像一面打开的折扇。而后汇入新的人流，浩浩荡荡，朝着黄浦江，朝着苏州河，涌过去。

阿六一家一会儿被挤到东，一会儿被挤到西，十步倒有七是横着的。阿六抱着盈庭。盈衣和荣生低着头，一左一右紧紧拉着母亲的手。他们打算穿过杨浦公共租界，投奔浦东平家。

平桂生是阿六爷叔的徒弟，他和阿六是一起长大的，感情特别好。

盈衣娘看人家又是板车又是老虎车，肩挑背负，不免眼热。搡了阿六一下，说，你看人家！火油炉都带的，多方便啊。到哪里都能烧来吃。还有，厚衣服都没带，冷起来怎么办？阿六把箱子换了只手，不耐烦地说，性命保住就不错了。

飞机像乌鸦一般掠过云层。人群一阵慌乱。要是拉下“屎”来，可就惨了。荣生却很开心，跳着脚说，阿姐，阿姐，我看见飞机了！我看见飞机了！

盈衣白了弟弟一眼，这么大了，还不懂事。好坏不分。忽然想，她八岁大的时候也是人事不懂的，不懂人是会死的。

他会死吗？他们会死吗？他们还能不能回家？盈衣仰起脸问老天爷。

天空布满了灰色的云，一动不动。仿佛铅块，沉重而冰冷。

蚁群慢慢挪到黄浦江边。一幢挨着一幢的老厂房，已然空空荡荡，就像倒拎起的纸箱，又抖了抖。到江浦路凌家木桥渡口时，天黑了。灯光和炮火，一动一静，零零整整，照亮了整个上海的夜空。黄浦江上，泊着形形色色的船只：舢板、沙船、趸船、驳船、渡轮，外国军舰高耸的烟囱和冰冷的炮塔，像是魔影。

渡口人山人海，腌咸菜似的，一点空隙也没有。盈衣心里非常害怕，人被挤狠了，会不会像气球一样爆掉呢？荣生人小，缩在大人的腿间，上望不见天，下望不见地，又黑咕隆咚的，急得哇哇大哭。盈衣娘屁股一撅，拱开后面的人，把他抱了起来。人海像有“浮力”，托着盈衣娘的手臂。即使放手，儿子也是掉不下去的。

渡船靠码头了，仿佛海上起了风暴，人群骚动起来，不要命地朝前涌。前方，不时传来凄惨的叫声，踩死人了！踩死人了！

盈衣娘吓坏了，拉着盈衣，以老虎入洞姿势，退了出来。幸好在外围！

阿六——！阿六——！盈衣娘踮起脚拼命叫，可她听不见自己的声音。

一只手拍了拍她的肩膀，盈衣娘回头一看，正是丈夫。眼泪哗地出来了，要是散了怎么好，怎么好……

阿六不说一句话。面色如土。

好险！不退出来，也许要被踩死。盈衣摸了摸胸口的小人书，松了口气。

4

阿六雇了一只小舢板船划到对岸。

“宁要浦西一张床，不要浦东一间房”。一江之隔，仿佛两个世界。这里没有电车没有高楼大厦没有剧院舞厅。沿江码头上、河边荒地里，住满了来自苏北、湖北、河南的码头工人，嘈杂、脏乱、贫穷。隆隆的炮声，“哒哒哒”的机枪声，随着风向的变化忽轻忽响，间歇时，能听到蛙声一片。和平的，田园的，野蛮的，残忍的，各种各样的景色、声音，就这么统一在八月的，上海的星空下。

他们一路向西。天蒙蒙亮的时候，到了洋泾镇。

洋泾镇因洋泾浜流经镇区而得名，距川沙县城西北 15.25 公里。历元、明、清三代。它是洋泾地区的中心，沿江商业重镇。低矮而密密麻麻的民房，仿佛收割后的田埂，仅有的几株老树，矗立其中，像站在村口盼儿归来的老人，孤独而凄凉。不知是时间尚早还是战争原因，几乎所有店铺都上了刷板。

平家在北洋泾路。这是镇上的主干道，弹石路，宽五米多，曲曲折折，两旁多是砖木平房和二层的老式走马楼，有几幢新建的石库门和洋式混凝土花园住宅。

走过一爿水产批发店，阿六拍拍一扇有着很多缝隙的旧木门。一只圆滚滚的光头从门缝里伸了出来，圆脸，圆眼，圆鼻头，嘴唇很厚。他就是平桂生。他先是一呆，然后憨厚地笑了，是你们啊，快进来，快进来!

平桂生比阿六大五六岁，妻子死后没有再娶，一男一女，一对双胞胎，和荣生同庚。女儿平燕燕是姐姐，白白的皮肤，小圆脸儿，倒是和盈庭有几分相像，只是眉毛更细更弯，眼睛更大。可惜，儿子是个半哑，能听见，但说不了话，据说打针打的。

平桂生招呼女儿给客人烧水洗澡。盈衣娘赶紧拦住，怎么被你想得出来的，叫一个小囡烧水！盈衣，我们去。这时候，盈衣娘才发现女儿走路一跷一跷的，脱掉鞋子一看，袜子和血水粘在了一起，水泡已经破了。盈衣娘心痛地说，你这个小囡，怎么不响呢？盈衣看看蓬头垢脸的母亲，心里想，响了又如何？你们抱还是背？平桂生拿出一卷纱布和一瓶紫药水，盈衣娘接过来，嘱咐女儿，叫平伯伯啊。盈衣就叫了一声。平桂生说，这是盈衣吧，这么大了，越来越漂亮了啊。盈衣娟秀的脸上泛起了红晕，两眼却直直地盯他。

平桂生心里咯噔一下，这孩子敏感，以为我讽刺她呢。他避开盈衣眼睛，把儿子推到阿六面前，小弟，这是爷叔。

那孩子朝阿六鞠了个躬。

阿六叹了口气，从衣裳插袋里挖出几张纸币塞在小弟手里，买糖吃啊。

平桂生赶紧从儿子手里拿过来，塞进阿六口袋，嗔怪道，做什么，付房租啊!

阿六说，不是，不是……，他倒是窘住了。

平桂生正色道，我们还分彼此吗？有我一口便有你一口。

盈衣娘闻言，眼圈红了，说，师兄啊，我们只有你了。

盈衣一声不响地打量着这家人。她怕那个男孩。他像他爸爸，皮肤像剥了壳的皮蛋，总有脏兮兮的感觉。眼窝很深，眼睛很亮，他看她的时候，冷飕飕的，仿佛一把剑刺过来。外婆说过，赤佬（鬼）是能看到人的灵魂，哪怕你有一个龌龊的念头也是知道的。它会报告给阎王爷，阎王有账本，每个人都有，做了坏事记一笔，做了好事也记一笔。外婆还说，人活一口气，被鬼锁了脖子，气就上不来了，就翘辫子了。锁人的鬼有两个，一个白鬼，一个黑鬼，白的叫白无常，黑的叫黑无常。盈衣想，这姐弟俩倒是一白一黑。但是小姑娘太可爱了，她不忍心将她比做白无常。因此她避开小弟的眼光盯住了燕燕。恍惚中，觉得她就是盈庭，便不知不觉走了过去，突然抱住。燕燕吃了一惊，旋即把头埋在了盈衣怀里。盈衣眼睛一酸，泪水夺眶而出。她像从前一样，把下巴抵到了小姑娘的头上……味道不一样！盈庭和燕燕的味道是不一样的。盈衣失望地推开了燕燕。

燕燕可怜巴巴地忘着这个姐姐，她多希望她抱抱她啊。

今天几号？阿六喝了一口水，打量着屋子。屋里的摆设还是老样子。只是，每扇窗户都贴了米字，灯罩蒙上了黑布。阿六拉了拉灯，是亮的。还好，这里没有停水停电。自己是来对了，可暂且一避。

16号。平桂生挠挠小平头说，听说国军开进华界了，这界那界的，反正，老百姓没好日子过了……你们一定饿坏了，我下面给你们吃！

听见平伯伯说吃的，盈衣干咽了一下，她的嗓子又干又疼。两日来，她只喝了几口冷水，啃了半个冷馒头。但她一点也不觉得饿。倒是两条腿麻了，脚底辣豁豁痛起来。平伯伯怎么说我越来越漂亮了呢？他什么时候看见过我？盈衣心里很是奇怪。忽然听见有人在笑，这种日子还笑得出来！盈衣气恼地转过脸来，看见小弟元宝式地埋在屋角一张椅子里，雪亮的眼光在她的脸上打圈吃吃匿笑。盈衣不知他笑什么，厌恶地掉开了头。这边，燕燕也瞪着乌黑的大眼睛看她，似乎不敢走过来。盈衣友好地对她笑笑。觉得刚才对她有点过分了。

平师兄问盈衣娘，你们是不是非走不可呢？江湾镇真的完了？盈衣娘知道平师兄老实，绝没有讨厌他们的意思，便说，是啊，如果不是逼在眼前，谁舍得丢掉呢？真是累死了，荣生走几步就要抱，8岁的男小人物哪里抱得动？只好和阿六换。可是盈庭是一步也不走的，就这么，两个人换来换去，也不知道这两天是怎么过来的。哎，这下好了，可以歇歇脚了。盈衣娘说着说着，声音轻下来，眼皮就像虫子粘在了蜘蛛网上，颤了几颤，不动了。一会儿发出轻轻的鼾声。平桂生一看，荣生和盈庭，东倒西歪的，早已睡着。他赶紧腾出房间，帮着阿六把盈衣和荣生抱到女儿床上，唤醒盈衣娘，让她和盈庭睡儿子的床上，阿六打了地铺。

窗外，一闪一闪的亮，玻璃窗发出哐啷哐啷的声音，仿佛有只手在敲，天花板上，纷纷扬扬，落下胡椒粉似的灰来。这些铁家伙不知落在哪里呢，不知又死了多少人，又有多少人又无家可归。阿六手枕在脑后，心想，老住这里也不是办法，吃是最大问题。

阿六推醒妻子，他说玲玲，我想去租界看看，有没有落脚的地方。

盈衣娘迷迷糊糊回答了一句，我想到十六浦找姆妈。

阿六说，昏头了你。兵荒马乱的怎么找得到？

太太没听见，她又睡着了。

吃罢早饭，阿六把自己的打算跟师兄说了下，又嘱咐盈衣娘，你带好小人，等我回来。才出门，突然听到“嗡嗡”的飞机马达声，阿六抬头一看，三架飞得很低的飞机，机翼上清清楚楚是一个红膏药标志。阿六吓得灵魂出窍，连忙扑到地上，就听见附近连续响起震耳欲聋的爆炸声，一股股浓烟腾空而起。啊呀，这里再不能住了！阿六心里大叫。

阿六是第二天下午回来的。他说路上不好走，人多得不得了，除了难民就是乞丐。听说我从浦东过来，他们说，你过来是对的，那里快完了。他们问我住哪里，我说家眷还在那里呢，他们说，过来是过来的好，不过没地方了，学校、戏院、教堂、寺庙，全住满了，就连荣记大世界难民所也满了。讲起大世界，大家纷纷议论，说有不少人也真是触霉头，原本是逃命结果反而送命。阿六不解，怎么说？他们解释给他听，报纸上讲，国军的飞机是去轰炸黄浦江口的日本兵舰的，结果被炮弹打坏了挂炸弹的支架，飞行员想在跑马厅把这颗炸弹扔掉，那里离大世界不过三四百米，啥人有这么好的眼功？作孽，死了2000多人，零零碎碎就拉了几十卡车！听讲华懋饭店、汇中饭店也完了，八分四散。

盈衣心里咯噔一下。顾国桢说，以后要带她去国际饭店吃西餐的，不晓得国际饭店怎么样，不晓得顾国桢怎么样。后来一想，也许都好着呢，不会这么触霉头的。

盈庭走过来，扯着盈衣的衣襟，要姐姐跟她玩捉迷藏，盈衣说，我们玩手绢吧。姐妹拉着手，走到一边坐下。

燕燕站在父亲身边，仰着脸听大人讲话，听了一会没听懂，走向盈庭姐妹。

盈衣听见脚步抬头，一抬头，发现燕燕盯着自己，好像还没看够似的。她在研究我的头颈呢。盈衣脸一红，头一低，继续做“老鼠”。折几下，抽出的一角是尾巴，另一头，两只角打成一个结，就是“老鼠”的头了。她左手轻握着“老鼠”，右手捋着，嘴里说，乖啊，别动，那“老鼠”却是往前一跳。逗得盈庭咯咯地笑。

燕燕挨近盈衣，央求道，姐姐，教教我吧。盈衣说，好。

阿六说，不管怎么样，租界总要好些，外国人地盘么。只要命在，哪怕门堂子里缩缩，也是好的，天又不冷。从前，我们都在马路上困过。

平师兄坚持留下，他说，生死由命。阿六沉吟了下，说，这样吧，将来如果都还活着，燕燕就是我们花家的媳妇。平师兄说，一言为定！

当晚，平师兄准备了一桌酒菜。除了海蜇、绿豆芽和油余花生米，大都是腌制品，咸鱼咸肉咸菜等等，酒是烧菜的黄酒。平师兄叹道，镇上200多个摊贩，早上五点至晚八点，日日开集，热闹得不得了，啥物什没有？炮声一响，一个不剩。什么也买不到。绿豆芽还是自己发的。全镇一百多家商店关了大半，布店，药店，饮食店、烟馆、茶馆，统统关了。阿六说，怎么不是？江湾镇的市面比这里大，还不是全关了？他扫了一眼桌上的七碟八碗，心想，恐怕，这是平家最后一点好东西了。他看着师兄，担忧地说，你们怎么办？没吃的怎么行？平师兄道，有米就不要紧。阿六知道说他不动，也就不响了。

盈衣埋头吃饭，余光发现，坐在边上的燕燕在看她，吃几口，看看，吃几口，又看看。盈衣知道她舍不得自己走，心里也有些难过，夹了一筷子绿豆芽，放进燕燕碗里。

饭后，阿六他们就动身了。夜里，相对安全。

外滩上住满了露宿的难民。通往租界的各条马路口，铁栅栏都关闭了。

栅栏前，老老少少聚着许多人，哭爹喊娘地要进去，栅栏里的巡捕置若罔闻，连头也不抬。阿六挤上去，往一个印度巡捕手里塞了一卷钞票，说自己走亲戚去了，现在回家，并说了堂弟家的地址。那个巡捕看了看钞票，把铁栅栏开了一条缝，让他们五个人过去。

往前走就是爱多亚路。这条马路就像国界，中间有一条粗粗的白杠，左半边是法租界，不时有法国巡捕和安南（越南）巡捕走过；右半边是英国租界，巡逻的是英国巡捕、印度巡捕。

不多时，他们到了荣记大世界。

这里就是大世界？三年前来过的大世界？盈衣迷惘地仰起脸，六角形的奶黄色尖塔上，夕阳昏昏然，像是中暑了。

5

很多人挤在门口。阿六说你们怎么进不去？一个人冷笑，进去？等三天了，到现在也进不去。有人说里面住了五千多人，又有人说，不止，有上万人。

阿六在众人警惕的眼神中，推开黑乎乎油腻腻的玻璃门。一股热腾腾，臭烘烘的气浪迎面扑上来，夹带着哭声，叫骂声，呻吟声。老的，少的，男的，女的，横七竖八乱躺在地板上，腿挨着腿，不要说坐，连站的地方都没有了。谁晓得有多少人，毛估估而已！

时间是邪恶的巫师，一夜之间，把这座装满欢笑的娱乐场变成了人间地狱。阿六重重叹了口气。心想，没地方去了，等着吧。他从箱子里取出一条印花床单，挨着前面的，在人行道上占了一块空地。五个人脱了鞋爬上去。

盈衣娘把所有的鞋子拎进来，靠墙码着，用报纸盖住。她说别叫人抢了去。

盈衣扳起脚来察看水泡。有的长出了嫩红的新皮，有的还在渗水。在平家，娘挑破水泡涂了紫药水，又绑了布条，走路时倒也不觉得痛。一坐下，觉得整个脚掌像被撕脱了一层皮。

荣生赖在姐姐身边，望着天空，不知在想什么。突然问，姐姐，这里的云为什么和路上的云不一样呢？

路上是黑烟，烧房子的黑烟。

为什么要烧房子？

炸弹炸了着火的。

为什么要扔炸弹？

我也不晓得。

骗人！你晓得的你晓得的。荣生扭着姐姐说。

盈衣说，人家要抢我们的地方，所以扔炸弹。

荣生说，那就赶他们出去啊。

是啊，所以打仗。

荣生又问，那，我们在这里做什么？

盈衣摇摇头。荣生又问母亲。盈衣娘说，没地方去啊。只好在这里了。荣生忽然眼睛一亮，我们可以住到上次吃饭的地方去，就是很多人一起吃饭的地方。盈衣说，那是爷叔家。荣生说，对，爷叔家。我们去爷叔家吧。阿六很不高兴，瞪了盈衣一眼。盈衣一缩脖子，把头磕到了膝盖上。她不明白，为什么宁可露宿街头也不到亲戚家去。眼看天就要黑下来了，野猫野狗来了怎么办？坏人流氓来了怎么办？盈衣嘤嘤哭起来。阿六喝道，哭什么！盈衣吓得一哆嗦，不敢出声。荣生拉拉盈衣的袖子，姐姐你不要哭，我害怕。盈衣用手背擦去眼泪。荣生忽然哈哈大笑，姐姐是个大花脸！盈衣一愣，又往脸上抹了几下，荣生更乐了。盈衣轻轻搡了弟弟一把，侬也一样。荣生啊的一声，扭住母亲要镜子。盈衣娘不理。盈庭忽然细声细气说，姆妈，我肚皮饿。盈衣娘说，啊呀，我们还没吃晚饭呢。

盈衣娘解开包袱，把平师兄送的饭团和咸菜分给三个小人。问阿六，要不要。阿六手一推，不要。盈衣娘想了想，捻起一小块饭团塞进嘴里。眼梢一带，发现很多人盯着她手里的包裹。吓得她心里噗噗跳。整整一夜，盈衣娘不敢合眼。盈衣也睡不着，干脆坐了起来，甩着一件汗衫，为弟妹赶蚊子。

一夜下来，大家的头发被露水打得湿漉漉的，身上衣服泛潮，像黄梅天的水门汀。荣生说，会不会生虱子了？他一说，大家觉得身上痒起来。盈衣往后缩缩，背部一贴到墙，就磨蹭起来，脸上是副怪样子。荣生呢，干脆跑到马路上，背对着电线杆砰砰地撞。盈衣娘噗呲一声笑了起来，这只小猢狲！碍于面子，盈衣娘只是扭扭腰，让身体和衣服摩擦。可越是这样越是痒，只好伸手进去哗哗地挠起来，就像刨萝卜丝一样。盈庭不知是真痒还是学舌，也说，痒，痒，盈衣娘只好腾出手来，帮小女儿挠，头颈、后背……

接下来的几天，盈衣娘和阿六轮流守夜。心里想着，快了，快了。

大家自觉排队，出来几个，进去几个。插队是要犯众怒的。走掉的不外乎两种情况，一种是有了更好的归宿，比如借到房子或是朋友亲戚接了去，再一种就是死了，各种原因的死。

被单一点一点往前挪。终于轮到他们了。

进了门，阿六一行找落脚的地方，他们踮着脚尖，像鸭子一样摇摇晃晃，每一步都走得艰难。耳边是粗鲁的骂声：瘪三，眼睛瞎脱啦！估计踩着了什么人的衣裳下摆，裤脚管或者被单、饭盒。

大世界向难民开放三层。底楼是最吃香的，出脚方便。因此，楼上的人一见下面有空，赶紧抢位子，新来的再去填“楼座”的空。

阿六楼下兜了一圈，又上楼，可楼上也没空位——走掉的那几个等于是大海里蒸发掉几滴水。仔细一看，方知被人“宽松”了去。阿六又是陪笑又是作揖，先是一个一个往空档里塞，再想办法调位置，一家人好不容易聚在了一起。

飞机的轰鸣声，一会儿近，一会儿远。大家惊惶不安。阿六说，不会往这里丢炸弹的，这里是租界。他的语气非常肯定。盈衣想，不会？上次不是说自己人炸了自己人吗？要是再来一次呢？逃都没法逃。不是炸死就是砸死、踩死。她忘不了逃难的那几天。只要天空里出现一架日机，人们就像被水淹火烫的蚁群，乱哄哄不知道往哪里躲。男的哭，女的叫，挤倒在地上的孩子，发出一声声惨叫。盈衣想起那种场面，不由哆嗦起来。

难民所一日两餐，大桶大桶的饭和蔬菜，管饱。只是，吃了要拉啊，上厕所就麻烦了。别说厕所不够，走过去就要了命了。因此，盈衣想尽量少吃少喝——其实只是想想，每次都撑得肚子胀，可不多久就饿了。没油水啊！

荣生吃完就惦记厕所。盈衣娘说，你是趁机白相吧？小爷叔！

江南人把父亲的兄弟或平辈叫做“爷叔”，其中，年龄小于父亲者为“小爷叔”。“小爷叔”的年纪小，难免调皮捣蛋，仗着自己的辈分胡作非为，于是，在沪语中，“小爷叔”又指难以管束的小青年，如长者看到一帮小捣蛋，会讲：“小爷叔，帮帮忙，勿要再闹下去了。”

趁机白相也有好吃。这天，“小爷叔”发现了下面的外婆。

枪炮一响，盈衣外婆就跟着大家跑，一直跑进大世界。那天飞机误炸大世界，她正好站在门前，溅了一身的血。

喏，这里，这里……，外婆指给女儿看。盈衣娘问，这么龌龊，难过煞了，怎么不汰啊？外婆笑了，还洗汰衣服啊，面孔都顾不上。侬没看见我的样子？盈衣娘也笑了，拍拍自己的额头说，真是昏头了。阿六说，你们讲闲话，我出去转转。

马路上，人们低着头匆匆赶路，仿佛拉样片似的，唰地一下过去了。墙上的标语愈加使人惶惶："有事快快走过，无事归家静坐，街头站立观望，恐招无妄之祸"。

阿六一路走，一路找米店。什么都可以缺，唯独米是性命交关的。一打仗，东西都姓"贵"。真不知道手里的这点钱还能买多少米。

米店最好找，排着长队的就是。不管是长衫还是短打，不管是男是女，顾不得仪表矜持，人人伸着脖子朝前面看，恨不得眼睛飞进柜台，看看自己能不能买到。

排在队尾的是个四十多岁的女人，一手捏着户口购米证，一手捏着本白色的量米袋。阿六问，有希望吗？女人摇摇头，不晓得。昨天排了几个钟头，挨到却没有了。

没有了？

她很奇怪地看了看他。阿六赶紧说，哦，我刚从浦东来。

女人说，本来一周一斤，现在十天一斤，哪里吃得饱？肚皮瘪嗒嗒，又是女人家，自然"轧"不过人家，只好老老实实排队。

"轧"，吴方言，挤的意思。淞沪战争爆发后很长一段时期，上海的粮食供应处于极度缺乏的困境，政府采取"记口授粮"的方法，让市民按户口人数到指定米店购米。人称"户口米"。即便如此，还常常买不到。因此粮店门一开，人们蜂拥而上。这种现象被叫做"轧户口米"。一直流传至今。有时，在公共汽车上挤了谁，有人就会说，侬做啥？轧户口米啊！

真还不晓得户口米呢，从来就是吃多少买多少。阿六怅然良久，忽然眼睛一亮，问道，有没有黑市米买？有，当然有。不过我是买不起。阿六问，哪里有卖呢？女人摇摇头。

阿六站在马路对面观望，那女人最后还是没买到米，哭啼啼离开。有人大声"骂山门"（吴语，骂人。骂太平山门：指桑骂槐），一个男人对墙边的一叠门板重重踢了一脚，哗啦啦，全倒了下来，又是一阵混乱：啊呀，压到我脚背了，要死快哉！

等人全走光，阿六上去敲门。里面的人大声说，没米了，没米了，明早来吧。

阿六说，侬开门，我给你们送米。

隔了很久，伙计打开一条缝，一看阿六两手空空，又要关门。阿六一只脚抢进去，用胳膊肘撑住，将一卷钞票塞到伙计手里，急忙道，我只想请教侬一句话，你们的米从哪里进的？伙计笑笑说，告诉你可以，不知你有没有这个本事。

翌日一早，阿六直奔浙江乡下。上海大小米行坐地收购，村民的存粮不多，好在阿六也不能多买，抠出一点不是问题。洽谈价格，过斗计量，一切停当，阿六脱下长衫里的马甲。

这马甲是撕了被单临时做的，里子和面子都是结实的斜纹布。他把米灌进夹层，铺平，每隔一寸缝一行，这样，米就不会团在一起了，看起来也自然一点。阿六穿上马甲跳了跳，又跑了几步试试，不散不漏。

大约来回弄了半个月，阿六就收手了。有一天，他经过日本人哨所时，差点被流弹打中。他没告诉太太真相，只说，累了，不想做了。

没麻将可解恹气，母女俩有一搭没一搭地说话。盈衣外婆问女儿，你们的房子不晓得怎么样了。盈衣娘摇摇头。过了一歇，外婆又说，侬的头发都打结哉。盈衣娘说，侬的也是，侬的横 S 成了一个陀陀头。外婆又看看盈衣，摸摸她的小辫子，她头发不多，编了一条还是细细的。尖尖的、小小的胸，把短衫顶了起来，像是撑了两把小伞。外婆对盈衣娘说，我们的盈衣发育了。为什么要说这个呢？盈衣难为情了，红了脸说，我去找弟弟。

荣生像逛马路一样在难民所里走来走去，他实在坐不安逸，想找找看，有什么好玩的东西。忽然发现墙角有一块长方形，黑乎乎的东西。麻将牌？他捡了起来，捏到手里却是软软的，不知是什么。他在袖子上擦了擦，又放在鼻子下闻闻，酸酸的，似乎有股肉香！他兴奋极了，放到嘴边又改了主意，喜滋滋回到“驻地”。

母亲在和外婆说话，姐姐也不在。盈庭撅着小屁股对着脏兮兮的墙在玩一块木片，荣生蹑手蹑脚走过去，把那块肉塞进了妹妹嘴里，哥哥拨侬吃好物什。盈庭小嘴努了几努，咽下去。好吃伐？荣生咽了一下口水问。盈庭手里依然在玩木片，点点头说，好吃。

阿六回来了。他是去买牙膏的，买来买去买不到，难道这些厂都关门了？外面也运不进来？真是奇怪。盈衣娘问，外面乱不乱？我都不想出去，挤出挤进真是麻烦。阿六说，马路上倒是比前几天热闹了，耳朵边尽是救亡歌曲，墙上到处是抗日标语，不少人还捐钞票，支援前线。荣生嚷道，带我去看看！阿六没理儿子，问盈衣娘，你们听见炸弹响没有？日本飞机炸了先施公司，永安、沈大成、采芝斋、一乐天也带着了，死了好几百呢，听讲黄浦江边上的商铺全炸没了。不晓得平师兄伊拉怎么样，真是急死人！

外婆说，谁是平师兄？

盈衣娘面露忧戚，喃喃说，也许逃出来了……阿六依讲，炸弹是长眼睛还是不长眼睛？

谁知道炸弹长不长眼睛呢。阿六说。盈衣想，这回说真话了。

盈庭忽然说，姆妈，我要大便。

6

盈庭拉肚子了。问她肚子痛不痛，摇摇头，哪里不舒服，也摇摇头。盈衣娘说，肯定吃坏了。这里的东西跟猪食一样。外婆也说，我看是洗都不洗的，蚊子苍蝇老鼠屎，什么没有？大人熬得过去，小囡怎么吃得消？阿六说，我去买药。荣生跳起来说，我也去！

小姑娘越拉越厉害，开始的时候还有型，接着是泥浆水、米泔水，清水。间隔时间也越来越短，一刻钟，十分钟，五分钟，最后几乎停不下来了，根本无法擦屁股，伸上去就淋了一手。两只痰盂，盈衣和外婆轮着倒，可还是跟不上，外婆赶紧凑上脚盆。

不过一个多小时，盈庭的眼窝抠了，面颊瘪了，气也喘不上来了。盈衣娘端着盈庭，手又酸又麻，急得满面通红，恨道，阿六怎么还没回来？怎么还没回来？

一向冷静的外婆也慌了，不对啊，不像是吃坏肚皮。哪有这么个拉法的？她凑上去闻闻，有点腥气，啊呀，颜色不对了，像是汰肉水，不好，拉出血来了！

盈衣本来要去倒痰盂，听外婆一说，吓得腿也软了，啪嗒一声，痰盂掉在地上，污水流了一地。隔壁的几个人跳了起来，要死快哉，你这个小姑娘怎么回事？

盈衣急忙找布来擦，边擦边掉泪。她不知妹妹是怎么了，心里的恐慌就像荒原上的火苗，呼啦啦，越烧越旺。她可千万，千万——

盈庭嘶哑着嗓子说，姆妈，我要死了吗？

盈衣抹布一丢，急叫起来，不会的，不会的，姐姐不让你死……姆妈叫医生啊，叫医生啊！

盈衣娘大声说，你找找去吧，我走不开啊。

盈衣跳起来就走，一路走一路叫，救命啊——！救命啊——！不知绊倒了多少次，也不知踩了多少人的东西。她已经听不见别人的叫骂声了。

姆妈，我嘴巴干。盈庭有气无力地说。

外婆把冷开水送到盈庭又干又白的小嘴边，盈庭喝了一口，还没等第二口，哗啦啦，胃里的东西一下子喷了出来。这一叶，吐开了头，再也止不住。她在母亲怀里扭来扭去，像是在挣脱什么。盈衣娘不停地喊着女儿的名字，盈庭，盈庭，哪里不适意？姆妈帮你揉揉啊，你哪里不适意？盈庭嘴巴张了张，却是没有声音，原本黑亮的眼睛失去了光彩。盈衣娘急火攻心，一阵晕眩，身子一摇，跌在地上。怀里的盈庭顺势倒下去，脑袋一歪，不动了。

盈庭，姆妈，盈庭不好了！盈衣大声哭喊起来。

盈衣娘一惊，猛地竖起来，抱起小女儿，盈庭，盈庭，你醒醒啊——

过了一会，盈庭慢慢睁开眼睛。

姆妈，我……我在……哪里？

盈衣娘亲了亲女儿冰凉的面颊，宝贝，你再忍一忍啊，医生马上来……来人啊，救命啊——！救命啊——！她朝着闹哄哄的大厅拼命大叫。

来了……来了……有人回应，几分钟后，难民所的医生到了。他熟练地翻了翻盈庭的眼皮说，没用了。说完转身要走，却被外婆一把拖住，求求你，再看看，再看看，她没有死，没有死啊！医生说，你是医生还是我是医生？外婆拉住医生不放，求求你，求求你！我还有病人呢，放手！他用力一挣，“嗤——”，白大褂被撕去一块。

盈衣猛地扑过来，从母亲怀里抢过妹妹，阿姐给你看小人书，你没看过小人书吧？姐姐讲给你听好不好？好不好？她仓皇地将手伸进衣服里，掏啊掏，“啪嗒”，小人书掉在了湿漉漉的地上，盈衣拎起来，你看你看，多好看啊，你看，你看……

盈衣，你——！盈衣娘大叫一声，“扑”地倒在了地上。盈衣放下妹妹，又扑向母亲。她完全昏了头了，不知道发生了什么事。

外婆一把推开盈衣，抱住女儿，呼天抢地，苦命的囡啊，你的命和怎么和娘一样苦啊……

盈衣娘再也没有醒过来。

还是那个医生，他说，她是同样的病。可盈衣不明白啊，不吐不拉，怎么是一样的病呢？盈衣不知道，她母亲得的是不吐不拉的“干性”霍乱。

就在一个月前，上海被香港等地宣布为“疫区”，中山医院也改成了“时疫医院”并在几家报纸发布了消息。可是，对于战争来说，这种消息实在算不得什么。

她跪在母亲身边，怎么也不相信这个又黑又瘦，枯焦木头似的女人已经死了。

及至阿六回来，娘俩的身体已经僵硬了。不过几个小时，5岁的女儿和不到 40 岁的太太就没了。阿六捶胸顿足，怪我啊，都怪我啊……

阿六想起来就后悔。要是不耽搁，盈庭和她娘不会死，送医院好了。哪怕难民所没了地盘，哪怕从此睡马路。

那天，父子俩跑了好几个店没买到药，正想找家医院问问，忽听马路对面有人叫，花阿六——，阿六——

是亭子间阿姨。她像见了亲人，拉住阿六呱呱呱讲了半日。最后说，侬晓得伐？江湾镇完了，那屋里（你们家），阿拉屋里（我们家）全完了……李太太没逃，伊也忒笃定了，讲不会有事体的，我看是凶多吉少。

怡和纱厂呢？阿六问。阿六的父母都是做厂的，怡和纱厂的工人。他们相继死在了打麻机上。对这个厂，阿六有说不出的滋味和牵挂。

还怡和纱厂唻，老早变成白板了。

白板？没了？亭子间阿姨走了多时，他还怔怔地站在那儿。

……

荣生不哭。他自言自语道，女小人是很容易死的，小妹妹死了，大妹妹也死了。我是男小人，不会死，姐姐也不会死，姐姐长大了。可是姆妈也是长大了呀，忽然意识到自己从此没妈妈了。荣生哇地哭了出来，跳着脚哭，我不乱跑了，我乖了，姆妈你回来吧，我不敢了呀……

哭声像潮水一样推醒了迷糊的盈衣，她像揉面团一样推拉着母亲，姆妈，姆妈，侬醒醒啊——，我还没嗲过侬，让我嗲嗲侬好不好，好不好啊……

周围站了许多人，议论纷纷。物伤其类，有人掉起了眼泪。

一声吆喝，义工抬来两口薄皮棺材，上面印着 ×× 义庄。荣生发疯似的冲上去，又踢又咬，不准他们抬走母亲和妹妹。盈衣拉开弟弟，两只手死死箍住他的双臂，泣不成声。

7

盈衣睡得迷迷糊糊的，连日的伤心和疲劳使她像只被打了麻醉枪的幼兽。她梦见她和妈妈到一个很远的地方去玩，车票都要80元，她上去了，到地方下来一看，妈妈没上车，那车忽然没了，很多很多的人，他们排队进玻璃门了，她在梦中找啊，叫啊，姆妈——，姆妈——

她被自己的叫声唤醒了，慌里慌张地找父亲、外婆和弟弟。

他们都靠墙坐着，无精打采的。

盈衣爬到弟弟身边，紧紧抱住，眼泪又下来了。

广播里，噼里啪啦一阵响后，一个女人嗲嗲的声音，请大家注意了，请大家注意了，现在有个通知，现在有个通知，为了防止疫情进一步蔓延……疏散……请大家做好准备，请大家做好准备，不要慌乱……

大厅里吵翻了天，盈衣一句也听不见，耳朵里只有嗡嗡的声音。

阿六大声说，盈衣侬放开弟弟，荣生，到阿爸这边来。阿六把儿子背上，叫盈衣拉住外婆的手。他们跟着人群，一点一点往楼下移。

大世界门前，停满了卡车，一辆接一辆，绵延几百米。有些人走了，绝大部分听从指挥下，登上卡车。满一辆，开走一辆。

卡车放下了边上的挡板，必须踩着轮胎才能爬上去。阿六自己先上，让外婆举起荣生，弟弟上去了，可盈衣爬了几次都上不去，她一点力气也没有。外婆说，我上去拉你。最后是，阿六一只手，外婆一只手，把盈衣拖了上去。

他们把我们拉到哪里去？外婆问。

阿六没有回答。他也不知道。

一路上，盈衣没有看见父亲说的募集啊，唱歌啊，只看见街巷中，一队一队的人，一只只大木桶，一个人拿着长柄勺子往他们的碗里舀着什么。

外婆说，这是施舍。

荣生问，外婆，什么叫施舍？

就是有钱人做慈善。

什么叫慈善？

盈衣插言道，就是做好事。

荣生哦了一声，又说，姐姐，我们这是回家吗？盈衣叹了口气。荣生再问什么，她是一句也不说了。

卡车开得很慢，几乎和步行差不多。盈衣忧郁的眼睛跟着车子移动，就像一架的照相机，捕捉着人世间的悲惨。数不清的人露宿街头，他们睡在马路两旁，商店门前，街角背风处，身边是炉子、锅子、铅桶、竹筐零零碎碎。外婆说，他们其实没东西可煮，主要靠好心人给几个钱买大饼馒头。荣生说，要是我们不去难民所也这样吗？外婆点点头。

卡车开过一个广场，盈衣看见几个十几岁的女孩子，她们的胳膊上套着白底红十字的袖章，在发白馒头。咦，还有白馒头吃啊！哎，这个人怎么像顾国桢？盈衣挥着手大叫，顾国桢——，顾国桢——，那人回过头来。可不是么，是她！盈衣又叫，顾国桢，顾国桢！顾国桢飞跑过来，边跑边喊，你们去哪里？我——也——不——知——道……风把盈衣的声音吹得断断续续。顾国桢跑着跑着，慢下来了，人越来越小。

卡车拐了个弯，盈衣的眼泪流了下来。

外婆说，盈衣，是你的同学？她当童子军了？

盈衣摇摇头，说不出话。

荣生问，什么叫童子军？

外婆挠挠头，大概是年纪小的军队吧。

荣生想，外婆知道慈善，但是不知道童子军，外婆是老了还是没老？

阳光从厚厚的云层里透出来，盈衣肿胀的眼睛眯了起来，像只打瞌睡的猫。

前方堵住了，卡车停了下来。拐角处，一个女人在和人抢一个馒头，荣生叫起来，你们快看，她身边有个东西，像是小毛头！外婆说，大概生下来就死的。荣生又痴了，他想起了很久以前死去的小毛头，他的小妹妹。她比这个小毛头不过大一点点……生出来死，长大一点死，哪个好点？他觉得这个问题太难了。一下子没了精神，头也耷拉下来。

不一会，卡车又走了。越来越颠。炮弹坑一个接一个。有几根电缆线断了，像折断的树枝般挂了下来。民房在火焰中继续燃烧，劲风夹着黑烟，一股焦臭的味道。大片的废墟、瓦砾，田野里躺着许多死尸，面目不清。

外婆说，不对啊，这地方怎么这么荒？出了英租界了？

阿六没说话。他的脸瘦削多了，变得更有棱角。

完了，我们完了。外婆绝望地说。

阿六依旧不响。他想，黄金荣不会不管我们的，这么多人呢。

盈衣扶着栏板，垂着头，似睡不睡的样子。其实，她在听身边的人说话。那个穿长衫、戴礼帽的中年男人嘴巴没停过。他的同伴，那秃顶老头是来访友的，飞蛾扑火成了难中人。

中年男人说，我本来想逃到南京去的，可是一票难求啊！同事临时改主意，把票让给了我，还没走呢，你来了……幸亏你来，救了我一命。狗娘养的，完全是有计划的屠杀！报纸上的照片你看见没？天桥、月台、铁轨炸个稀烂，地上满是焦黑残缺的尸体。还不算完，又扔燃烧弹。站里站外大火一片，好好的一个车站从此没了。

老头说，唉，惨无人道，惨无人道啊！你们学校散了吧？

怎么不散？上百个学校毁了，这帮畜生，连红十字会也不放过……这是哪儿？妈的，连路也不认识了。

8

怎么也没想到，他们被拉到了闸北。阿六虽然辨不出什么街什么路，可大致方向还是知道的。四野静悄悄的，几乎每隔一段就是一块荒地，一堆瓦砾，一个大坑。一阵风吹来，能闻见橡胶味和腐尸的恶臭。

外婆和阿六背一个拉一个，钻进一个塌门倒窗的空房子里。

里面已经有很多人了，男男女女老老少少，一个个愁眉苦脸，惶惶不安，天南地北的口音。战争时期，难民是没有家的，什么地域偏见，文化差异，都消融在炮火声中了。

但是，有些隔阂和憎恨是无法冰释的。

荣生眼快，一眼看到了江湾镇老家的邻居，亭子间阿姨。她披头散发的，衣衫不整，却是依然胖。荣生挥着手，尖着嗓门叫起来，我们在这里——，我们在这里——

亭子间阿姨欢叫一声，往这边挤过来。挤到跟前，阿六恨恨地瞪了她一眼，别过脸去。

咦——，你娘呢？亭子间阿姨张望了下，问盈衣。

盈衣看了她一眼，不做声。

提起母亲，荣生的笑脸一下子变了，姆妈——，他哇哇哭起来。

盈衣心疼弟弟，一下子火了，冲上去，对着女人的面门嚷道，都是你，都是你，你这害人精！

怎么是我？我怎么了？真是莫名其妙！她拉拉阿六，喂，怎么回事？盈衣娘呢，盈庭呢？

阿六没好气地说，死了！

死了？炸死的？

滚——！阿六突然咆哮。

亭子间阿姨嘴巴里嘟囔着什么，悻悻然走了。

外婆说，阿六，待在这里不是事体，没吃没喝的。阿六唔了一声，看看天空。云层很厚，看上去飞机不会来。他说，住一夜，天亮再说。

他们躲到一个墙角，缩在一起。荣生第一个睡着，接着是盈衣。

两个大人压着嗓子商量起来。

阿六说，我想还是到安全点的地方去，开店混口饭吃。

外婆说，回租界？

不是。阿六想，有能力在租界弄房子干嘛在难民所受罪？

不是，阿六又说，我想在虹口……

虹口？外婆有些惊讶，声音高了一些，这里就是虹口啊！

阿六又不知道怎么跟丈母娘说了。

在老上海口中，虹口是个宽泛的说法，到虹口去，就是到苏州河北面去。包括今闸北区东南、虹口区南部及杨浦区西南地区。可阿六指的虹口是“日本海军警备地区”。这是赌博，要么太平无事，要么死得快些。

外婆见阿六不做声，心里有点气。这个女婿不知是什么算盘，逃命的时候不顾及我倒也罢了，他堂弟花凌海不是在沪西吗？要是投奔他们，女儿和外孙女也不会死。面子比命还要紧？现在倒好，往虎口去！因此眼睛一闭，假装睡着。

外面淅淅沥沥下起雨来。人们似乎没力气说话也似乎无话可说，很怪异的静。盈衣把头埋进双膝，听着雨声。她想，要是天天下雨就好了，没有飞机。可是，下雨天真的不能飞吗？

忽然她感觉到了饿。又饿又渴。昨天下午起，他们就没东西吃了，也没干净水喝。阿六不许他们喝水坑里的水，说是有毒。外婆说，饿过头就不觉得饿了。可是不对啊，饥饿就像一群小鸡，嗒嗒嗒，不停啄她的胃。

她想去弄点雨水。可是吃不准要不要给弟弟弄点。拉肚子可不是好白相的事体。她都吓怕了。是要出人性命的！咦，他怎么不动？盈衣心惊肉跳，去摸荣生的额头。还好，体温正常。荣生翻了个身，又睡了。阿弥陀佛，他居然还睡得着，怎么不饿醒呢？外婆和阿爸呢？人呢？盈衣大骇，跳起来在人群里疯找。一头撞到亭子间阿姨怀里。

亭子间阿姨说，盈衣，慌点啥？阿六啊，我看见往外头去了呀。盈衣待要撞出去，却被亭子间阿姨一把拉住：慢慢较，你娘怎么回事？你妹妹呢？盈衣不搭话，双掌发力，把亭子间阿姨推了个趔趄，奔了出去。

断墙下，父亲和外婆在说话。盈衣不敢怪父亲，扯住外婆哭起来，你们怎么不叫我？吓死我了，你们走了，我怎么办啊——

阿六弹出眼睛，呵斥道，你瞎哭什么？还不去看好弟弟？

盈衣一边走一边回头看他们。她是两头不放心，既怕他们扔下她，又怕弟弟走失。她推醒了弟弟，拉着睡眼惺忪的弟弟，跑到父亲身边。

阿六背起荣生说，走吧。

还要……走啊，我不想……走了。荣生的话含混不清，仿佛还在梦中。

阿六说，到了地方就不走了。

什么地方？荣生突然醒了，回家吗？

小人别管，跟着大人就是了。阿六说完，盯了盈衣一眼。

盈衣知道，父亲是在堵她的嘴。

她拉住外婆的手，低着头，不声不响，一会儿紧跑几步，一会儿紧跑几步。

外婆比妈妈高多了，步子很大，和父亲一样大。

9

暮色已重。马路上冷冷清清的，只有军车开来开去，载满了兵。

盈衣一直低着头往前走。这里的窨井盖的确奇怪，像家里的玉兰花灯罩，上面突起一些小方块，一排一排的，有两组字母嵌在中间，上面一组是 SMC，下面一组是 TWD，字母与字母中间有个点。不晓得啥意思。

他们一个个弄堂找过来，空关的房子很多，但是不能破门而入啊。荣生问，怎么知道里面没有人呢？盈衣说，戆大，没人开门就是没人。

弄堂口的路灯亮了，也许是灯泡旧了，惨淡的灯光一闪一闪的，像坟头的鬼火。盈衣心里发急，是不是又要睡马路？

终于，他们看到招租的字条了。单幢石库门，黑漆大门上，明明白白贴着一张白纸，虽然看不清内容，但招租两字是清清楚楚的。更值得高兴的是，门缝里，透出黄黄的灯光来。

太好了。阿六对外婆说，这家有人！

主人是个五十多岁的男人，他说家眷都走了，你们不来的话我也要走了。阿六说，正好正好。房租给一年好吧？一年，仗总要打完了吧。外婆说，你放心，我们不是坏人。男人笑笑说，老的老，小的小，你们也不容易。房租不要了，就当帮我看房子吧。阿六千恩万谢。

一夜无话。

早上起来，男人已经不在了。桌上放了两把钥匙，一张纸条：出门请锁好。落款是毕少华。外婆唏嘘道，好人还是蛮多的。荣生晃着盈衣的手，开心地说，这么大的房子全归我们了！

阿六不声不响看房子。

进门就是天井，东西两个厢房，一式一样，都在十二平方米左右。客堂间（客厅）正对天井，大约宽四米，深六米，一排可拆卸的落地长窗。客堂间后面是通向二楼的木梯，再往后则是灶披间和后门。二楼的布局与底层相近。

外婆见阿六独自沉吟，小声说，我出去转转，伙仓总要开吧。阿六连忙掏出一把钱，我倒忘了这事了。两个小人呢？盈衣——，盈衣——

哎——，来了。盈衣拉着荣生“腾腾腾”跑过来。

啥事体？

关照你们啊，不许出去！

噢。盈衣应道。

荣生说，我要跟外婆出去。

阿六虎着脸说，不许！外婆又要买东西又要看你？你跟姐姐就在家里白相。

荣生低着头，小声嘀咕，没劲。

盈衣拖了弟弟就走，两个人在天井玩拍拍子。

所谓拍拍子，就是把纸折成两寸长一寸宽的梯形，用力拍在地上，甩出的风，把对方的翻过去就算赢。

玩了一会，荣生又说没劲了。盈衣也没劲，后悔没跟外婆出去。出去的理由很充分——帮外婆拿东西啊。又一想，出去也没劲，一个人也不认得。

外婆一回来，家里就热闹了。荣生和盈衣一边帮着外婆把油盐酱醋放到厨房里，一边问长问短，外婆，你遇见巡逻队怕不怕？不怕，外面有小朋友吗？有的。荣生很开心，他有玩伴了，可盈衣不信，外婆是在安慰他们呢。阿六拎过一袋米掂了掂，五斤？

是啊，你眼光真准。真贵，比租界还贵。外婆啧啧两声。

唔。不过，总算不错，房子白住了，家具也都是现成的。阿六叹了口气。他几乎不相信有好事落在他头上。

外婆又出去找煤球店和老虎灶，买煤泡水，直到下午一点多才吃上饭。

吃饱了，哈欠上来了。荣生嘴里说不困，人却软在了姐姐里。外婆说，睡吧，都睡吧，我也累了。打个中觉，下半天我还要出去熟悉熟悉唻。

阿六独自在客堂间里踱来踱去。这么大的房子，不派用场可惜了。后门外就是大街，大街……唔，这样好了，把灶披间做成店面租出去！就是不晓得市口怎么样。

阿六这么想着，就往外面去。一只腿刚跨出去，又缩了回来。应该讲一声的，别以为丢下他们跑了。

阿六上到半楼梯，就看见岳母枯瘦的脸了。她一向瘦，月余奔波，如今更是形销骨立。他拍了拍扶手说，这楼梯旧了，踏上去吱嘎吱嘎的，吵醒你了吧。

没有，我只是养养神，本来也想下来了。外婆伸了个懒腰。

阿六说，我想出去看看。

你去吧。外婆想，你去了我就不能去了。两只小瘪三我是放心不落的。昨天昏头昏脑，不知道这是哪里。阿六跨出后门先看门牌：北四川路×××号，过去点应该是虹口公园。才走了不到两百米，阿六脚软了——日本海军陆战队司令部！门口，两个日本军人笔直地站着。怎么办？退回去倒是要起疑心了，阿六只好硬着头皮往前走。越胆小越容易出事，有次阿六背米过桥，一个男人大约是心里害怕，走走停停，犹豫不前，被日本人当奸细捅了。

突然，一帮日本小学生从弄堂里窜出来。

阿弥陀佛，天降一堵墙！阿六赶紧转身，却也不敢走得太快。那边，一队日本兵穿着大皮靴，荷枪实弹，耀武扬威地巡逻呢。

咦，我家隔壁有个理发店。刚才怎么没看见呢？

阿六站住了看。那人穿着白色的包包衣，背朝马路，看不到长相，也看不出年纪。这人倒是张“门票”，可以了解这里的情况。走，打打交道去！

近了才看清，这人四十上下，圆头大耳，面孔黑仓仓的。从细腻的刀工看，像是扬州人。

从清代起，扬州人就在上海开理发店了。上海开埠后，他们仿效法国人，用三色棍做理发店的幌子。因此人们戏称他们为“法国人”。在上海，“法国人”（苏北人）和阿乡（外地人）是被轻视被侮辱的。比如他们学说上海话，上海人就说他们“吃了上海人的汏（念 da）脚水”。

现在，这个“法国人”在给一个老头修面。这是最后一道工序了，阿六就在边上等着。

他收了老头一块钱。

一块钱？要一块钱呢。阿六叹了口气。

坐下吧。“法国人”说。

我不剃头。阿六说。

“法国人”看了他一眼。

我刚搬来，就在你隔壁。阿六讨好地掐出一点笑来。

哦，有两个“匣子”（孩子），一男一女，是不是你家的？

阿六不知道他说的是不是盈衣和荣生。

这么高，女“匣子”的头颈有点……

哦，是我的小人……这里的东西真贵啊。阿六紧扣正题。

怎么不是？！他爹爹（念 diadia）的！“法国人”口音很重，他说他姓张，从扬州来，说好借族兄的房子开店的，却扑了个空。他也不想回去了。媳妇跑了，回去干啥？他爹爹的！

你怎么也跑到这里来，你个“八节”（傻瓜）！

阿六说，兔子不吃窝边草，越近越太平啊。

“哈梭”（瞎说）！刚才那人在我这里剃头对不对？下回来不来就难说了。

什么难说？阿六脑筋生锈，一下子没转过弯来。

老张“啪啪”地抖掉围单上的碎发，往周围望了望，小声说，死啦死啦的……你看见司令部了吧？那边还有一个东洋人的俱乐部，谁要是往里面多看几眼，就进去——只进不出！晓得了吧？我告诉你，连日本老百姓都有枪的。他爹爹的！

10

第二天下午，阿六贴出了店面招租。

告示是盈衣写的，歪歪扭扭的繁体字，其中还有白字。盈衣看看父亲，眼睛里说，行吗？阿六说，意思对就可以了。

盈衣写告示的时候，外婆和荣生两个把碗盏家什和煤饼炉子往客堂间里搬。荣生很高兴，只要不闲着，做什么都高兴。外婆是天足，一双大大的褐色绣花鞋不停地在客堂间和灶披间之间奔来奔去。最后，在灶披间的洋灰地上踏了踏，说，这个地倒好，堆点东西也不会坏。又问女婿，要不要做点柜台什么的？阿六说，书柜横过来算了。现在还到哪里去做？

一切停当，就等房客上门。

一个日本女人！开出门来阿六大吃一惊。怎么会是个日本女人呢？找人的？天！不会是来租房子的吧？

阿六一句话也说不出，机械地鞠躬。

那女人竟然与他对鞠，给您添麻烦了。

咦，还会讲中国话。见惯了凶神恶煞似的东洋人，反倒不适应了。阿六诧异地抬起头来。

女人堆起笑容，又是一躬：我想开个小店，请您关照。

阿六这下尴尬了，租还是不租？租吧，日长夜久，天晓得哪天得罪她，要了一家老小的命。老张不是说了吗？日本老百姓也有枪的。而且，很有可能是日本军警家属。不租吧，啪，也许马上对着他就是一枪！

不好！是个笑面虎。这种人最结棍了。阿六赶紧低下头去，害怕自己的眼神暴露出内心。他想，别租不租了，不把我们赶出去算是运气了。正琢磨怎么说，一双小脚插进他和女人之间。荣生？这下完了！阿六惊愕地抬起头来。

一个七八岁的东洋男孩！像荣生一样，也剃着桃子头，穿一件灰色的套头式圆领衫，眼珠像猫，透明的黄褐色，死死地盯着他。阿六下意识避开他的眼睛，去看他的母亲。

女人不高，大约三十多岁，椭圆形的脸，敷了一层粉，两道眉毛细得像面纱线，嘴很小，大红的唇膏。穿一件白底浅蓝花的丝绸和服，足登草屐。

他爹爹的！阿六心里学了一句老张的骂词，中国的女人像叫花子，你们倒是……

这是我儿子。女人说。

阿六张了张嘴。他不知道怎么称呼这个小日本。舔了下干燥的嘴唇，喃喃说，租金？免了，免了。

一定要给的。您不要，我们不租了。

生气了？要拔枪了……阿六扶住了门框，牙齿在打仗，好……好的……收，收。

女人做出“这就对了”的表情，把一沓钱递给阿六，这是半年的。

阿六不敢再说什么，接过钱来。脑子转念，她不是要开店吗？怎么不进来看看？

天井里，盈衣从后面抱住了荣生，在他耳边说，侬勿要讲闲话。荣生果然不说话，恶狠狠瞪那个小男孩。

女人又鞠了一躬：给您添麻烦了。阿六慌忙说，不麻烦，不麻烦。女人牵着小孩，迈着急速的里八字走了。

阿六一头虚汗上楼，心里七上八下。盈衣和荣生跟了上去。

外婆问，怎么样，怎么样？阿六从口袋里掏出方方正正的手帕揿在额头上，你知道谁要租我们的房子？——日本人！

外婆大惊失色，怎么办？什么租不租的，他们是强盗，杀人放火，什么做不出来？

阿六急忙摇手，你说话轻点，万一听见了——

阿六五指并拢，横在脖子上。

外婆说，你怎么说的？

我能怎么说，她要租就租吧。哦，是个女的，带了一个小孩。

没男人？

没看见男人。应该有吧。否则一个女人家怎么会到中国来呢？看起来也不是什么好女人，打扮得花枝招展的。开店？这种女人会开店？不会是酒店吧？要死快，酒鬼发起疯来，不得了的事体！阿六表情十分紧张。

外婆哭了，这种提心吊胆的日子怎么过！

岳母这一哭，阿六的心更乱了。见盈衣瞪大眼睛听他们说话，立即喝道，你们不许到后门去，不许找小日本白相，否则打断你们的腿！

荣生心不在焉地噢了一声。他在白相一个不知从哪里来的玻璃弹子。

听见没有！阿六劈手夺过儿子手中的玻璃球。

荣生赶紧说，听见了，听见了。一把抢过弹子，躲到姐姐身后。

这顿饭，外婆完全乱了手脚。饭是夹生的，菜里没放盐。盈衣低着头，小心翼翼地吃饭。生怕哪个动作不“规范”惹怒了父亲：夹菜只能夹靠近自己的这边，即使夹不到，也不能站起来，不能反夹筷（手翻过来夹菜），吃饭不许有声音……

荣生把碗一推，溜下桌子，难吃死了，不吃了。

回来！阿六啪地把筷子拍在八仙桌上，前脚讲过不要乱跑，后脚就忘记了？是不是要吃生活？！

荣生赶紧跑回来，乖乖坐下。可怜兮兮地看着阿姐。

盈衣依然埋着头，一小口一小口地吃着。她吃不下，但是又不敢不吃。

外婆说，盈衣别吃了，我也吃不进。唉——，这种日子怎么过？

阿六也不吃了，双手握拳，驻在大腿上，看着一个角落发呆。

一家人无声无息地坐着。

事已至此，徒想无益。阿六转过脸来，对外婆说，日子照样过。就当她是普通老百姓好了，我们不惹她，她也不会来惹我们的。至少从表面上看，她还算客气。我想在客堂间里开裁缝店。不做“不来事”（不行），饭总要吃的。

盈衣想，有租金是不是有饭吃了？作啥还要开店呢？

阿六指指钢精锅和青边碗说，姆妈，这些拿给隔壁的张师傅吧，就是剃头的那个。侬去认得认得，我不在，伊可以帮侬。

这饭夹生的呀，夹生的给人家？

不要紧的，回烧烧就好了。阿六想，江北人，有啥好讲究的？

外婆依言而行。

老张用手捻了一根青菜，像吃面一样吸进嘴里，连连点头说，“好车（好吃）”，“好车”。你们还蛮有本事的，买到青菜啦。

外婆笑笑说，要买我帮你带好了。

日本女人的烟纸店开张了。果然，有个日本军官来帮她。外婆说，他肯定不是她男人，不信你们看。盈衣将信将疑。外婆是怎么看出来的呢？她不敢问。她朦胧地知道，小姑娘是不作兴问这种事体的。

荣生真的不去后边，即使到老张那里，也从前门绕过去。可那个日本小孩就不管了，有一次，他竟然闯到二楼。盈衣哇地一声叫起来，她正在往痰盂里小便，丁丁冬冬的声音盖住了小男孩上楼的声音。男孩没理会盈衣的惊慌，问，你们家的小哥哥呢？小哥哥？他叫荣生小哥哥？盈衣完全懵了。结结巴巴用手指着楼梯说，下，下面……，男孩转身就走了。盈衣怔忡半天。心想，这个事情一定要告诉大人的。

外婆说，不得了了，这个小强盗想干什么？

阿六依然是皱眉（盈衣想，他的眉头从来没松过），沉默半天才说，大概不要紧吧，他叫荣生哥哥呢。

盈衣同意父亲的说法，点点头。

现在倒有一个问题，阿六说，她的铺子里肥皂草纸牙刷牙膏都有，我们怎么办，买她的还是不买她的？

外婆说，啊，牙膏都有啊？肯定是那个姘头帮她弄来的。

荣生说，外婆，啥叫姘头？

阿六喝道，大人讲话小人不要插嘴！

荣生赌气跑了出去。盈衣慌忙跟上。自从母亲死后，荣生到东，她也到东，荣生到西，她也到西。她只有这么个弟弟了。

老张看见荣生，朝他招招手，来来，小把戏，我唱歌给你听。

荣生慢慢磨过去，不大起劲地说，什么歌啊？

老张把荣生放到自己膝盖上，边摇边唱："拐木拐，请舅奶，舅奶不在嘎（家），请小丫。小丫不得裤子，摸摸小丫肚子"。

盈衣在照镜子，听着这不三不四的歌，笑了。

荣生从镜子里看见了，拍着手说，姐姐笑起来真好看。

11

阿六把尺子、针线、熨斗以及五颜六色的划粉从箱子里取出来，又把楼上的写字台背下来当台板。裁缝铺算是开张了。

趁父亲投五投六找主顾的当口儿，盈衣溜进客厅。她抚摸着铺了白布的，空空的台板，泪水涟涟。几个月前，他们还在老屋好好地住着，母亲、盈庭……

等她回过神来一看，弟弟不见了！盈衣吓懵了，连忙冲到老张的理发店。

没有。

哪里去了呢？盈衣抱着头，不停地原地打转，仿佛“贱骨头”（陀螺，不抽不会转，因此俗名贱骨头）。

老张不明所以，一把拉住盈衣，我帮你梳辫子，你看你的头发……

盈衣使劲甩掉他的手，转身又跑。外婆正好出来倒水，一盆脏水差点泼到她身上。

侬做啥！外婆收得急，溅了自己一身水。

外婆，看见荣生没？

没有啊。

外婆话音未落，盈衣已经不见了。她一直跑，跑到日本女人的烟纸店里。女人惊讶地看着她。她们对视了几秒，盈衣扭头又跑了。

楼上也没有。

盈衣坐在楼梯上挠头，辫子散了，乱发粘在被泪水打湿的脸上，像被鞭打的伤痕。他要是死了，她也不活了……不对，他在故意躲她！盈衣跑到客厅，被阿六一把拉住，问她干什么。盈衣不敢隐瞒。阿六斥道，连弟弟都看不好你有什么用？还不快点去寻！

可是她实在不知道到哪里去找，一个人躲在天井的墙角抹眼泪。

忽然，一阵风过树摇的飒飒声。

天井里没有树，只有清水墙缝隙间钻出一缕野草——，哪来的声音呢？

盈衣循声望去——

一个半大的男孩，站在几块砖头上，扒着东厢房的窗台往里张呢。声音就是从他脚下发出来的。盈衣试着叫了一声：荣生？小人奔过来。怎么不是呢，是他！盈衣用力搡弟弟，你想要我的命啊！你怎么这么不懂事啊！荣生吓哭了，阿姐，怎么啦——

怎么啦，怎么啦，你走开怎么不跟我说？

我一直在这里啊。

盈衣甩了一把鼻涕，厉声说，你在这里作什么？啊，要死啊，这是日本人的房间！阿爸打死你！

阿姐，我也要上学……

什么？你说什么？

到学堂。荣生胆怯地说。他瞄了瞄东厢房的窗。这是日本母子的卧室。

你在看什么？盈衣忍不住问。

书包，小床上有书包和书。

盈衣一声不响拉了荣生进客厅。

阿六白了盈衣一眼。盈衣垂下头，对荣生说，我们去帮外婆择菜。阿六说，让弟弟一个人去，你老跟着他做什么？我还有事叫你做……荣生，不许出去，晓得伐？

荣生说，晓得的。老张伯伯那里可以去吗？

阿六嗯了声。又说，不要乱跑。

盈衣垂手而立。阿六说，这里有几张，你去贴在附近弄堂口。

这条弄堂里的人家，十去七八，就算没走的，也没心思做衣服。阿六为此大伤脑筋。

盈衣接过来，原来是裁缝铺的广告。这里不像租界，气氛紧张多了。要是我贴，日本人会不会当我是贴抗日标语？那不死翘翘了？

盈衣不动。

阿六说，侬问外婆要点剩饭，当糨糊用。

盈衣说，我不去！

什么？阿六像是没听清。

要去侬自家去！盈衣倔强地看着他。

阿六一把夺过告示，吃饭侬倒是晓得的，做事体就不晓得了？

盈衣一句话不说，拔腿就走。

吃饭了。盈衣躲在楼上不下来。外婆叫，荣生也叫，盈衣还是不下来。阿六说，随便伊去！犟得要死。

荣生从凳子上溜下来，想去看姐姐。阿六喝住：坐下！荣生只好爬上去，但是他不吃。姐姐不吃他就不吃。阿六用筷子点着儿子说，你们要气死我啊。外婆说，我送上去吧，盈衣这是怎么了？阿六没吭声，心里乱糟糟的。这几张广告贴不贴呢？贴也未必有生意。

……

荣生到底还是牵挂上学的事，老是在盈衣面前嘀咕，阿姐，我想到学堂去，没劲死了，学堂里有小朋友一道白相的。

盈衣说，别做梦了。你没看见吗？生意没有，哪有钞票供你上学？再说，这里没有中国学堂的。

荣生嘟起嘴说，你怎么晓得？反正你上过学了……

好吧，盈衣无可奈何地说，我给你看小人书——，去洗手！

第二天一早，荣生趁盈衣在洗脸，溜了出去。他不理老张的啰嗦，眼睛盯着自家后门口。过了一会儿，日本小孩出来了，背着那只米黄色的小书包，一蹦一跳地从理发店门口过去。荣生悄悄跟了上去。

老张眼快，一把拎了回来。他说，你这小把戏不要命啦？我告诉你爹爹去！

我看他到哪里上学嘛。荣生怏怏地说。

日本人开的学校！懂不懂？你可以去啊？

荣生不再提上学的事。他对另外一件事感兴趣了。问盈衣，阿姐，那个日本女的，她背上的包里藏的什么东西啊？

盈衣正在往炉子里加煤球，面孔映得红红的。听见弟弟的话，疏淡的眉毛竖了起来：你又出什么把戏？是不是要爷打烂你屁股？！

荣生哼了一声，咚咚咚跑到晒台上。他用捡来的纸板自己做了一个望远镜，无聊的时候东看看西看看。人家小朋友可以在弄堂里玩，我为什么不可以？我就不信中国小人不上学！荣生火了，把“望远镜”往地上一扔，双脚站在上面跳，不公平！不公平！出够了气，他又为望远镜的陨灭后悔起来。他在地上坐了会，脑子又滑到那个小包包上去了。他注意到，只要穿那个稀奇古怪衣服的日本女人都背着一个包，包里到底有什么宝贝呢？

荣生悄悄进了东厢房。怎么没有呢？换下来的衣服呢？

你在这里干什么？！小东洋突然站在房门口。

荣生吓了一跳。拔腿就跑。小男孩紧紧追上来。

荣生又怕又急，哇哇大叫，阿姐——！阿姐——

盈衣奔出来，放过弟弟，脚一伸，把男孩绊了个狗吃屎。

小偷！不要脸！男孩爬起来扭住了盈衣。

瞎说，谁偷你们家东西了？盈衣挣脱了男孩的手。

我看见了，你们赖不掉的！男孩轻蔑地斜着盈衣，往地下唾了一口，转身走了。

他一走，还不晓得会怎么样呢！盈衣气急败坏地追上楼，指着荣生说，你只闯祸胚！拿人家啥物什了？

我没拿！就是没拿！荣生涨红面孔，梗着脖子声辩。

好，我不跟你讲。

这事瞒不过去的。告诉外婆？不行！万一她觉得没什么大不了，不对父亲说怎么办？盈衣想了想，找来纸笔，写了张条子，“弟弟闯祸了！！！”用一块小石子压住了放在父亲的台板上。

阿六接了几件“生活”（活计）回来，心里蛮高兴，看见纸条，脸一下子白了。他太了解盈衣的脾气了，肯定是出了大事。

姐弟俩战战兢兢肃立在父亲面前时，阿六没有骂，也没时间骂。得罪日本人的后果很严重，要么抓进宪兵队，要么立即枪毙。一个死快点，一个死慢点，横竖是死。

趁人家没动手，逃吧！

对面的窗口，一块一块地亮，又一块一块地灭。半夜了，阿六还是没想好去哪里。

荣生哈欠连天，盈衣愁眉苦脸地坐在灯影里，不时白一眼弟弟。

外婆熬不牢了，催促女婿，你快点拿主意，要来不及了。

阿六决然说，去租界！脚踏西瓜皮，滑到哪里是哪里吧。

12

过十二点了，戒严了。弄堂里灯光全然灭掉了。马路上只准汽车过，人是不能走动的。阿六悄悄溜到隔壁求老张。老张骂了声你个“八节”！再不多话，打电话叫帮开货车的同乡帮忙。

大约开了半个多小时，那位说，开不动了，你们自己走吧。阿六下了车，才晓得司机为什么开不动。

难民潮，又是难民潮！开始的时候，还有空隙，到后来，越挤越紧，越挤越紧，几乎水泼不进。

盈衣靠在外婆身上，发现外婆在发抖，星光下，她的面孔煞白。盈衣惊恐地望着外婆，更紧地搂着她的腰。阿六从包裹里拿出一件毛衣，裹在儿子身上。到底是十月份的天气了，夜里很凉，尤其凌晨。盈衣想说，外婆也冷呢。但是她最终没说。

阿六问身边一个男人，你从哪里过来？那人说，闸北。

闸北？阿六说，怎么会呢？我们从闸北过来的辰光，好像不在打。

你不听广播不看报纸吗？战火蔓延，战火蔓延，那是要蔓延的呀！闸北的国军全撤走了，日本人怕有埋伏，放火烧房子，三天三夜，作孽！296条里弄，几千栋石库门房子，赤脚地皮光！上百万人呢，也不晓得逃出来多少。

幸亏去了虹口。不过，兜了一圈，难民还是难民。阿六忽然觉得奇怪，闸北出来——，闸北出来你怎么不走法租界？那人说，那边横了几根木栏，人要从下面钻过来，慢得要死。以为虹口和杨树浦的人没有闸北惨，逃难的人不多，绕到这里——其实一样，倒霉！

家里人呢？话刚问出口，阿六就后悔了。这不是触人心经么？

男人沉重地说，唉，我都不知道自己还能活几天。

想到这个，两人都不说话了。

天亮了，又天黑了。人流几乎不流，像条淤塞的河。

盈衣上学的时候，经常做一个游戏，叫做"轧煞老娘换糖吃"。大家靠墙排好队，然后一起发力往前挤，边挤边叫"轧煞老娘换糖吃"，被挤出去的人排到队尾，循环往复。而现在的"轧"，几乎不动。地上没一只蚂蚁了。也许上海永远没有蚂蚁了。全给踩死了。人也像蚂蚁，密密麻麻的，似乎全世界的"蚂蚁"集中在这里了。肩着藤箱席子，挑着粮食衣被，载着小脚老太，箩筐里还装着小人……不就是像蚂蚁搬家么？比蚂蚁还可怜。蚂蚁还可以乱走，他们呢？一分一厘的空间也没有！

忽然，盈衣觉得大腿内侧痒痒的，蚂蚁爬上来了？听外婆说，蚂蚁报复性很强，踩死一只，马上成群结队地来咬你（苏沪一带叫"夹"）。它们会循味追踪。盈衣顿时头皮发麻，连忙伸手去摸，怎么湿嗒嗒的，有点腻？手指放到鼻头上一闻，怎么有股血腥气。哪来的血呢？她又隔着裤子搓搓大腿……不痛啊。皮肤肯定没破。怎么回事？又过了几分钟，肚子痛起来。坏了，肚子让蚂蚁咬破了。

盈衣攥着外婆衣角，慢慢往下蹲。外婆哎哎地叫，小瘪三，你干什么？盈衣呻吟道，我肚子痛。大概肚肠流出来了。外婆说，瞎话三千！真的。盈衣说着，张来血糊拉嗒的手凑近外婆的脸。外婆疲惫地笑了，你是大人了。

盈衣啊了一声。

外婆对阿六耳语了句什么，阿六把肩上的包裹递给外婆。

外婆从包裹里拿出两张草纸，垫上吧。你不是生病，女人都要这样的。盈衣问，那我以前怎么不这样？盈庭怎么不这样？外婆说，所以我说你长大了啊，长大了的女孩子才这样。这叫月经，每个月有几天这样的。祖孙俩叽叽咕咕，荣生呢，低着头，边走边打瞌睡。

他们终于望见外白渡桥了。

13

阿六扶住一滩泥似的岳母，声音里充满了焦急，盈衣，水。盈衣说，没有了，空了。饭还有没有？也没有了。幸好到了苏州河南，阿六嘱咐盈衣去买点吃的。

盈衣从来没买过东西也不知道哪里有卖，在马路上瞎跑，看见一个买包子的小贩，把手里的钱全都给了他，那人给了她两只白馒头（没有馅的）。馒头很烫，盈衣不断换手，一个叫花子来抢，盈衣吓了一跳，赶紧把馒头塞进衣服。等她取出馒头，胸口烫出了一个泡，疼得她直咬牙。

阿六把馒头像摘茶叶一样揪着塞进外婆嘴里，可她不往下咽。

盈衣又跑出去，求来一杯水，帮着父亲喂。

外婆醒了，无力地看看阿六，看看跪在身边的盈衣和荣生，眼睛红了。她说，我“不来事”（不行）了。佛出世也救不得。我，我想回老家去。

老家？老家在哪里呢？

虹口。

虹口？阿六一头雾水。我们去虹口时，你怎么不说老家在虹口？对了，自己怎么忘了？她的媳妇在虹口，是指媳妇家吧？可是，两个小人怎么办？总不能再牵着过桥吧？

看来，只能去堂弟那里了——盈庭不在了，原先的理由也不存在了。再说，总得给人家一个交代吧。阿六心里说不出的滋味。

……

兄弟俩见面，花凌海自然是一顿责怪。阿六不知道他是真心还是客气。战争时期，不能用常理推断了。因此含糊地说，都是命，都是命……兄弟，盈衣她外婆看样子不来事了，她想回老家。我先送伊，回来细讲侬听吧。花凌海说，你只管去，两个小人交给我，放心！

盈衣悲伤地看着躺椅上的外婆。荣生站在姐姐身边哭。

阿六看着两个小叫花子似的一对儿女，心里也很难受，但他虎着脸一声不吭。这是在别人家呀，忍着点嘛。

花凌海吩咐下人带盈衣姐弟洗澡预备吃的，关照只要薄粥就好，不能一下子吃干的。他说阿哥，你带伊过河来事伐？阿六说，可以的。花凌海吩咐司机，送六老爷到苏州河边，又叫厨房弄干粮和水壶，让堂兄带上。末了，拿出一叠钱给阿六。阿六坚决不受。说我有，我有的。谢谢侬！花凌海叹口气，好吧，快去快回。其实可以请医生再看看的……未必……未必……，阿六说，医院里轧得要死，不耽搁了，走了。

轮渡公司新辟了航线。阿六决定走水路。

跳板又长又窄，晃晃悠悠的。老太太瘦了，轻了，可阿六也不是从前的阿六呀。好比两块布料，一块缩水重些，一块轻些。阿六脚下发虚，一个趔趄，差点落水。幸好后面的人一把拉住。

阿六不认得盈衣舅妈。他和盈衣娘结婚时，她也没来。听说她和娘家哥哥一起做鸦片生意，外婆反对，因此断了来往。此番去，不知她什么态度呢。要是她不接受怎么办？阿六有些忐忑。

盈衣舅妈比想象中年轻，面孔丰满白皙，一点不像鸦片鬼。她对他们的“从天而降”十分意外。说了句我去找人，就没了影子。

阿六把外婆平放在板床上。女婿是“外头人”，送到了，也算尽责了。但是他不能离开——就像接力比赛，这一棒手是伸出去了，可那边没接上呢。

阿六在屋子里走来走去，不时察看岳母。老太太眼睛紧闭，咬紧了牙关只是哼。她的脸干枯憔悴又黑黝黝的，如同风干的荸荠。阿六想，幸亏问好地址……

盈衣舅妈是去叫儿媳妇的。没等她们来，这个坚强的女人已经永远闭上了眼睛。

一周后，也就是 1937 年 11 月 12 日，上海沦陷。

第三章

1

花凌海家的花园仍然是三个月前的模样，只是两壁冬青老了，叶子看起来很厚实，肉肉的感觉。

荣生趴在地上，将整个上半身插进了树缝，两条腿不停地扭来扭去。一只土色的蟋蟀罐，静静地傍着冬青树。

叫啊，叫啊——，荣生的声音像是从地底下传出来。

快点出来！龌龊来西的。冷天哪来的蟋蟀？姐姐花盈衣站在石阶上叫。

荣生不听，还在那里扒土翻砖。

门铃响了。

荣生退出来，拿起蟋蟀罐，跑过去开门，阿爸，侬回来啦，外婆呢？

花阿六身后空无一人。

荣生手一松，陶罐掉到了水门汀上，“啪”，摔成两爿。

盈衣慢慢走近弟弟，紧紧搂住。

荣生在阿姐怀里哭得一抖一抖的，外婆，呜呜呜……外婆死了……，盈衣把额头磕在弟弟头顶上，泪水滴滴答答，濡湿了荣生的衣领。是的，外婆死了。父亲带她回老家时，她就知道她活不成了。

黄昏一跃而过，夜色像侠客的黑披风，拂过屋顶。风在两排冬青里窜来窜去，发出呜呜的声音，仿佛受委屈的小狗。

晚餐很丰盛，点点人头，堂弟花凌海家一个不少，个个神态自若，脸色如常，仿佛战争离他们十万八千里。花阿六想想自己的千难万难，鼻子有些发酸。

总算到家了。阿六叹了口气说。这个“家”字，阿六说得十分勉强。

花凌海挑起一筷白菜烂糊，在嘴边停了停，说，是啊，大哥你们别走了——，不过，要换个地方。

阿六停止了咀嚼，两眼朝堂弟看。

你们来迟一步就找不到我了。花凌海呵呵一笑，把菜送进嘴里，放下筷子，手臂划了一个半弧，然后说，我卖了这里的房子，另外买了一幢石库门。

生意出问题了？阿六疑惑地看了看堂弟。这才发现，下人出奇得少，很多见过的都不在了。还有这花园，似乎也少了打扫，枯叶断枝随处可见……

花凌海不再提此事，若无其事地招呼盈衣姐弟，吃，吃呀。今天给你们开荤。吃了三天粥，肠胃应该没问题了。

阿六面上的肌肉松了松，他实在是应该说些感激的话的，但他说不出口。

花凌海给盈衣夹了一小块红烧肉。盈衣苦了一张脸，很想说，爷叔，我不吃红烧肉。但是她不敢啊。一来拂逆了人家的好意，二来怕父亲责骂。盈衣把肉塞进嘴里，慢慢嚼，慢慢嚼……吃是吃给别人看的，她的身体一点不买账，咽不下就是咽不下。在难民所，就是一块脏兮兮的红烧肉，要了妹妹盈庭的命。

盈衣无助的目光投向堂兄花之蝶。他送她的小人书《哪吒闹海》，陪着她走过死亡，走过饥饿，走过最艰难的日子。之蝶也在看她，像以前一样，毫无顾忌地看。四目相对，盈衣像被击败了似的，瑟缩一下，垂下了头。一滴眼泪掉进了饭碗。

荣生碗里堆满了菜，吃饭的时候都碰到鼻尖了。吃掉一口，小婶婶苏兰兰就夹上一筷子，所以，菜一点都没少下去。她说，你吃呀，快吃！吃得多人就长高了。你看姐姐长得多快，比你之蝶哥哥都高了。之蝶，发什么呆呢，快吃，饭要冷了。

花凌海皱着眉头瞄她。兰兰眼波一转，发现了丈夫的不满。是你的亲眷呀，我倒是客气错了？因此赌气，背转了身对丈夫。

似乎是打情骂俏嘛。阿六冷眼望去，大太太毛彩娣闷头吃饭谁也不理，不知道她在想什么。才四十岁的女人，怎么就没了计较？但是，计较了又如何？还不是鸡犬不宁？阿六心里倒是有了几分敬重。

他们是在小餐厅用的晚餐。一张圆桌，七个人。花凌海家四个，花阿六家三个。你让我让，桌面上最多的话就是吃、吃、吃。仿佛他们为了吃才到这个世界上来的。

终于吃完了。男人们有话要说。女人们一句话没有，各自回房。

阿六婉转心思。苏兰兰变了，打仗前，见了太太，虽不是低眉敛目，很恭敬的样子，也是阿姐长、阿姐短，面子上过得去。看情景，必有变故——

花凌海叫住苏兰兰，他说把荣生从之蝶房里搬出来吧。他们爷三个在一起的好。兰兰挥了挥手绢道，晓得了。

苏兰兰安顿好阿六他们的房间，往小客厅来。

她很想知道未过门的儿媳，花盈庭是怎么死的。多好白相的小囡啊。

阿六坐在老位子上，三个多月前的情景似乎还在眼前：这边是盈衣娘，对面是苏兰兰抱着盈庭……下人叫他“六老爷”……

花凌海没有把盈庭甚至堂嫂的死放在心上，敷衍几句，算是安慰。

也许，他后悔了呢！阿六想，上海人素来“狗眼看人低”，他花阿六什么也不是，靠一点手艺吃饭，堂弟当初动此念，不过是因了家世的缘故。

毕竟，他父亲收养了他，比别的亲戚“着肉”。但，正是这样的恩情让阿六心里不适意。当初已是勉强，如今盈庭死了，更是无从谈起了。

花凌海见阿六愁眉苦脸，心想他是在为我担心呢。连忙说，皮箱厂周转虽然有点，有点……，他觉得没必要细说，又把后面的话咽了下去，重新起了个头，卖掉这里的公馆，不过是觉得太靡费了。阿六对自己说，我也没兴趣知道这个，反正公馆又不是我的。

花凌海跟着自己的思路说，侬也晓得，现在只有苏州河南太平。孤岛是战事上的说法，交通还是好的，就拿棉纱棉布来说吧，可以销到大后方，甚至南洋。因此，战区大小资本家都往这里逃。逃命，逃钱。我可以说，伊拉全部财力都集中在这个弹丸之地了。啊呀，有钞票的人多得热昏，也算开了眼界了。逃难逃难，难中的财产自然是现金，虽然缩点水，资本家还是资本家。做生意的还想做生意，不会去开汽车，开店的还是开店，不会去马路上卖绿豆汤。资本集中的后果就是，冲击原有的生产能力和市场——，什么叫原有的？就是阿拉啊！侬勿要讲中国市场很大，捞钞票还是要本事的。

什么资本集中，冲击生产，阿六不懂这些名词术语，只挑台面上的话讲，不是推广国货吗？不是大家都逃难吗？皮箱怎么会没生意呢？

花凌海没接他的话，反问，侬听说过同乡会吗？

阿六点头。

宁波人的同乡会最结棍了。伊拉团结起来，可以挤掉一爿厂……反正我就是吃了伊拉亏了——

阿六想，你怎么得罪他们了呢？

花凌海拿过报纸，哗哗的甩了甩，又扔了回去。实业做不过投机啊！这上面说，几千元造一宅洋房，二十年回本。二十年？谁能保证活二十年？这些话只能骗骗土财主，根本就是拆烂污行为么，看见别人袋里“麦克，麦克”，总要想办法挖点出来的。

花凌海沉默了一下，又说，困难是暂时的，熬过这阵就好了。可惜，言老板想不开……要是挺一挺，还真是发财了。花凌海不无遗憾地叹了口气，局势稳定后，绸厂的生意好得不得了。上海人欢喜赶时髦啊！因此各家绸厂跟着巴黎走，新款千种百种，日新月异，弄得顾客目迷五色，样样好，色色爱。袋袋里的钞票就出去唻。

言老板？那个扁圆脸？阿六问。

对，就是他！还有一个张向东，丽华热水瓶厂的老板。花凌海拨了拨自己的耳朵，招风耳朵，侬还记得伐？

阿六点点头。

伊日子不要太好过哦！男人女人，吵起想骂来，掼只热水瓶白相相不是常有的事么？说到这里，花凌海笑起来。才笑得一笑，苦味又上了脸。心里不是滋味啊！

他有公馆了。想不到啊，想不到。他买，我卖！花凌海连连摇头。

阿六说，你卖给他？

不是不是。

那，卖给了谁呢？

花凌海不答。自言自语起来，房子就是身份啊，有公馆的，毕竟少数，一千个人中也没一个。上海一向“搬场忙”，现在忙不起来了……

阿六心思早就转了向，花凌海的话，十句倒有九句从浦西跑到了浦东。

三个月的仗打下来，租界的人翻了三四倍，任何时候，任何一条马路，都挤满了人。人，有时是资源，有时是祸水，这要看对谁说了——对阿六来说，就是机会。人生在世，穿衣吃饭。这穿衣还在吃前头呢！上海人要面子，向来讲究衣着。高档的人往高档的地方去，低档的往低档方向来，裁缝饭总归有得吃的。阿六原想问堂弟“统”（借）点钞票，开爿像样点的衣庄，可现在，人家都要卖公馆了，叫他怎么开口？收留他们已经是天大的恩德了。上海滩上的交情如同沙滩城堡，是极不牢靠的，哪怕爷亲娘眷。不晓得这一点，就不是真正的上海人。住上个把月没问题，时间长了就难说了，勿要弄得大家没有“落场势”（台阶）。房子难租，工作难寻，乞丐一天比一天多。难民，难民，有谁能有难同当？

以后怎么办？阿六掩不住焦灼，竟有些坐不住了。他花凌海可以把个“苦”字说上三天三夜，可他一个字也说不出来。

高跟鞋由远而近，兰兰一脚跨进来。阿六欠身道，二弟妹好。兰兰嫣然一笑，客气了，阿哥，大难不死必有后福哇！

花凌海紧张地看着堂兄，脸色都变了。

阿六面无表情地说，弟妹说得对，有福，有福。

花凌海沉默不语。心里想，不知这位堂兄是麻木了，还是看开了一个“死”字。妻子女儿，哪一块不是心头肉？说实在的，他对他们一家也还是有感情的，他这一代，也就他和阿六了。父辈就哥俩，合（读 ge，平声）一个阿爹（祖父）。

苏兰兰知道自己失口，赶紧补台，合掌笑道，荣生和之蝶融洽得不得了，现在是形影不离了呢。

花凌海展颜一笑，好，好，好。

阿六面颊上的肌肉一抽，逼出一个苦笑。提起之蝶，想起了盈庭。

苏兰兰眨眨漂亮的眼睛，打消了问盈庭死因的念头。还问什么呢，不是饿死就是病死。因此哽咽道，阿哥，侬千万,千万勿要客气，安心住下吧。等到，等到……，她想说，等到你有了去处再做打算，可吃不准是不是该这么说，格勒一笑，算是收场。

真是拿她没办法。花凌海轻轻叹了口气，接过跟班递过来的礼帽，说，我去厂里了，这阵比较忙，阿哥，你们随意吧。兰兰说得对，自家人，勿要客气。

阿六说，晓得，晓得。

2

花凌海新买的石库门在泥城桥附近，河南北路洪福里。和八仙桥一样，这里是“小房子”的集聚地。小房子，藏娇之金屋也。真是想不到，以正人君子著称的言老板也来这一套。死后，被债权人翻出“底账”没收了去。如今，此人移居香港，急于变现，被花凌海捡了个便宜。这地方好啊！独立石库门，三楼三底，交通便利。可苏兰兰不开心，说住不惯。看她“作骨头”，花凌海方才说出真话，说这里是临时的，等过了“要紧关子”再搬回去。兰兰追问什么要紧关子，花凌海说你又不懂，这样吧，这里的房子你做主，什么该留，什么能动，你说了算。苏兰兰转嗔为喜。别看大太太静室独坐，不问家事。假如他先死，太太定归要赶她出去的。就连之蝶也难说。这些年，暗地里没少吃醋。借着装修，弄它一笔。

兰兰因此忙起来。花凌海和花阿六也是人面不见，尤其花凌海，几天才露一次脸。大太太更是躲在佛堂，连吃饭也是差人送进去的。没人晓得她为什么信起佛来。

盈衣一个人躲在房里，一坐就是一整天。

这会儿，她翻出母亲的小镜子，坐在梳妆台前。镜子里，她的脸像极了母亲，甚至，太阳穴里也长出了褐色的、小小的痣。盈衣叹一口气，踱到窗前，怅然盯着一株腊梅。黄黄的花骨朵儿，一瓣瓣的，像昆虫的翅膀，小巧、透明。怎么没有香味呢？

苏兰兰回来了，先是去看儿子，他在讲故事给荣生听，安安静静的。兰兰暗自点头，这个荣生邪气调皮，不出去闯祸就好。想起他的姐姐，苏兰兰心里咯噔一下。这个女小人心重，别出了什么事。因此抓了两把瓜子糖果，往盈衣房间来。

盈衣的房间在二楼尽头，过道里有扇窗，苏兰兰朝里面张了张。

盈衣身上是母亲的旧棉袍，腰到了胯上。亏她爹是裁缝！回头给她做两件吧。看身材，像是发育了，作孽，头一次经历这种事，心里一定害怕吧？苏兰兰倚门站了站，母爱要溢出来了……

可惜，盈衣丝毫不晓得她的心。

苏兰兰跨进来就自己呵呵地笑，算是化解沉闷。盈衣叫了一声小婶婶。

兰兰放下糖果瓜子，眼梢一带，发现枕头下鼓鼓的，像是压着什么东西。

我能看看吗？苏兰兰指指枕头。

盈衣迟疑地点点头。

原来是本小人书。《哪吒闹海》。这是儿子送给她的。想不到，这丫头居然还保存着……苏兰兰有些感动。她翻了一下，外面几页都不全了，污糟糟的，里面还算干净。

识字吗？兰兰问。

盈衣一愣，机械地点点头。

苏兰兰怜惜地摸摸盈衣的头。战争，使这个小姑娘沉重得像块铁。

来，到我屋里坐坐。苏兰兰拉起盈衣的手。

火炉正旺。房间里暖洋洋的。苏兰兰脱下皮大衣，热情地说，坐呀，跟小婶婶客气什么？盈衣小心翼翼地坐到椅子上。苏兰兰递给盈衣一个铜手炉，关切地问，你怎么不跟之蝶白相啊？盈衣说，要去的。兰兰笑道，不要拘束才好。盈衣点点头，突然问，英子阿姨呢？

苏兰兰一惊。片刻道，走了。

盈衣喃喃说，又死了一个。

不是死，没死。

完了，这小囡满脑子死啊活的，怎么没个好念头呢？苏兰兰看着盈衣出神。

盈衣也在观察苏兰兰，她的表情实在太丰富了，忽而皱眉忽而微笑，一只嘴巴也跟着动，忽扁忽圆。

没死，走了……

是的，走了。苏兰兰不容盈衣再问。走，我们去看看荣生他们。

盈衣紫涨着脸往后退，不，我不去！

为什么？苏兰兰愕然，好吧，我们看电影去？

盈衣点点头。

二太太，二太太在吗？老远的，有人叫。

谁啊，没规矩。苏兰兰没好气地嘟哝。走到门口，回过头来对盈衣眨眨眼，你别走啊，等我回来。

盈衣眯起眼睛打量屋子，好漂亮的家具，好漂亮的窗帘，比上回跟顾国桢去的电影院还漂亮……她带我去哪个影院呢？会不会还是大光明电影院？

盈衣心神不安地把玩着手炉，手炉也是漂亮，炉盖上镂刻着精致的花。这个花之蝶，我不去，他也不来。送我小人书的心呢？哪里去了？咳，有什么心不心的，不过是一个念头而已。一个念头来了，送她一本书，一个念头来了，不理她。不过，好像也不是这样……吃饭的时候，他总是盯着她看。她有什么好看的？恐怕，他想来问问我，或者摸摸我的头颈，到底是怎么长偏的呢！盈衣沮丧极了。心结，心结，是把心打成结呀。

盈衣坐了好大一会儿，还不见小婶婶回来。她坐不住了，旁人会想，你一个人在二太太房里作什么？

正忐忑，小婶婶回来了。

对不起，盈衣，他们叫我去新房子呢，一块地毯要看看花样……下次，下次吧，啊？

盈衣慢慢站起来，说，那我走了啊。你去之蝶那里吧。苏兰兰叮嘱道。盈衣嗯了声，依旧是回房的方向。苏兰兰看着她的背影，无奈地摇摇头。

盈衣慢吞吞朝自己房里走，脚步越来越涩，越来越重。回房作什么呢？不如去吧，去找之蝶吧。可是，她脸红了又红，心跳了又跳，在走廊里徘徊半天，始终没下定决心。

明天吧，今天太晚了。盈衣给自己找了个理由。

吃晚饭时，盈衣感到自己的脸一阵阵发烫。明天，明天她就要去见他了呢。不知道他会有什么反应。要是他不理她怎么办？盈衣不敢看之蝶，生怕泄漏自己的心事。但是她能感觉到他在看她，盈衣忍不住瞟过去——，他的眼睛里是询问。盈衣不知道他是什么意思，心里却为他着急：傻子！发什么呆？不怕大人骂？不不，没人会骂他。他们对他很好。盈衣心里说不出是妒忌还是羡慕，烧红的脸又冷了下来。一顿饭，竟吃得一点滋味也没有。

夜里更冷了。玻璃窗上的汽水像雨一般在淌。彩色玻璃黑黝黝的，隔着明天。明天，明天她到底去不去呢？

“你为什么不和之蝶他们白相？”她的心仿佛一张蛛网，小婶婶的话吹气成风，让它发抖。

她是想去的。她早就满怀期待。但是她不敢。然而，比恐惧更加令人窒息的，是孤独，是单个生命的孤立无援，是那种与这个世界已经变得毫无关系的、被连根拔起、漂浮和疼痛的感觉。盈衣想得没那么深，只是觉得时间过得太慢太慢了，那只小钟，很久才咔嚓一声。到底去不去呢？要是去了，她有伴了，日子就不会这么难过。要是去了，他会用什么样的方式迎接我？他看她是因为她长得古怪，不看她也是因为长得古怪。那么，她到底要不要他看她呢？盈衣忽然笑了。他也真可怜，看她也不是，不看她也不是。

盈衣把小人书从枕头下拿出来，又放回去。来回几次，天就亮了。

荣生跪在太师椅上，半个身子爬上了榉木圆桌——坐在对面花之蝶面前，摊着一本厚厚的小人书，他在讲解。

光线一暗。花之蝶转过头来，发现门口的盈衣。他对她笑了笑。可是只这么一笑他又不理她了，继续他的故事。

盈衣进也不是，退也不是，忽然明白过来，他们之间比陌生人好不了多少。一切的一切，都是她自说自话，一厢情愿。盈衣心里的难过呀，翻江倒海。

荣生对盈衣招招手，阿姐，进来啊，你也来听，真好听。

盈衣不动。花之蝶放下手里的小人书，伸手去拉盈衣，咦，你进来啊。盈衣手一缩，像烫着了似的。之蝶笑了，她害羞呢，女孩子到一定年纪总是害羞的。于是他自顾自走回去，重新捧起书。这是本三四册钉在一起的小人书，不知是什么故事。

盈衣慢慢走过去，弯下腰去看封面。

花之蝶把书一合，递给盈衣，你拿去，从头看——你看得懂的。

盈衣说，有的字……我不认得的。

不要紧，问我好了。

好的。仿佛喝了一口开水，盈衣心里一热，拿了书要走。荣生叫起来了，姐姐你别拿走啊，还没讲完呢。盈衣默默把书还给花之蝶，转身走了。

盈衣的心怦怦跳。只几分钟，几句对话，她已经招架不住了。她得逃走。她骂自己没出息，一点用场也没有。他又不是老虎，会吃了她。

盈衣垂头丧气地回到自己屋里，往床上一躺，把被子蒙上了头。只一会儿，盈衣就憋得透不过气来了。她又掀了被子，摸出枕头下的小人书，紧紧贴在胸口——不用看，每一页都能背出来。

咿呀一声，房门被推开了，一只脚伸了进来。盈衣骇一跳，连忙翻身爬起，藏好小人书。

对不起啊，我看你门开着——

花之蝶慌忙解释。

不要紧的，我……我没睡。

我来把这个给你。之蝶从身后拿出“东周列国”合订本，递给盈衣。

谢谢你。盈衣想说，上次那本看完了，还给你吧。可是，那么破烂的东西怎么拿得出手呢？再说，她也不舍得。

之蝶说，你慢慢看，我还有很多呢。对了，不认得的字你圈出来，我教你。以后，你认字会越来越多，能看报纸了。看了报纸你就知道，世界很大的。

突然，盈衣扑到床上号啕大哭。

花之蝶吓傻了。他没有姐妹，不知道女孩子是怎么回事。但是，她的哭肯定和他有关系——刚才不是好好的吗？花之蝶一个冲动，上前拿起盈衣的手。他实实在在没有伤害她的意思。

盈衣手一抽，扭过身去，她说，你走吧，不要你可怜我。

她怎么会这么想呢？他难过地退出去，掩上门。

整整半个月，盈衣躲着之蝶，见了也是不理不睬。之蝶也是一副郁闷的样子。苏兰兰想，小孩子就是小孩子。今天好，明天不好的。

这日下午，花之蝶正和荣生下五子棋，盈衣来了。闷声不响把“东周列国”放到桌子上，又低着头走了。仿佛不看路不会走似的。

荣生说，阿姐变得奇怪了。哥哥，侬讲是伐？之蝶心不在焉地“唔”了一声。

荣生走后，之蝶赶紧翻那本小人书，果然，有张纸条。他笑了，这一招谁都不用教啊。

“不好意思，那天是我不对。有空的话，教我字。”

她的字真蹩脚，但是看得出是一笔一笔认真写的。如果说，此前一直是拒绝的姿态，那么，她开始接受他了。这种拒绝和接受对十五岁的花之蝶来说都是莫名其妙的。

“邀请函”在手，之蝶放心来找盈衣。这间屋子靠窗有张花梨木的半桌，省地又好看，之蝶一向喜欢，因此进门就坐在了桌边靠椅上。他抚摸着光滑的桌面，笑嘻嘻对盈衣看，也不说话。

盈衣有些紧张，心扑通扑通的。她躲开之蝶的注视，边倒水边对自己说，胆子大点，他又不会吃了你！盈衣深深吸了口气，转过身来，把那杯水放在之蝶面前。然后从抽屉里拿出两张淡黄色的绵纸，双手捧着，递给堂兄，我把不识得的字抄下来了。

手纸？之蝶接过来，愧疚地说，我忘记给你纸了，笔是？

我问小婶婶要的。

之蝶沉吟，她怎么不问他要呢？

他怎么不说话？在想什么呢？盈衣偷偷看之蝶，不幸被他发觉了，赶紧把头低下去。

之蝶为难了，她坐那么远，又老低着头，怎么教她呢？

……

也许，每个男孩子都有英雄情结，花之蝶特别想“救”心情不好的花盈衣。好在，他已经找到了打开她心门的钥匙——她喜欢小人书，喜欢识字。

渐渐地，盈衣低着的头抬起来了，脸色也好了，甚至都长胖了——她简直长得太快了，鼓鼓的胸，细细的腰，身材要多好看有多好看。之蝶心里有点说不出的激动，仿佛她是一株树木，他是园丁，看着她茁壮成长，但是，似乎还不止这些，有种想要亲近的欲望，比如想看看她的身体。然而，念头一上来，罪恶感也跟着上来了，真龌龊，简直龌龊死了！

他不敢看她了，她也不看——，准确地说，他们不敢对视。

他看她时，她眼睛看别处，她看他时，他眼睛也看别处。偶尔眼光一碰，双方都吓得一激灵，好像偷东西被当场捉牢。

春节一过，苏兰兰就急着要搬。花凌海说你是“显宝”（臭美）吧？苏兰兰得意一笑。

的确，装修很成功。原先狭小窗户扩大了，靠近天井的墙面改造成了整片的落地窗。有了光，阴沉的老房子一下子有了生气。可惜，没有卫生间。苏兰兰遗憾地说。阿六连忙安慰她，石库门都没有卫生间的。

一层的两个厢房做了餐厅和偏厅。这样，男女主人可以接待两拨客人了。楼上朝南三间，做了花凌海一家的卧室，东西厢房则是书房和起坐间。

苏兰兰分配阿六和荣生住亭子间，盈衣住后楼。

荣生吵着要和姐姐换，被阿六打了一巴掌。

这一巴掌弄得苏兰兰有点尴尬了。她想，厢房没布置成客房，堂兄有气了？

花之蝶赶紧哄荣生，侬跟我住，好伐？

荣生欢呼一声，破涕而笑。

盈衣不声不响躲在后面。

来，盈衣，苏兰兰走向盈衣，到侬房里看看，要是不喜欢窗帘的花色，小婶婶帮侬换！

盈衣眼圈一红。

苏兰兰笑道，你这丫头，心重。你看荣生多好，大概像你姆妈吧。苏兰兰发觉自己又莽撞了，冲着盈衣做了个怪脸。盈衣笑了。苏兰兰喜道，笑了好，笑了好，你笑起来眼睛真花。盈衣偷眼朝父亲看去——，阿六脸上一点表情也没有。

整幢石库门是慵懒的。大太太吃饭也不露面，叫佣人将素斋送到房里。苏兰兰上午睡懒觉，下午打牌，夜里逛马路跑公司看文明戏，要不就是捧着《新闻报》、《申报》等，一直看到煞末一张。荣生也是无精打采。园子没了，唯一的搭档，花之蝶又上学去了。父亲还下了死命令：不许影响哥哥功课，不许出去跟野小鬼白相。

好不容易巴望到礼拜天，荣生缠着小婶婶带他们去游艺场。苏兰兰身上不便，嘱咐之蝶奶妈带他们去。荣生问姐姐去不去，盈衣说不去了。之蝶看着盈衣笑，有了书，一步都不想动了。盈衣也笑。

傍晚时分，他们回来了。之蝶走路一跷一跷的，袍子也破了。原来，荣生和人抢“地盘”，之蝶劝架，被人推了一跤。苏兰兰责骂了奶妈，贬去帮厨。

要快点找房子了。阿六想。

3

1938 年的春天来了。孤岛的春天是猩红色的，疯狂、暧昧。但是，这些和阿六无关。

阿六关心的只有布料人工，招租招顶。

地段很重要，关系到成衣铺的客源定位、生活方便和经济条件。阿六看中了堂弟家所在的泥城桥一带。一来亲戚间走动方便，二来这里北溯苏州河，船民多，小商小贩多，贫民多。很多铺子都在做他们的生意：铁铺、缆绳商店、五金店、小饭店、油酱店、茶馆、小旅馆、澡堂、当铺，一应俱全。成衣铺倒是有两个，但是质低价高，不是他的对手。一间亭子间，月租十余块，还算合理。市中心要三十块左右呢。三层阁倒是便宜，只要五块钱，但是档次太低了。人家就要担心了——谁晓得你住多久呢。也许，会把好料子卷跑了呢！

直到签了租房协议，阿六才知会花凌海们。

不等阿六开口，花凌海嘱咐兰兰补贴阿六一年租金，说小小意思，勿要摆勒心浪。阿六定规说借，写了字据。

搬场那日，花凌海从饭店叫了一桌，算是送行。阿六连干三杯，说叨扰半年，恩情不忘。花凌海说，阿哥，嘎客气啊，不像自己人了。

两个小人依依不舍，尤其荣生，哭出乌拉的。苏兰兰摸摸他的头，笑道，哭点啥？近来西，老方便的。

阿六在路边旧货摊上淘了一只竹台版、一张单人床，以及马桶板箱火油炉子瓶勺罐等。七八平方米的亭子间，几无隙地。照规矩，住亭子间的人家是没有资格占用公共空间的，何况灶披间、客堂间都租出去了。因此，石库门里的十几家人家洗衣烧饭、用餐纳凉，都被移到了室外，弄堂成为名副其实的“公共起居室”。

“四季衣庄”重新开张。后门口，贴墙横一根长竹竿，五彩丝线粘在上面，算是广告。竹竿上方依旧是那副对联：“激情剪锦裁绸，巧艺飞针走线”，只是，字没原先那副好了。原先的那副，是复旦大学女生写的呢！阿六撒了一圈糖果，算是给邻居打个招呼，否则，这根竹竿是横不起来的。

不多一歇，生意来了。大都是改旧衣服，没什么油水。不过阿六不担心，现在是积聚人气的时候，哪怕不赚钱也要做的。他关照盈衣姐弟，不准哭丧着脸，冲了生意。可是盈衣装不来，笑不出就是笑不出。

过日子，钞票顶要紧。一分钱三张草纸，一人一张，肥皂有 1 角 7 分的，绝不买 1 角 8 分的。一张小票在阿六手心里要捏出汗来。他算过了，吃用开销至少一块钱一天。荤菜是不进门的。不过也有例外，比如咸鱼，反比素菜便宜。花凌海几次邀他们去吃饭，都被阿六婉拒了。嘴巴一刁怎么过日子？青菜！菠菜！草头！小贩一喊，阿六就丢下手里的生活奔出去。为了一两分钱大讲斤头，最后还要一点饶头。

倒马桶生煤炉洗衣煮饭自然是盈衣的事。荣生整日无精打采。转头看窗外，再也没有了满窗绿茵，早上醒来也没了鸟鸣。父亲不让出去，说是这里没几个好人，舞女、鸦片鬼、赌棍，撩事拨非的人特别多。荣生顶嘴，不好还要搬到这里来？阿六没理他。盈衣悄悄说，你别吵，等爷（父亲）出门我放你出去。

有一回，阿姐的“情报”不准，被阿六当场拿住。两个人紧张得不得了。会不会饿饭？会不会打他们一顿？出乎意料，阿六竟然没一句责骂。自此，荣生就大模大样在弄堂里嬉戏起来。盈衣肚子里嘀咕，父亲怎么出尔反尔？花样一出一出的。

阿六和荣生睡床，盈衣打地铺。为了省电火，九点熄灯。可是人家不管你熄灯不熄灯睡觉不睡觉。“碰！”“白板”“哈哈哈……”，声音凿壁而来。

亭子间朝北，采光不好，“热天热煞，冷天冷煞”。尤其热天，瘪虱从隔板里钻出来，臂膊大腿乱咬一气。盈衣好不容易睡着了，又开始做噩梦。荣生也一样。常常是，盈衣自己泪水未干，又去擦弟弟的。奇怪的是，父亲的脸上不见悲伤，不见愁怨，往事仿佛不留一点记忆。

这天早晨，花之蝶来了。其时，盈衣站在弄口的“过街楼”下排队倒马桶。看见堂兄，十分尴尬。花之蝶热情地招呼盈衣，要不要我陪你？盈衣急了，朝他站的地方踢了一脚，快走，这里不是你呆的地方！

之蝶边笑边往里走，走了几步，又回头望望。

盈衣忍住不看他，心里有些兴奋。

放暑假了？阿六说。他正在翻（新）一件旧袍子。

是啊，来看看你们。之蝶随口应道。眼睛盯着刚进门的盈衣。

盈衣一会儿看看窗外，一会儿整理桌子，就是不去看他。

三个人似乎都没有话说。

花之蝶有些发窘，白皙的脸也有些红了。

荣生呢？他似乎找到了最恰当的话。

大概在弄堂里白相吧。阿六抬起头来看看盈衣。

盈衣忙说，我去叫他。

不要了。之蝶说，我是路过，想去旧书摊淘点书……盈衣，你去不去？

盈衣一吓，手里的抹布掉到了地上。

阿六说，淘什么旧书啊，买新的么。

之蝶说，伯伯你不晓得，旧书摊有好东西的。

阿六哦了一声。

盈衣，你去不去？之蝶提高了声音。

盈衣眼睛瞟向父亲。

去吧去吧！阿六没有抬头。

你为什么说那里不是我呆的地方？花之蝶侧着头，看着盈衣。盈衣眼睛斜着别处，咬着嘴唇笑了会，说，不怕熏了你这少爷啊？

啊呀，花之蝶故作大惊小怪，你以为我是那种新式少爷啊？

盈衣哼了一声，少爷还有什么新式旧式的。

之蝶抢上一步，拦在盈衣面前。

盈衣只好站住，眼睛朝之蝶吧嗒吧嗒看，你做啥？

我告诉你，新式少爷就是整日没精打采，泡舞女，混跑狗场的。我是那样的人吗？

盈衣上下一打量，青衣长袍，白面皮，一副斯文样子，倒还真是旧式。

你怎么不穿西装？

不喜欢。之蝶摇摇头，有一首竹枝词蛮好白相的：洋帽洋衣洋式鞋，短胡两撇口边开，平生第一伤心事，碧眼生成学不来。

盈衣笑道，有文化的人真是刁钻龊狭。

之蝶正式道，不要瞎讲，鄙人也是有文化的。说着，装模作样手背在身后，叠起肚子。盈衣大笑，露出一口整齐的白牙。

女孩子先长，然后男孩子。不过一年时间，花之蝶就超过盈衣半个头了，嘴唇上的胡子已经蛮像样了。再长下去怎么了得？！盈衣笑自己：怎么会一直长一直长呢？又不是树咯。

难得盈衣活泼，之蝶很高兴，叽叽咕咕说着学堂上的事情。盈衣一会笑一会儿恼，一会儿愁一会儿怨。学堂啊学堂，这么好玩又这么混乱。之蝶说怎么不是，很多富家子弟书不好好念，就知道赌博困女人。对了盈衣，还有吃白粉的呢！盈衣啐道，难听死了，什么困女人。之蝶说，你比我还旧！我怎么旧了？盈衣愕然。哦，错了，是闭塞。不过，有的地方闭塞的好，有的地方应该开放——不然，你怎么知道这世界是什么样子的啊。盈衣对前半句心中肚明，脸红了红，咀嚼着后半句，好心情一下子没了。黯然道，我当然知道，我太知道这个世界了。之蝶一个冲动，拉住盈衣的手。他了解她的心。一个失去亲人、失去家园的人，心里的黑暗和伤痛释放是多么得难。

盈衣挣了挣，他握得更紧了。

别动，我告诉你一件秘密的事。

你放手，放了手说啊。盈衣看看四周，跺脚道。

之蝶放开盈衣，双手圈成一个“喇叭”，凑到盈衣耳边说，我们有个老师大概是共产党——

盈衣一脸的莫名其妙，什么共产党？什么叫共产党？

我说不清楚，反正他一说话我就激动，就有力气。盈衣揉了揉发痒的耳朵，吃吃地笑，他的话是鸦片啊？之蝶遗憾地说，你不懂。

他们越说越亲热，但是，之蝶试图再拉盈衣手时盈衣不高兴了。她说，阿哥，像什么样子，别人看到要误会的——

之蝶说，我不怕。人家黛玉和宝玉还……，他想说，人家还睡一张床呢，忽觉面红耳热，支吾了下，憋出一句：现在是什么时代了！

什么时代？盈衣说。

就是，就是……，之蝶觉得自己说不清楚，岔开说，你看，这里热闹吧？

可不是，招牌横街而立，广告目不暇接。吃食店、游戏场、电影院，没有一家不人头济济。盈衣道，有钱人真多。

之蝶说，那是末日镜像。

什么末日镜像？

他们看穿了呀。不晓得哪天早上东洋鬼子就开进来了，扑通一个炸弹都完结。

盈衣不语。心就像吊桶，“扑通”一下被扔到了井里。是啊，前一分钟放屁打嗝，后一分钟就声息全无了！同样是活着，同样是过场，一边是戏院客满明日请早，一边是收容所额满停收。人和人的差别怎么这么大呢？

一辆无轨电车无声无息地从身边飞过，盈衣吓得吐吐舌头，开得真快啊。之蝶问，你乘没乘过？盈衣摇摇头。我带你到法租界去！盈衣说不去旧书摊啦？下次，下次吧。之蝶兴冲冲道。

法租界是个幽雅的地方，长长的园垣，漫天的绿茵。盈衣从未来过，走在其间，仿佛浮云飘风，恍恍惚惚的。忽然不安起来，时间是卖给肚子的，干活才能有饭吃。才要催堂兄回去，隐约传来钢琴声。仔细一听，声音是从一幢花园里传出来的。

花之蝶脸上露出气愤的神色，国家兴亡，匹夫有责。国难当头啊，不去救亡，倒有心思弹琴！

不去救亡的多得是啊，也没见你生气。盈衣不理解。

之蝶说，这人是有文化的。

盈衣说，难道那些跳舞吃酒的都没文化？

之蝶被问住了。是啊，吃鸦片嫖妓胡闹的多得是，人家好好弹琴反倒生气了呢？

盈衣又问，什么叫匹夫有责？老匹夫不是骂人的话吗？

之蝶疑惑地看着她，突然爆笑，啊呀，啊呀，匹夫有责就是人人有责的意思啊。

人人有责就人人有责，什么匹夫不匹夫的。盈衣翻了个白眼。

之蝶挠挠头，不知怎么作答，一个人又嗤嗤地笑。

盈衣又说你怎么不去救亡？

他尴尬地红了脸，扶了扶眼镜说，我、我还小嘛。

迎面来了一个女学生，又高又瘦，身板比盈衣单薄多了。月白色的短袖竹布褂，齐膝的印度绸黑裙子，长统麻纱袜子，一双很干净的篮球鞋。短发斜分，少的一边撩在耳朵后，多的一边半垂在鬓边。她右手里提着一捆书，因为重，肩膀也斜了。

顾国桢！盈衣大叫一声，扑了过去。

女孩嘴巴张大，一个啊字没出口，抱住盈衣又笑又跳。

花之蝶笑笑，捡起散了一地的书，一本本翻来看。

顾国桢唧唧呱呱一阵激动，才想起花之蝶。

这是谁啊？顾国桢的嗓子有点沙哑。

顾国桢长大了，样子没变，依旧是高额头，黄眼珠，薄薄的单眼皮。因为瘦，眼睛更大了，瘪嘴也阔了些。

我堂兄。

哦，幸会！顾国桢大大咧咧地说。

花之蝶拘谨地点点头，侬好。

盈衣说，你怎么把辫子剪了？顾国桢告诉盈衣，她报名参加了“上海国民救亡团”，宣传抗日、救济难民。不过，现在不能公开活动了，租界的日本势力还是蛮强大的。前些天还在愚园路一带抓人呢，别着手枪，带着警犬。这些书是募集到的，送到难民所去。

顾国桢拎起重新扎好的书，对花之蝶笑了笑。

难民还看书？盈衣不太相信。

顾国桢说，我告诉侬……，顾国桢凑到盈衣耳朵边，悄悄说了句什么。盈衣啊的一声，真的？顾国桢用力点点头，骗你是这个！她右手做出乌龟爬动的手势。盈衣啐了她一口，真粗野……喂，你读几年级了？顾国桢不屑道，还几年级……人家要上大学了。盈衣眼热了，还是侬有福气……黄老师，张老师有消息伐？

顾国桢摇摇头。战前倒是见过一面，现在不知道怎么样了。张老师改业了。一个月的薪水不过十几二十元。还不及包车夫呢——车夫穿五个铜板一双的草鞋，老师总不能和他们一样吧？一双皮鞋就要五六块。黄老师抱怨薪金微薄，难以维持生计，得罪了上边，被辞退了。

我去过她家。顾国桢说，进门就闻到一股油烟味，漆黑逼仄的过道里，堆满了杂物，墙上是斑驳的霉雨痕迹。房间在三楼，厨房在过道上，坐在马桶上一伸脖子就会撞到厕所门……

盈衣忽然说，你家很有钱吗？

顾国桢歪着头端详盈衣，哑，你变得胆大了啊！说话直来直去的。反正，不是土财主。说完自己哈哈大笑起来。

之蝶也笑了。

顾国桢说，堂兄在哪里念书呢？

之蝶说了。

盈衣说，你们都是，都是……

顾国桢抢道：知识分子！

盈衣说，我不知道什么分子，反正我不是。

哎，百无一用是书生，堂兄，哦？顾国桢眨眨眼。

之蝶又笑。

顾国桢转向花盈衣，先走了，改日来寻侬。

盈衣抄了地址给她。

回来的路上，花之蝶和花盈衣像隔夜的油条，软塌塌的。他们都在想顾国桢。之蝶想，她也还小啊，还是个女的，自己真是没出息。盈衣想，顾国桢和她，已是各走各的道了。

4

马路上，男士穿西装的越来越多。霞飞路、南京路、四川路、大新街，西装公司林立，儿童也倾向欧化，现成童装，每套一到三四元。“小老头子”“小妇人”（短袄旗袍）日渐稀少。

由于中装的“节节败退”，一年多来，阿六裁缝铺生意寥落，甚至还不如在老家江湾镇。阿六不免抱怨，对张家姆妈说，风气变坏了，中国人不着中国衣裳，这种思想真应该消消毒。

张家姆妈比阿六大几岁，住在前楼。住得起前楼的人家都是有底子的，完全可以到好点的铺子里去做衣服。可张家姆妈一直照顾阿六的生意。她说，金乡邻，银亲眷。家里烧了好吃的总要端些来，或者，干脆叫姐弟俩过去吃。平时借个勺呀，讨根葱啊，多有往来。

几根葱，一碗馄饨，怎么能和长达半年的免费食宿比？可阿六就是觉得前者比后者更好。同样是感激，感觉完全不一样。堂弟于危难中帮助了他，可总有施舍的意味，而张家姆妈则是以一种平等姿态，因此更近，更舒服。阿六不懂更深的道理，只知道，这年头找个可靠的人比找钞票都难。从此，阿六有什么心里话只和她说。

为了补贴家用，盈衣白天到跑马厅路的仁济育婴堂缝纫尿布床单，每天挣一块钱，夜里帮父亲打下手，钉个钉扣子啊，缝个边啊什么的，日子倒也过得飞快。

裁缝是工匠，里面却大有讲究。蹩脚裁缝做出的“生活”（活计）只是蔽体，是静态的，僵死的，而好的裁缝，就像细心的医生，从顾客的身材、长相、年龄，气质，性情等，全面诊断。胖的人，腰要宽；瘦的人，腰要窄。性子急的，年少的，衣服要短，方便行动，文静的、年龄大些的，衣服要长一些。显得稳重、得体。阿六很努力，一桩生意拿出十倍的精神，还外带普及知识：老年人不应花色艳丽啦、皮肤黑的要穿深色衣服啦，等等。

小店生意全靠口碑，直到1940年秋，阿六的衣柜才丰满起来：毛葛、锦地绉、杭缎、洗呢、丝光布、斜纹布、阴丹士林布、“爱国布”（土布，产自河北省高阳县。质量上乘，可与外货媲美），层层叠叠。幸亏如此，因为，此时的米价已经从四十多块升到了六十多块一石。

衣庄生意兴隆，苏兰兰功不可没。她的衣裳，除了皮草，几乎是阿六包的。有时还荐人来。荐来的，必是“高档人家”，哔叽、华达呢，都是舶来外货。阿六做这些生活分外小心——赔不起啊。

苏兰兰来的时候，花之蝶也跟着来，来一趟，带一本小人书。荣生跳起来就抢，常常是，盈衣还没看，书就到了弄堂里那班“小猢狲”手里去了。盈衣又恨又急，嘱咐花之蝶不要再带来了，白白糟蹋。

阿六忙昏头，盈衣呢，也不让去育婴堂缝纫尿布了。

辞工的这天，是花之蝶陪了去的。

盈衣懒洋洋的，满脸的不高兴。花之蝶默默走在她身边，也不说话。他理解她。本来，可以借上工出去散散心，如今就像一棵树，一步动不得。阿六伯伯又是不苟言笑的人，闷都闷死了。

租界的春色是圈在铁丝网里的，有点局促有点寒酸，一路上没见什么桃枝柳叶。只有行人的衣着告诉人们春天来了。

之蝶遗憾地说，往年这个时候我们全家都要去苏杭的。盈衣不响，忽然觉得自己和他根本就是两类人：穷人和富人。于是更加没精神了，走了半天也不言语。之蝶建议去坐24路无轨电车。这条1938年开辟的线路横贯英法租，一路看过去，也蛮好白相的。盈衣说不了，我想到苏州河边看看。之蝶想，最好不要去，省得触景生情。就说，算了，回去吧。盈衣说，要回你回。之蝶做声不得，只好跟了去。

苏州河帆樯连牵，堆满了稻草、柴秆的货船来来往往，仿佛“西线无战事”，可河边铁丝网，荷枪实弹的友邦商团士兵，河水中冒出的隐隐血腥气，分明告诉人们：世界不太平。

盈衣的脸贴在冰冷的铁丝网上，一动不动地站着。

对岸，一望无际的焦土。

那个家，她永远回不去了。

报纸要伐？一只小手碰了碰盈衣的手臂，新闻报，老申报，大美报，文汇报……

局势太平了，手里也有了钱，阿六打算让儿子继续学业。想起读书，阿六想起了王子琦，他可是打了包票的——只要荣生拿到文凭，担保他进新新、永安！如今，他踪迹全无，承诺也就泡汤了。但，读书总是对的。

八一三事变后，除了租界原有的，南市、闸北，以及江浙各地的学校都搬到租界来了，一条弄堂数校并存是常有的事。下面是舞厅，上面是学校，也是常有的事。听着“嘣擦擦”，怎么读得进书？阿六对着张家姆妈直摇头。张家姆妈说，听讲学费又涨了。不过，勿读也勿来事，十三岁的男小人放在弄堂里，一日到夜滚铁环、打弹子、抽贱骨头、拉叉铃，掼结子。荒废脱了。

阿六附和道，是呀，是呀。荒废勿要去讲伊（荒废不说），还要学坏。

张家姆妈和阿六一拍抿缝，这主意就定了。

盈衣送弟弟到弄堂口，看着他一跳一跳的背影，胸口闷住了，张大嘴巴吸气，又怕别人察觉，因此背转身，假装看弄口钉着的洋铅皮牌子。

5

阿六想登报找老周回来。但是他不知道怎么登，报馆的门朝哪开都不知道。这倒不是问题，鼻子底下就是路。可是版面位置呢？钞票多少呢？这里头就有讲究了。阿六灵机一动，想起花凌海有个朋友在报馆，一个姓钱的瘦子。

钱记者蛮客气也蛮热情，他说老长辰光不见，侬好伐？啊呀，这个事情太好办了。他急速地搓着手说，何必登报呢？我手里的亲友就有很多，侬“条斧”（条件）开出来就是！

一份工作，几百个人来抢。这就是现状。阿六倒是被他弄尴尬了，说什么好呢？拒绝，人面对肉面的，说不出口，答应呢，更是不能。

老周是多年的老搭档了，情同亲兄弟。自从分手到现在，一点音讯也没有。是啊，自己到处流浪，即使他还活着，这音讯又怎么通？唯一办法就是广而告之。即便如此，希望也是渺茫。想到老周生死未卜，阿六异常难过。但是他决计不会哭。自从盈庭母女死后他已经不会哭了。

钱记者见阿六不做声，明白了他的意思。他问阿六，那么，以兄之见，你要登几天，支付的工薪是多少？“社会服务版”做广告是不要钱的。

阿六说，不要钱不好意思的，就一天吧，要熟练工，薪金么……月薪十八块！

他想，老周看了他的名字自会找来。薪金是表面文章。现在的米价每石要三十元左右，煤球一担三元六角，生油一斤六角多，菜蔬每斤八九分，电费也涨了一半多。十八块，连肚子都填不饱，如此克扣，就是要逼退一些人。

钱记者陪着阿六办手续，彼此问问近况。钱和阿六是在花凌海家认识的，自然说到了他。钱说，现在不大去了，他老兄日子也不好过啊。阿六不愿背后议论堂弟，敷衍几句就告辞了。

半个月过去了，不见老周回应。阿六想，是不是没看到呢？要不要再登一次呢？正踌躇，来了两个“阿乡”，声称阿六的故人，前来应聘。

的确有点面熟。但是阿六想不起来在哪里见过，疑惑而警惕地说，那（念第二声，上海话，你们）是？

阿拉来过江湾镇的，记得伐？侬姓花，姓老特别的，报纸一登，我就晓得是侬了。那个白面皮，细长眼睛，有着鲜红嘴唇的小伙子笑嘻嘻说。

这两句昆山味的上海话提醒了阿六。他们是王子琦的伙计，六年前，也就是民国廿三年的夏天，他们来店里帮过忙。说话的这个叫水根，另一个叫土根，好像是亲兄弟。

终于有王子琦的消息了！阿六有点激动，急切地问，王子琦呢？他想，逃难的时候怎么没想到他呢，他家可以避一避的，不过，他三个老婆不好弄。

水根说，王老板不做了。

不做了？

水根贼脱嘻嘻地说，和明星好上了，没心思开店了。

盈衣白了水根一眼。不知为什么，她有点讨厌这个人。她对他们所说的也不感兴趣，悄悄走开了。

瞎讲！阿六说，怎么可能呢？这么好的店面，生意又这么好。

说到王子琦的生意，阿六迟疑了一下。他还真不了解呢。

一直不做声的土根说，是真的。

阿六看看他。心里倒有几分信了。这个人看起来忠厚，黑红的脸庞，胖墩墩的，有点羞涩。记得他不大爱说话，一说话就紧张得结巴。

那么，人呢？你们有他的地址吗？

两个人都摇摇头。

阿六长长地叹了一口气，说，你们留下吧。

人是留下了，可是住哪儿呢？小小亭子间，像一方砚池，人都几乎无法“流动”。再找地方吧，别说没有，就算有也租不起啊。亭子间涨到了三十元，前楼七十元，三层阁二十元，晒台钉个板房，也租十五元。

机缘来了！

“螺蛳壳里做道场”是描写上海住房局促的经典。住房是固定的，没法子想，公共地方就成为房客争斗的目标。今天张家在过道上放一只破椅子，明天李家就会在旁边放上一只坏桌子。灶披间的三轮车夫是个山东莽汉，不会暗斗智取，竟然用明晃晃的菜刀砍伤了舞女张小姐。偏巧她的相好是巡捕房的小头目，结果可想而知。

旁人不怪张小姐强横，却怪山东人不识相——上海是个恶势力的世界呀，拎不清！

在张家姆妈的斡旋下，阿六顺利顶租。

亭子间在灶披间的上面，阿六戏言，我也有一楼一底了。张家姆妈说，蛮好，蛮好。她帮着阿六把竹台板搬下来，又送了两张凳子，说是添喜。

九月底了，太阳还发着狠劲，像打架斗殴的流氓。灶披间虽有窗子，但窗外是窄弄高墙，挡住了光线，也挡住了风。闷且不说，可暗不行啊，看不见穿针引线呢。因此，大白天也只好开灯。那电灯泡呀，简直就是助纣为虐，热上加热。

盈衣穿着白底粉红圆圈的圆领衫，底下是条绸布黑裙，头发梳成辫子，盘在头顶，像一朵乌云。头颈里全是汗。也许是常年做家务的缘故，她的手比她母亲的大，也有力，手掌厚厚的，不像是裁缝家的女儿倒像是粗做丫头。现在，她正坐在案板的一头，专心致志裁剪一块小布料。这是一件长袖旗袍的“下脚料”，浅蓝色的杭缎。缎条像一条美丽、亮闪闪的小溪，在盈衣的指间穿过。

纽攀（扣）是中装最吃功夫的。不管什么纽，最难的是“头”，叫作“葡萄结”。葡萄结有固定的打法，松了紧了扁了长了都不行，要圆圆的饱满的，个个大小一样。纽攀中，长脚纽最简单，葡萄结后留出的一段便是“脚”，将“双脚”并直了订上衣襟，尾稍往里一折即可。盘花扣就有点复杂了，好几十种呢，讲究什么季节的衣服配什么花。比如秋天，就有菊花扣等。做纽攀的头道工序就是将材料，尤其是丝绸（比较滑）上浆后，剪成0.9CM宽的斜条。

布条剪好了。盈衣数了数，拎出一条，一头用缝衣针钉在台板上，绷直了，将两面的毛边折进去，边折边缝。布条就成了细细的“棍子”。

台板的另一头，水根一边缝一件衣服的下摆，一边对正在熨衣服的土根说话，他把声音压得很低，不时乜一眼盈衣。

盈衣不知道他们在议论谁，脸上有些发僵。不过，说是议论也不准确，只有水根一个人在说，土根不怎么搭话。

花之蝶来了，像一阵清风吹走了盈衣的烦闷，她赶紧站起来，欢快地说，你放学了？之蝶一笑，说，我无所谓啊，大学嘛，没中学管得死。

盈衣望望那两个人，对堂兄说，我们上楼去吧。

才避开他们的视线，之蝶就问，这两个人是谁啊？

盈衣说，新来的伙计。忽然想起周伯伯，心里一阵疼。

之蝶见盈衣落寞的样子，提议说，我们出去转转吧。才说完，觉得不能自作主张，朝外面张望了一下，问，伯父呢？盈衣卷着辫梢说，送做好的衣服去了。

那我留个条。说着，花之蝶取出自来水笔，撕下一张过期的日历，在背后刷刷几行。

盈衣迟疑地说，还有活没干好呢，他要骂我的。

不会。之蝶微笑，总要给我面子的吧。

盈衣笑了，说，好。

忽然，轰隆隆一声响，像是地震。

之蝶吓一跳，什么声音？

盈衣耸耸肩，楼上的晒台租出去了，有人跺脚呢。男小人都皮得不得了，你看荣生。之蝶笑了，我不皮。盈衣低了头匿笑。

辣斐德路上的旧书摊，足以和四马路、卡德路匹敌，天文地理，包罗万象，其中教科书最多，价格也相对贵些，但比之新书要便宜五到八成。因此，这里是穷学生集中的地方。此外，还有大量重印或复印的旧书旧画报，连环图画等。

盈衣直奔小人书摊，从粗糙的木头书架上取下《玉蜻蜓》第一册——整整一排都是呢。精美的画面，动人的神态，引人的故事……盈衣快速翻看，翻几页，食指在下嘴唇上点一下，翻几页，点一下。老板一把抢过来，粗暴地说，不买不要看！你看，被你弄龌龊了。边用袖子擦，边冲她翻白眼。盈衣涨红了脸，她想说，被我弄龌龊？你是旧书啊，难道不龌龊？还没说呢，盈衣干呕起来……天晓得嘴巴里吃了多少龌龊物事，也许有苍蝇屎呢。

平了喘，盈衣又想，原价三四块的书，这里只要几角钱。实在太诱人了。可她没法买下来，再便宜也没法买——她没有钱。可是，她真的想要那套书……

盈衣依依不舍地离开书摊，这才发现，花之蝶不见了。他没在自己身边！

人群就像篝火，这里一堆，那里一堆。几个圈子兜下来，根本没有他的影子。哪去了呢？盈衣心中焦急，茫然四顾。

两个人从马路对面走过来，盈衣差点叫出声来。

他们？！

之蝶不是和自己在一起吗？怎么跑到马路对面去了？阿爸是怎么过来了呢？之蝶去叫的？

不可能啊，他叫他做什么？再说，不过一歇歇功夫，也来不及。真是见鬼了！

盈衣不知道是躲开好还是迎上去好。脚好像插进了地心，拔不出来。

一眨眼的功夫，两人已经到了跟前。

阿六黑着脸，凶狠地瞪着盈衣。之蝶说，是我拉她来的。他的脸因为焦急而变得痛苦不堪。看来，他似乎一直在解释，他一定是看见父亲迎过去的。

盈衣垂下头，不敢说话。

阿六鼻子里冲出一口气，淡淡地对之蝶点点头，对女儿说，盈衣，荣生的书被人抢了，我在这里淘淘看，你回去吧，以后不要跟别人乱跑。

别人，他成别人了。花之蝶尴尬至极，脸上一阵红，一阵白。他不知道是否要陪盈衣回去，如果一起走，伯父会不高兴——明显的，他不愿意自己和盈衣接近。倘若自己不管，盈衣一定更加难过。他不敢看盈衣。低着头说，我送你回去吧。

此时，阿六扔下他们，自顾自往书摊去了。

一路上，盈衣闷闷不乐的，一句话也不说。之蝶不断安慰她，说不要紧的，事情已经过去了。

隔了几天，之蝶托人捎来一支博士笔厂生产的自来水笔和一只时尚的木柄花布包。来人说，笔是给弟弟的，包是给妹妹的。

盈衣打开包。一套崭新的《玉蜻蜓》！盈衣急速地翻遍每一页……没有字条，什么也没有。她呆在那里。他不来了，也许他永远不来了。

房间里越来越暗。

盈衣，落雨味——，快点收衣裳！阿六在喊。

落雨味——，落雨味——

弄堂里充斥了女人的喊声，或苍老或清脆。

6

有了两个徒弟，阿六就有空“东张西望”摸摸行情了。一个刘姓女客说，有个姓肖的师傅，手上功夫不比你差。不过，我是做不起的。待要细问，女人说有事急匆匆走了。这日，突然想起，阿六买了一盒西点上门拜访。打听下来，吃惊不小：姓肖的店址居然和王子琦的一式一样！阿六决定跑一趟。

店面没缩没减，仍旧是两开间。可里面的装潢全变了，仿佛店主和王子琦有仇，把“过去”抹了个一干二净。原先进门是一只大柜子，就像绸布店里卖零头布、开片短裤那种玻璃柜，里面放了衣服图样和面料，靠边是一些成衣，供人挑选。任何时候进来，都是热热闹闹。如今空空荡荡，连张椅子也没有。水晶吊灯，打蜡地板，两侧墙上，则是整面的镜子，明晃晃、亮闪闪，进门全是影子，举手投足，就像群魔乱舞，说不出的恐怖。

面朝大门，到底是一排金黄色落地玻璃窗。阿六上前一推，却是纹丝不动。仔细一看，原来窗与窗，用铰链连在了一起。搞什么名堂！阿六疑心自己走错了，又退到马路上——

店招明明是“肖记成衣”啊。

身边的路人潮水般过去，没人驻足留意这间古怪的铺子。

好奇心引得阿六重又进去，才见长窗左首有扇绛红色的小门，古色古香的，样子有点像苏州古典园林里的腰门。阿六小心翼翼推开——一条十来米长的回廊。左首一排小门，右首是院子。不知小门里是什么所在。阿六稍微一想，明白了。应该是试衣间。外面的厅没原来进深了么。人们从作坊里取了衣服就可直接进试衣间了，就像演员的化妆间。这种做派像是私人会所，和阿六薄利多销的思路不一样了。

院子没变，仍是工场。有几个工人在干活，有的在熨衣服，有的在踩缝纫机，有的在挂晾衣服，没人理阿六。阿六轻声问一个中年男人，啥人是老板？

不在！那人生硬地说。

阿六有些动气，这人怎么这样啊。是老板拖欠了他的薪水？还是吃了老婆的气？要是我有这样的工人，开了他！

一个矮墩墩的中年女人从回廊走过来，看见阿六，警惕地问，侬寻啥人？阿六惊异地看着她，侬，侬……姓肖？

是啊。女人上下打量阿六，你怎么知道？

你是王子琦的什么人？阿六问。

你是王子琦的什么人？女人反问。

四目相接，发出铿锵的声音。就像两把利剑撞击。

阿六首先败下阵来，双手一拱，嫂子，我是花阿六啊，你忘了？

女人一呆，似乎想起来丈夫有这么一个朋友，顿时精神十足——确切地说是怒气十足，来得正好！这个杀千刀，伊在啥地方？！

阿六大惊失色，我、我也长远没有碰着伊了……哪能（怎么）啦？

哪能啦？我恨煞伊了！这只翘辫子！

女人一五一十地告诉阿六，说有个电影明星常来做衣服，王子琦就去勾搭人家。你说，什么人不好勾搭，去勾搭这种人？上海滩上，哪个电影明星是吃素的？吃生活还是小事体，丢进黄浦江，死也白死！

后来呢？阿六问。

我去求人家啊。这只翘辫子！

哦。阿六恍然大悟。一定是这个女人帮他摆平了，作为报答，他把铺子给了她……她又不会做衣服，要铺子做什么？转而又想，她不会做，工人会啊。看看这铺子的变化，背后有人呢！说不定是他们设的套！想到这里，阿六不禁毛骨悚然。

女人轻蔑往地上吐了一口，事体过去，伊又跑了。

阿六不吱声。不管事情真假，这家人算是散了。王子琦有三个老婆呢，这是原配，还不知那两个小的是什么下场。幸好她们都没有小囡，否则这日子怎么过？真是作了老孽！阿六忽然想到断子绝孙这个词。

女人抽出一根烟递给阿六，阿六摇摇头。

女人自己衔了，点上火，猛吸一口，看着自己的烟圈消散，才说，你有他的消息告诉我啊。

阿六嘴上应承，心里却想，就算有消息我也不会告诉你的。

出了门，阿六又看了看招牌。什么姓肖的师傅衣服做得好。瞎话三千！

街上乱哄哄的。一点不比逃难的人少。只是，胭脂香粉，糖炒板栗的香味，绵酥入骨的女声《夜来香》，提醒人们，这是苏州河南，是租界，是全国仅有的都市。

阿六无心“流行风”，昏沉沉登上无轨电车。

车子里人很多，阿六扶着椅背，望着窗外出神。

错综复杂的电线把亮白色的天空切割得七零八落。

电车在十字路口拐了一个弯，慢下来。阿六的胳膊被碰了一下——座位上的人站起来了，准备下车。阿六刚想要坐下去，一个小姑娘动作更快，一个侧身，屁股已然落下。苏沪一带称之为“尖屁股”，尖着，抢先的意思。当她把过道里的双脚搬进来的时候，还得意地冲阿六笑了笑。

忽然，小姑娘的笑容凝结了。她盯着他看。

看什么看！噶没礼貌。阿六别过面孔。

过了会，阿六回过头来，发现她还在朝他看。于是他也看她……

阿六惊讶地张大了嘴巴，疑心自己在做梦：这小姑娘像极了自己的小女儿。鲜嫩的脸庞，水灵的眼睛，白皮肤……就连睫毛也一样，又长又密。

你是不是叫花阿六？小姑娘端详半天，突然问。

阿六依旧傻在那里。

你到底是不是啊？女孩不耐烦了。

我，我是啊……你……你是？阿六六神无主地看着她，惶惑地说。

我叫平燕燕。女孩淡淡地说。

燕燕？你是燕燕？阿六的喉咙哽住了，一把捉住女孩的手，颤声问，你爷呢？！你阿弟呢？！

女孩看看周围，不自然地笑笑，甩脱了阿六的手，突然站了起来，我要下车了，爷叔再会。说完，仓皇地往门边挤过去，就像小鱼钻进石缝。阿六手快，一把捉住她的细胳臂。心想，我怎么能放你走呢！

爷叔，侬弄痛我了！小姑娘叫起来。

阿六不说话，也不放手。人们窃窃私语，有人说小姑娘碰着坏人了，有人说好像不是，小姑娘是认得伊的，伊叫伊爷叔。

车门一开，阿六就拖着平燕燕下来了。

阿六放开手，有点生气，跑啥跑，爷叔又不是外头人。你怎么一个人乘车子呢，碰着坏人怎么办？那（你）爷呢？小弟呢？

平燕燕一扬脸，死了！

阿六目光灼灼，侬讲啥？！

死——了！小姑娘恶狠狠说。

阿六眼圈红了，说不出话来。他不知道怎么表达自己的感情。可怜的小姑娘！可终究不死心，稍一停顿就继续追问，你亲眼看见的？

燕燕不耐烦地说，是的是的！她跑得远远的，站在人行道上，站成一棵“鸟不宿”。

跟我回家吧。阿六恳求道。他不知道为什么燕燕对他有敌意。但是他知道从今往后她就是自己的孩子，甚至，比他们更重要。

让我想想。燕燕歪着头，依旧盯着阿六，小脚不停在地上磨来磨去，仿佛擦黑板。

一双红色的破皮鞋，一件不合身的旧旗袍，下摆撕破了。这小人肯定吃了不少苦。可是，她哪来的钱坐电车呢？这些天她又是怎么过的呢？阿六吞下所有的疑问，凄楚地笑了笑，说，你想不想盈衣姐姐？

燕燕迟疑一下，点点头。

阿六伸出手，燕燕慢吞吞走过来。

……

7

盈衣，盈衣——，快点来！

哎，来了。盈衣放下手里的镊子，奔出来。她不知道父亲怎么了，他叫她的声音都变了。

父亲牵着一个十来岁小姑娘。

盈庭？盈衣仿佛呛了一口水，转不过气来。不可能！绝对不可能！她亲眼看义工把她和母亲装进棺材抬走的。仔细看看又不像。她的眉毛比盈庭的更弯，眼睛也更大……

平燕燕！盈衣心里一阵欢呼，又颓丧地摇了头。浦东沿江一带全炸平了，她怎么可能独活？战争，唯一能信的是谁死了而不是谁活着。

阿六推了盈衣一把，戆大，带燕燕妹妹去呀。弄弄干净。

盈衣浑身一颤，果然是！真的是！她拖着燕燕往阁楼去。

燕燕在亭子间中央转了一圈，这么小啊，我睡哪儿？

盈衣说，跟姐姐睡好不好？我们睡地上好不好？

骨头痛死了。这么硬。燕燕嘟起嘴巴。想了想又说，不过，我想和姐姐睡一起的。说着，贴在了盈衣身上。

盈衣搂住了问，你怎么遇见我阿爸的？

电车上。燕燕垂下了头，似乎不大高兴。

平伯伯呢？你弟弟呢？盈衣下了很大的决心才问出口，心里扑通扑通。

燕燕重重推开盈衣，趴上窗台。

一定是死了或者散了。否则她不会这个反应。盈衣两脚一软，一屁股坐在地板上。她想起了燕燕的弟弟，小弟。那双雪亮的、抠进去的、诡异的眼睛。盈衣打了个寒战。曾经比喻他是黑无常……要是他真成了鬼，会不会来捉她呢？

真没劲，像个监牢。燕燕回过头来说，姐姐，你见过监牢吗？一定很小的，就像这个屋子。

盈衣从地上爬起来，心里有点不高兴，你是没住过露天……对呀，她这些年怎么过的呢？但是她不敢再问。她不再是从前的燕燕了。

盈衣目光黯淡下来。

奇怪，阿爸怎么认得她呢？又一想，也许是燕燕先认出的——她长大了，变了，可阿爸没变呀。她敲敲自己的头。

燕燕说，阿姐你头痛啊。言语中似有关切。

盈衣一阵感动。她想起了在她家避难时，她对她的友好。

一只麻雀落到窗台上，盈衣刚想对它笑笑，可它飞走了。

直到这时，盈衣才想起来父亲关照的事。

燕燕，我帮你淴浴。等着啊，我去弄水。

她是去弄凉水，自来水房在弄堂里。开水呢，三分一勺，已经灌在热水瓶里，现成的。

阿六没有上来，荣生回来了也没让他上去，他想让姐妹俩单独呆一会。女小人和女小人总是多些话的。在平师兄家时，燕燕就和盈衣好。他很想知道平师兄和小弟是怎么死的，这几年她在哪里，现在又住在什么地方，接触过什么人，以什么为生。

见盈衣拿着脸盆下来，阿六迎上去问，她说什么了吗？你平伯伯和小弟怎么样了？盈衣摇摇头。阿六刚想责备盈衣，又一想，还是别急，逼急了她跑了怎么办？

盈衣从床底下拖出一只很大的圆形旧浴盆，将面盆里的水倒进去。跑了好几次，浴盆里的水才过半。

盈衣试了试水温，说，要不要姐姐帮你？

不要！

噢。盈衣答应一声，又把全部衣服抱在床上，有她自己的，也有用母亲的旧衣服改的，还有两件是小婶婶送她的。

盈衣说，喜欢哪件穿哪件啊，勿客气。洗快点，天冷了。

燕燕说，晓得了，你走吧，不，你回来，守住门！

口气是命令的，强横的。盈衣一呆，不由皱起了眉头。但是她无法生她的气。便说，好的。好了叫我啊，我来把水倒掉。

数月来，燕燕始终没有和阿六一家亲近。陌生、遥远、沉默，安静。盈衣很想疼这个妹妹的。可她束手无策。

这日夜里，迷迷糊糊中，盈衣听见有人啜泣，似乎就在耳边。盈衣伸手过去一模，燕燕脸上湿漉漉的。盈衣一下子醒了，轻轻呼唤，燕燕？燕燕？平燕燕猛地翻过身来，紧紧搂住盈衣，姐姐，呜呜呜，姐姐，我想阿爸，我想弟弟……，盈衣眼睛一红，哽咽道，姐姐也想妈妈，想妹妹。你还记得她们吗？我的妹妹叫盈庭。

她们呢？燕燕停止了哭泣。

死了，死在难民所了。乖，不哭啊，姐姐也不哭……

盈衣说不哭，眼泪早已下来了。

阿六惊醒了。他在黑暗中瞪大了眼睛。他在听她们说话。

你和荣生同年，十四了吧？这是盈衣的声音。

嗯。燕燕应道。

盈衣想，十四，十四，我就是十四岁来月经的。她想问燕燕有没有那个。她没亲人了，从今往后，她是姐姐也是她的妈妈。但她问不出口。小姑娘怕难为情的，别一问，刚打破的冰又结上了。

盈衣帮燕燕擦干眼泪，轻轻拍着她的后背说，燕燕不怕啊，燕燕有姐姐呢。睡吧。

燕燕嗯了一声，不说话了。过了一会，鼻息平稳。盈衣却再也睡不着，翻过来，翻过去，早上才发现，自己竟然睡在了床底下。

三个小人中，只有老三盈庭长得像阿六，阿六是极其疼爱的。她的夭折阿六很伤心。而燕燕的到来，就像给他打了一针强心针，这是老天爷对他的补偿啊。因此，有什么好小菜总是先让燕燕，衣着也是三个小人中最光鲜的。

荣生不高兴了，老是冲燕燕翻眼睛。他不敢对父亲发火，冲着盈衣嚷，凭什么好东西都给她？她又不是我们家人！

荣生，不许瞎说！盈衣捂住弟弟的嘴。

荣生一把扯掉姐姐的手，我偏要叫！你不喜欢我了！臭阿姐！

瞎说！瞎说！盈衣跺脚道，你懂不懂啊，妹妹没亲人了，这是她的家，你是，你是……，盈衣想说你是她未来的男人，可终究咽下了。将来，谁知道呢！

燕燕似乎忘了那天晚上的事，还是一副沉默着的、执拗的、毫不在乎的样子，晃进晃出眼里根本没人，即使盈衣亲近也是冷脸相对。更别说做家务或者到裁缝铺帮忙了。盈衣不知道自己哪儿出了问题招她讨厌，心里很是烦闷。老周伯伯在的时候，她还可以跟他说说，如今跟谁说去！

她想到了顾国桢。这个死人，不晓得死在哪里呢！

荣生趴在床上做功课，听见阿姐自语，回头问，你说啥人？啥人死在哪里？

做你的功课吧！没跟你说话。盈衣给弟弟一记大大的白眼，没好气地说。

荣生嘟着嘴小声道，我又没惹你咯。

说曹操，曹操到。

穿着黑色旗袍，灰色呢大衣的顾国桢带来了一个惊人的消息：日本偷袭珍珠港！

第四章

1

太平洋战争爆发了，可究竟什么概念，很多人搞不清。就拿花阿六来说，不晓得太平洋在哪里，为什么叫太平洋战争，究竟谁跟谁打？

同样的问题，盈衣也问过同学顾国桢，可她没耐心，匆匆说了几句就跑了。

荣生到底是初中生，有点地理知识，加上常收听无线电的张家姆妈在边上比划补充，阿六父女才有了大致的了解。

盈衣几乎一夜没睡，心思还在燕燕身上。她静静地，几乎一动不动看着燕燕的脸。要不是父亲碰巧“捡”到，怕是今生今世看不到她了。三个月，仗打了不过三个月呀，什么都变了。家没了，人都死光了，小姑娘作孽呀！盈衣忍不住伸过手去，轻轻抚摸燕燕的头发。她的发质真好，又黑又亮，忖得小脸越发的白嫩。唉，太平洋，太平洋，太平怎么就这么难呢？

打仗要死人，很多很多人。不如死了算了，死了就能见到娘，见到妹妹，见到外婆了……可是，父亲怎么办？荣生怎么办？还有眼前这个女孩子。直到凌晨，她才沉沉睡去。

等她醒来，天已大亮，房间里一个人也没有。盈衣顾不得梳洗，连忙下楼。咦，人呢？正疑惑，门口传来叽叽喳喳的声音，跑出来一看，好家伙，父亲居然歇了生意，“街谈巷议”呢。

人们七嘴八舌，是不是从此不太平了呢？那些商团士兵是不是解散了呢？是不是苏州河南岸的铁丝网撤了呢？这些太远太空，阿六不关心。他关心的是柴米油盐是生意。要是孤岛不存在了，大家还会春夏秋冬的过下去吗？答案是肯定的：冬天自然要穿冬天的衣裳，夏天自然要穿夏天的衣裳，活着总要穿衣裳的，亘古不变。只要有生意，还怕没油盐酱醋吗？因此，阿六没把什么太平洋战争放在眼里，轻描淡写地说，听讲日本军队从虹口过四川路桥过来了。

的确，侬讲得对。一个人接口道。

死脱侬，活转来啦！阿六惊喜地叫了起来。

两人抱在了一起，互拍对方的肩膀。

盈衣难得见父亲这样，眯起眼睛打量这个西装礼帽，拄着文明棍，两只脚抖发抖发的家伙，半天才认出来，他是父亲的朋友王子琦。

一张陌生面孔。有人戏言，你是不是日本特务？王子琦哈哈一笑：侬看我像伐？那人也笑，侬认得花裁缝，肯定不是咯。

盈衣心里说，像，像坏人！之蝶说了，洋装瘪三顶垃圾了，别的本事没有，就会追女人。

王老板，你还做这行吗？水根从人堆里挤出来。

王子琦看看水根又看看阿六身后的土根，惊奇地说，你们怎么会在这里？

土根腼腆地说，听说报纸上招工人，我们就来了。

喂，侬怎么寻到这里来的？阿六推推王子琦，兴奋地问。

王子琦笑道，我老早晓得了——也是看了报纸，一直没功夫。

家主婆呢？儿子呢？好像还有两个女小人。王子琦张望着，目光落在盈衣身上，食指点了点说，这是大的，叫……叫……花盈衣！名字老好听的。

十八还是十九了？

阿六说，十八。

盈衣见他问自己，脸上一红，跑了进去。

人们围上来问长问短，无非是时局啦，物价啦，日本人进租界会怎么样啦，他们认为派头十足的王子琦是场面上的人，一定知道很多。

阿六可不想“公共”了自己的朋友，拨开人群，拖了王子琦就走。

啊呀，你们住亭子间？王子琦文明棍一放，一屁股坐到床上。

六个人，是六个人吧，怎么住得下？

阿六眼里露出悠远的惆怅，喃喃说，侬看见了，只剩三个人……荣生到学堂去了……他突然提高声音，还是讲讲侬吧。这几年一定像孙悟空，上天入地的，搅得结棍。

王子琦拍了一记床沿，啥地方听来的野话？

野话？尊夫人的话也是野话？

王子琦耸耸肩，咦，侬本事蛮大的么，寻到伊那里去了？

阿六紧逼，我问侬，侬是不是勾搭了电影明星差点被人丢进黄浦江？嫂子救了侬，作为报答，侬把铺子给了伊？

王子琦哈哈大笑，笑得眼泪都出来了。

阿六瞪着他，说不出话来。

王子琦突然收了笑容，幽幽道，女人的把戏，侬怎么就相信了呢？勿错，我是和韩师傅有来往，认得几个小明星，但是，我怎么可能勾搭这种下三路呢？堂堂王子琦，是跟电影皇后跳过舞的！

跟胡蝶跳过舞阿六是知道的，那韩师傅阿六也知道，此人专给戏剧界和青楼女子做衣裳。

裁缝店不开了？

唉，赚点钞票不够三个老婆用。偏心这个偏心那个，索性一个不要！伊要裁缝店？要就要吧，我倒要看看伊腔势有多浓！两幢房子给了两个小的。反正，反正我也养不出小囡，要老婆做啥？

阿六嗤鼻道，懒得管这“排”（排：种）事体。那，侬现在靠啥吃饭？

王子琦卖了个关子，这个么，讲了侬也勿懂。

阿六说了声侬骰子活络，不响了。过了一歇又说，我总归不大相信……“扒”（折腾）了好几年，好不容易生意做大了，就这么丢掉？侬舍得？

王子琦反问，你知道吃力不赚钱，赚钱不吃力这句闲话么？

阿六头一点一点，侬在做投机生意！小子，当心点，别叫人真的装了麻袋。

王子琦笑而不答。喝了一口水说，我走了，改日碰头。

阿六说，侬留个地址，也好寻侬。

王子琦说，改日我来接你们。

平燕燕一阵风似的跑进来，拎起竹壳热水瓶，往玻璃杯里倒了半杯，端起来就喝，还没入口就扔了杯子。她甩了甩烫痛的手，喵一眼阿六，又咚咚咚跑下楼去。

这是啥人？王子琦瞪大了小圆眼，盯着燕燕窈窕飘逸的身影。

我师兄的小囡。阿六捡起地上的杯子看了看。还好，没有碎。

平家的？王子琦是知道阿六这个师兄的，他常常挂在嘴边。

小姑娘真漂亮，像一泡水嘛，绝嫩。王子琦摇着头感叹。

阿六白了他一眼。

做啥？我又没有讲错咯。王子琦挤了挤眼睛。

侬呀。阿六无奈地叹口气。

伊怎么在此地？屋里厢人呢？

死了，被日本赤佬炸死了，统统炸死了。

唉，作孽！租界还好。幸亏我在租界啊。侬怎么不来寻我？对，侬是要到平家去的，你们感情好啊。不过，侬怎么不带平家一道到租界来呢？算了算了，过去的事体不讲了。

王子琦摆摆手，小圆眼一转，喂，我想认伊做过房女儿，好好交补偿补偿。

补偿？要侬补偿？阿六肚皮里想。但是人家是好意，硬邦邦回掉不大好吧？往小人身上推，能推掉最好。

估计伊不情愿的，陌里陌生的……

侬叫伊来！王子琦热切地说。

阿六拗不过，又不敢直接和燕燕说，只好叫女儿，盈衣——，盈衣——

盈衣跑到楼梯口，扬起脸问，作啥？

叫侬燕妹妹来。

噢。盈衣想，准是那个姓王的出花样，没啥好事体。

盈衣撅着嘴，无精打采地走到大门口——燕燕坐在门槛上发呆呢。

燕燕，阿爸叫你上楼去。盈衣用指头点了点燕燕的右肩。

做啥？燕燕回了下头。

我也勿晓得。

烦唻。

燕燕懒洋洋上楼，懒洋洋问阿六，爷叔侬叫我？

阿六指指王子琦，这是我的朋友，王子琦先生，侬叫伊——

寄爷！王子琦插了上来。

燕燕斜了王子琦一眼，啥人认得侬！

燕燕！不可以没礼貌。阿六嘴巴上蛮凶，心里却是发虚：万一她动气了怎么办？他最怕她往外面一跑——这么大的上海到哪儿寻去？

王子琦站起来，躬身向平燕燕伸出手去：伯伯没有小人，侬做我寄女儿吧，我，我邪气（邪气，沪语。非常的意思）欢喜侬。

燕燕的一双手贴在身旁不动，晶莹的黑眼珠瞪着王子琦，突然一个转身，跑下楼去。

阿六嘲笑王子琦，侬看，自讨苦吃！

王子琦嘿嘿一笑，慢慢交来嘛。他从西服口袋里挖出一卷钞票，抽出几张黄鱼头（一张十块），塞到阿六手里，这是见面礼，侬拨伊。酒么，就不摆了，国难当头……

呸，你还说国难当头，没少赚国难财吧？阿六塞回去，啥人要侬钞票，伊又没有答应咯。

不给面子？

不是面子……咳，算了，我先收了，跟她说说看，不来事侬勿怪我。

一言为定！王子琦高高兴兴走了。

阿六叫了盈衣来，把认干亲的事说了下。他说，认就认吧，身上又不会掉块肉。这话是对盈衣说的，更是对自己说的。

盈衣不快地看了父亲一眼。她不愿意燕燕走近这个人，油腔滑调的，一看就知道不是什么好东西。搞不懂父亲怎么放心。她很想说，不！我不同意！可是，她不敢。她知道父亲的脾气，向来说一不二。

盈衣挨到燕燕身边，吞吞吐吐说了认寄爷的事。

燕燕瞪了盈衣 20 秒，反问，伊作啥不认侬？

盈衣噎住了。她能说因为你漂亮吗？

燕燕不耐烦地说，认吧，认吧。才说完，忽然来了精神：是不是可以有好衣服穿有好东西吃可以出去白相？

盈衣板着面孔说，是。

2

王子琦又来了。这回是开了流线型小汽车来的。这是件稀奇事。娘姨太太老妈子，弄堂口站了不少人，连张家姆妈也跑出来了，问阿六，这人是你们家亲戚？

阿六说，不是，是我的一个朋友，也是做裁缝的。

张家姆妈不相信，做裁缝怎么可能买得起汽车呢？

改日告诉侬吧。阿六匆匆说了一句，钻进汽车。

汽车在平坦的柏油马路上飞驰。除了王子琦，所有的人都是第一次乘小轿车，荣生很兴奋，不时问东问西，阿六也不制止。这些问题也是他想知道的。

王伯伯，这车是侬买的？真漂亮！我顶喜欢黑颜色了，大方，派头！

不是，租的。

司机也是租的？为什么租啊？

王子琦没回答。盈衣也觉得这个问题很傻。

王伯伯，侬钞票真多，侬是做啥事体的？下趟我也做这个。

瞎讲，侬年纪轻轻的，要做正经事体的。

侬做的不是正经事体？

王子琦哭笑不得，我炒地皮，侬讲侬做得来吗？

荣生嘀咕道，我是做不来的。这不是投机生意吗？

小瘪三，人无横财不富，晓得伐？

王伯伯，侬住在啥地方？

先到金陵酒家，吃好饭，我带你们去。

谁也想不到，王子琦居然买下了整整一幢石库门。比花凌海家新买的那个还要大。

燕燕和荣生到处跑，你这边，我那边，就是不愿意一起走。阿六看在眼里，心情陡然沉重：这两个小鬼，将来怎么过到一起？

盈衣也是一个人，慢慢走，从这间走到那间。她在想，王子琦会不会接他们过来住呢？这么大的地方就他一个人，真是浪费。

阿六和王子琦坐在大厅里的太师椅上，家长里短瞎扯，只字不提生意上的事。

阿六问，你不想再成家了？

王子琦摇摇头，笑了。阿六看出来了，那笑容的深处似有几分落寞。王子琦已经不是战前的王子琦，有话也不直说了。

那，你要这么大房子做什么？阿六游泳似的，手臂画了个弧。

王子琦说，自己住啊，享福谁不会？

想想自己，阿六心里说不出的滋味，淡淡说，我回去了，这阵比较忙。

王子琦说，好，我送你们。

自此，王子琦三日两头跑来。阿六不耐烦了，侬吃饱饭没有事体做，我还做不做生意了？那，我带伊出去白相来事吗？王子琦挠挠小分头说。盈衣偷偷翻了他一眼。好吧，阿六想了想，对盈衣说，侬和妹妹一道去吧。王子琦嘿嘿一笑，不放心我啊，搞个监工？盈衣抢了一句，我还不高兴去呢。王子琦也不尴尬，依旧笑嘻嘻说，喔唷，盈衣不开心了。是要出去白相的呀，老闷在屋里要出毛病的。

三辆黄包车直奔南京大马路。王子琦打头，花盈衣殿后。走了一段，燕燕非要第一个，说王子琦挡了她的视线。刚刚调整好，一辆外国人开的敞篷汽车，突然对准盈衣这辆横冲过来，黄包车夫赶紧避进弄堂。

外国赤佬，又吃醉老酒了。车夫对准过去的汽车唾了一口。

盈衣跺了一脚说，快点，跟上，跟上！

晓得！车夫调转方向，一阵紧跑。

下了车，王子琦说带你们开开眼界。

果然开眼界。百货百货，真是多啊！尤其是，五光十色的舶来货。看得盈衣姐妹目瞪口呆。

盈衣和燕燕瑟缩在一家珠宝店的柜台一角，偷看那些尊贵的客户，时髦的红男绿女——大都是男人掏腰包送给身边的妖艳女郎，这些女人大都年轻，说着带着江浙或是苏北口音的上海话，还有说英语的，她们嗲兮兮依在男人身上，像不得不绑在棍子上的，软塌塌的花秧。

一个阔太太模样的胖女人，伸出腊肠似的，又短又粗又红的手指头在试戴钻戒，脸上是十足的傲气。燕燕伸出自己的手看看，又抓过盈衣的比比，忽闪着黑葡萄似的眼睛说，阿姐，我的手比侬好看。语气里有些小小的得意。盈衣说，是的呀，手指头介细，皮肤介白，细气唻。燕燕鄙夷地瞟了那个胖女人一眼，真是难看煞了，一点配不上这些东西。

盈衣拉拉燕燕的袖口，轻点，人家听见了要不高兴的。

站在她们边上的王子琦突然说，燕燕，寄爷帮侬买一样，侬自家拣！

盈衣闻言变了脸色，抢着说，勿要勿要！啥人稀奇这种物事！走，燕燕，有啥好看的。

燕燕挣脱盈衣的拉扯，说，看看又不碍咯……哎，阿姐侬看，柜台里厢的女的真漂亮！我也要像伊拉这样。

盈衣学大婶婶念了一声佛。幸亏燕燕没把王子琦的话当真。店员？她也不知道做店员好不好，因此没说话，既不赞成也不反对。

王子琦似乎忘记了要给燕燕“买一样”，说，走走，吃点心去。

出了门，王子琦才说，燕燕啊，乖囡，做店员顶没意思了，这点点薪水买胭脂都不够，还要应付急色鬼。

燕燕问，啥叫急色鬼？

王子琦哈哈一笑，啊呀，我忘记侬还是小囡，这么讲吧，就是看见女人就走不动路的那种，咳，我也讲不清爽。就是坏的男顾客……得罪伊吧，饭碗敲掉，敷衍伊吧，又坏名声。这种日子怎么过？燕燕乖，阿拉不做店员啊。

那我做什么？

王子琦说，当然比这个好啦，放心，将来的事体包在寄爷身上！

王子琦说的吃点心其实是去茶楼。逛了两个小时，也累了，坐一坐还真是用得着。这个王子琦倒是蛮细心的。越是这样，盈衣越是觉得燕燕危险。也不知为什么。

喝完茶，吃完点心，已是下午三点多。盈衣说，我们回去吧。燕燕不肯，我还没逛够呢。盈衣恨自己嘴拙，心里有话却说不出来。当然，是反对的话。

一路上，王子琦絮絮叨叨，从女同学说到姨太太交际花舞女按摩女野妓女招待乡下姑娘。盈衣几次要翻脸硬是克制住了。她想，这个人，和那些穿黑拷绸短衫裤的“白相人”有什么两样？！父亲怎么会跟这种人做朋友？幸好燕燕没理王子琦。她始终瞪着清澈的大眼睛，从马路这边穿到那边，这爿店看看，那爿店看看，仿佛一个人在逛。那两个只好跟着她走，仿佛她是船头，他们是船尾。王子琦不时瞄一眼干女儿。她的两条辫子又黑又亮，皮肤又白又嫩，尽管穿着棉袍子，还是能看出来少女独有的美妙身段。王子琦看一眼，喜欢就增一分。脸上的笑容像涟漪，一圈圈漾开。盈衣呢，拎着新买的东西，不离燕燕左右，像丫鬟，更像保镖。

走到一家照相馆跟前，燕燕站下了。她的脸几乎贴在了橱窗玻璃上——，橱窗里，一字排着几张电影明星的照片，或端庄，或风情，正笑嘻嘻地看着她。王子琦也凑了上去，几乎要贴上燕燕的后背了。盈衣一把扯开王子琦，横在两人中间。

这丫头，急吼吼做什么？要拍照片还不简单？王子琦戏谑道。

啥人要拍照片了？啥人要拍照片了？盈衣被激怒了，这不是羞辱人嘛！

我要烫那个人一样的头发！平燕燕一直在自己的世界里，这时，她转过身来，对王子琦说。

盈衣惊惶地看着燕燕，脸一下子白了。

我要这种头发！这种头发！她指着橱窗里的长波浪。

王子琦也呆了，侬，侬还小，过两年再烫好不好？过两年更漂亮！

我就要现在！就现在！现在！燕燕尖声叫起来，又跺脚又扭腰，引得很多路人朝她看。

好好好，现在烫，现在烫！王子琦轻轻拉拉燕燕的辫子。

盈衣哭了。

燕燕冷冷地说，阿姐侬哭点啥？又不要侬钞票。

不是，妹妹，是……不大好的，小姑娘不作兴这种打扮的……，盈衣抽抽噎噎，语无伦次，只有，只有……

王子琦拦住盈衣，侬别瞎讲，我觉得蛮好，就是，就是……

燕燕叫起来，闲话瞎多！到底来事不来事啊？

来事，来事！王子琦说，盈衣，干脆你也烫吧。

盈衣眼睛血红血红的，从齿缝里蹦出三个字：我——不——烫！

好好好，侬不烫，不烫。

盈衣一个人呆在门口，看着来来去去的街车，形形色色的路人，站累了，蹲下来；腿麻了，又站起来。

终于出来了。王子琦的头发又齐整了些，五十多岁的人，看起来像四十多，只有那双浑浊小圆眼，昭示了他的真实年龄和阅历。燕燕的样子真的像"野鸡"，头发就是野鸡头！好好的女小人，弄成这种样子，真是触气死了！回去怎么向父亲交代？盈衣的耳朵里嗡嗡响，仿佛阿六已经在大发雷霆。

她一紧张就要小便，绞着双腿急促地说，王伯伯，太晚了，我们回去吧。

王子琦说，好，我送你们。

盈衣咬了要嘴唇。心想，最好送！都是侬惹出来的事体，不能让我一个人"吃排头"（挨骂）。

……

阿六的嘴唇在哆嗦，脸色由红而白，由白而青，两条钢针似的眉毛拧来拧去，看见王子琦理都没理，当然，也没看盈衣一眼。

盈衣进门把东西往床上一丢，去了马桶间。等她硬着头皮回来，王子琦已经走了。燕燕跪在床上，那里，已然成了百货铺。

盈衣你过来！父亲的眼神一鞭子打过来。

我是怎么交代侬的？作啥不拦牢伊拉？！他低沉的声音里充满了愤怒和痛苦。

盈衣低着头，大气儿也不敢出。

唉，侬也拦不牢的……，父亲眼中的怒火瞬间灭了，仿佛遭遇了一场大雨，只怕从此不安逸啊！

盈衣站着不动。

去吧，阿六疲惫地说，烧夜饭去吧，我肚皮老早饿了。

盈衣用了很大的力气才抬起脚，小腿又涨又酸。她想起了逃难。那时，虽然没日没夜的走，一家子还算热闹亲热。心里一酸，眼泪掉了下来。

3

还真的被阿六说中了。燕燕从此不安逸。那王子琦看出阿六不喜欢，竟从此不登门，只管打电话给燕燕，而燕燕呢，接到电话就飞了。阿六又不能关照小店不要来传呼，弄堂里夹嘴舌的人不要太多噢，三传两传还不传到燕燕耳朵里？开始的时候盈衣还悄悄跟过，三转两转就跟没了—— 一辆出租或是黄包车把他们弄到了西餐馆或是电影院。这是燕燕事后说的，轻描淡写。阿六和盈衣哑口无言。只有荣生抢白她，有什么稀奇？她道，稀奇稀奇就稀奇，你去过没有？没有吧？！荣生嘀咕一句：浅薄！便不理她了。不理就不理，燕燕每天只是守着烟纸店等电话，或者在弄堂里晃来晃去。盈衣按照父亲的嘱咐，不时走出来看看她还在不在。弄到后来，盈衣也不耐烦了，对张家姆妈说，她又不是犯人，想去哪里就去哪里。我们能管到她 30 岁啊。张家姆妈说，是啊，管是没有用场的，要是阿六亲生的，伊敢啊？现在是，打不得，骂不得。也怪那个王子琦，衣裳，皮鞋，氢气球，发带，手袋，一样样买拨伊，女小人到底是贪白相贪漂亮的呀。闲话讲转来，人家是寄爷，条件又好，宠点也是应该。盈衣撅着嘴说，宠也要有个分寸啊，搞得像小姐派头。阿爸只晓得叫我管，我怎么管？一日到夜“盯牢黄包车”？张家姆妈，侬去讲讲呀。张家姆妈摊开两只手，我也勿晓得讲点啥。

日子快得就像刀切面，刷刷地飞过。

燕燕的行头越来越多。春天单大衣，夏天绸大衣，秋天夹大衣，冬天皮大衣，珍珠项链，翡翠胸针，高跟皮鞋。就差涂脂抹粉了。

这天，燕燕得了一枚戒指，18K嵌宝戒指，宝石是粉红色的。她把戒指拿给正在楼下择菜的盈衣看，盈衣点点头说好看。燕燕把它戴在食指上，对着阳光。指头是半透明的粉白，戒指里藏满了绮丽的光线。她亲吻它。亲完又从衣兜里拿出一面小圆镜来照。盈衣一眼看见，跳起来去抢燕燕手里的镜子。燕燕不给，侬做啥？盈衣咬紧了牙死命拽，燕燕一口咬在盈衣手上，盈衣啊地叫了一声松开了。

啥稀奇，还侬！燕燕把镜子往墙上狠命一惯，镜子上的玻璃似乎是愣了一下，稀里哗啦地往下掉。

盈衣冲过去，猛推了一把燕燕，燕燕仰面一跤。

这一跤很重，燕燕半天才爬起来。

侬，侬欺负我……，燕燕尖叫一声，冲出了大门。

水根对盈衣说，侬闯穷祸了，侬怎么推伊呢？

盈衣大叫，侬晓得个屁！啥人叫伊偷我镜子的？

阿六正好从外面回来，皱着眉头说，出啥事体了？

水根说，老板，一点小事体，姐妹俩闹矛盾……

阿六心里一紧，问盈衣，燕燕呢？

盈衣头一别，不晓得！

水根说，她跑出去了。

阿六看见地上的碎镜子心里明白了几分。这面镜子是她娘的遗物，盈衣一定是为了这面镜子跟燕燕闹的。还不快去找？水根，侬也去。

家里的人全出动了，直到天黑也没找到。是啊，在上海，找一个人无疑大海捞针。盈衣垂头丧气回来，无意中往弄堂口的垃圾箱边看了一眼，发现一个人坐在路灯下，伸手做手影，翻来覆去只是一只大耳朵的狗。不是燕燕是谁？盈衣奔过去，燕燕，侬吓煞我了！阿姐不好，不要动气了啊。燕燕推开她，默默站了起来。盈衣一路低声下气地赔不是，见燕燕没反应，就去牵她的手。这回，燕燕没有反抗。

第二天，燕燕又出门了，盈衣觉得心慌。她是不是还在生气呢？她很想跟她去但又不敢。一来家里走不开，父亲也没叫她跟着，二来燕燕不见得愿意她跟去。人家寄爷寄女儿，你老跟着算什么？

按例，燕燕晚9点必回，这是说好了的。可这一天，却像鹞子断了线。

燕燕进家门这两年，阿六老多了。操心啊！这孩子，没爹没娘没兄没弟，孤单单一个人叫人怜都怜不过来，可偏偏犟得要死，说东偏西。自家的孩子要打要骂没说的，可这是平师兄的孩子啊。说心里话，阿六是十二分的上心，他可以丢了自己的儿女不能丢她。他王子琦是谁呀，一个老克蜡，老江湖。正经事体不做，去结交什么女明星，炒什么地皮。怪我不长眼睛，小鸡交给了黄鼠狼。师兄啊——！阿六懊恼得真想撞墙，似乎已经看见燕燕衔着香烟，拖着鞋皮，蜡黄的面孔，活像一支“老枪”。短命王子琦，不得好死的王子琦啊！

荣生不知什么时候手里拿了一只鸡爪在啃，阿六上去就是一记头皮，只晓得“触祭”（吃），还不快去寻妹妹？寻不到一个也别转来！

盈衣赶紧拉了弟弟朝外跑。跑到外面，又觉得茫然。想了想，吩咐弟弟，侬到四周看看，我一个人去寻。我有经验，我晓得伊去啥地方的。

荣生知道阿姐是不放心自己，但他也不放心阿姐呀，女孩子，又是夜里，上海滩什么事情没有啊？荣生说，阿姐，我们一道走吧。

盈衣说，打仗都过来了，还怕什么？

盈衣直奔南京路。

这是远东最漂亮的道路，也是最繁华、最驳杂的地方。白相人、特务、富贾、妓女，赌场、舞厅、电影院、西餐馆……什么人没有，什么东西没有？抬头是粗粗细细的电线，低头是忙忙碌碌的脚，就连空气也是黏稠的，让人透不过气来。日本人进租界后，禁用弧光灯、普照灯、装饰灯及招牌灯，因此暗了许多，如潮的人流黑乎乎的面目不清。盈衣紧张而焦虑地辨别着行人，可哪里来得及？简直就是挂一漏万，况且，马路对面看不见啊。不行！她得有的放矢。

凡是燕燕有可能去的地方盈衣都去过了，做头发的地方，喝茶的地方，游乐中心，洋布店，衣庄、银楼、茶食店，酒店餐馆。最后，她蹲在了大光明电影院门口。

燕燕说，王子琦常带她到这里来看电影，新片来了一定看。

三眼巨大的喷泉此时悄无声息隐在暗夜里。记得顾国桢在门口的书报摊上，买了一本电影杂志《联华画报》，卷成一个望远镜，东看看，西看看。她们踏着铺着红丝绸的台阶到了大厅。大厅很高，很宽敞，到处亮闪闪的。当时她说，像王宫，比大世界还漂亮。顾国桢说，当然，大世界怎么和这里比？那里只要两角钱！顾国桢，她现在在做什么呢？盈衣眨着眼睛，几乎要哭出来了。

4

散场了。可是，没有他们。这是最后一场。父亲说，找不到别回来。盈衣又回到南京大马路。所有的店都关门了，行人寥寥。怎么都关门了呢？盈衣茫然地站在路中央。她不知道，当局规定，夜店提前到凌晨2时打烊。

盈衣麻木地往前走，往前走，一直走到江边。

黄浦江退潮了，日军飞机扔下的炸弹在水里忽隐忽现。盈衣捡了块石子扔过去。外滩！这是她深刻记忆的地方，曾经露宿在这里的呀。那些难民，盈衣一闭眼就在眼前晃。

江风很大，盈衣捋捋吹乱的头发，摸摸发烫的脸，不知是紧张还是发烧了，反正，很累很累，她想躺下来，又怕有坏人，往四周张了张——，咦，那里有个人，在江边徘徊呢。

会不会是燕燕？盈衣吓出一身冷汗。

燕燕——，燕燕——，盈衣用尽全身力气喊，边喊边跑过去。

那人慢慢回过头来。盈衣愕然退了一步。这不是花凌海家的丫头，阿英吗？

阿英？盈衣试探着叫了声。

谁？那人犹犹豫豫地回应。

阿英，真是侬啊！盈衣叫起来。

阿英老了，憔悴了，可面孔的轮廓还在，眉眼还在。她凄然一笑，盈衣呀，我都快认不得侬了，要不是——

她没说，但是盈衣知道。她是想说要不是你的偏头，她是认不得的。认不得也不奇怪，毕竟，她们只见过一次，那时她还是9岁的小姑娘呢，变化能不大么？

盈衣说，我去过爷叔屋里好几趟了，没碰着过侬。

唉，勿去讲伊。侬怎么在此地？半夜三更的。

盈衣说，唉，一句半句也讲不清爽。

走！到我屋里去，我有交关闲话要对侬讲。

盈衣迟疑地看看阿英，不知道是去好还是不去好。燕燕还没找到呢，可是她也不想放弃阿英，要不是巧，恐怕比登天还难，也许，刚才她想跳江呢，看样子，她很落魄。再说，她想知道爷叔花凌海家的事，毕竟，之蝶在那儿呢……

屋子里黑魆魆的。只有一张小床和一只破桌子。盈衣觉得脚下踩着了什么，捡起来一看，是只洋线团。

侬坐呀。阿英拉开电灯。

天啊，她的头发灰白了！盈衣惊愕得说不出话来。她比小婶婶小，算来不过三十来岁。一个三十多岁的人居然老成这样，到底发生了什么事？

阿英见盈衣不动，便自己坐了下来。那板床晃了晃。

坐吧，不会塌掉的。

盈衣小心翼翼搭了半边屁股。

侬啥也勿晓得。阿英眼睛里露出迷惘的神色，仿佛在回忆什么。

老太爷死脱侬晓得伐（死脱，吴语。一个脱字，透着豁达和佛理，死了，解脱了）？应该晓得的，民国廿六年的八月十二日。侬爷来吊孝的。太太怀疑是我毒死的，因为，我是侬二婶婶苏兰兰的人。

老头子不是生病死的吗？怎么成毒死了？

盈衣听父母说过，父亲这个堂弟是招女婿的，那么花之蝶应该姓毛啊。太太不是叫毛彩娣吗？

这里厢是有花样经的——老爷立下遗嘱，等伊过世后，家产划归女婿名下。可他拖了几年就是不死。太太怀疑我家小姐教我弄死伊爷的，没了老爷的财产做后盾，二太太就能扶正了——别看老爷表面对伊凶，那是做给太太看的，不就因为财产还没到手嘛。巧么也巧，那天夜里老爷叫肚皮饿，我就送一碗面条去，凌晨伊就死了。当然，苏兰兰根本没指使我，也就没追究。可是她始终放不下，怀疑是老爷指使的，说我是老爷的人了。真是天晓得！生一百张嘴巴也讲不清爽啊！这桩事体是过去了，但是，两位太太的疑心病没去，不管屋里出啥事体，总是怀疑到我头上。

反正我也不做了，今朝告诉侬，花之蝶不是花凌海亲生儿子——

盈衣头脑里像爆炸了一颗炸弹，“轰”的一下，土到了脸上。怎么可能？怎么可能？！她那炸成一个坑的脑袋实在无法正常运转了。她不知道自己是解脱了还是陷入了更深的泥潭。她该怎么梳理对之蝶的感情？

侬怎么晓得？有啥根据？盈衣颤声说。

我当然晓得啦。我跟了我家小姐好多年了，知根知底啊。要说家底，苏家还是很好的，一点也不比毛家推扳（差）。只是，乡下人家，呒啥规矩，伊一日到夜招猫逗狗，十八岁那年被人弄大了肚子，对方是一个出了名的无赖。苏兰兰死活要嫁他，老爷太太气得要死，一把火把房子烧了，三天三夜的火啊！两口子也被烧死了。幸好小姐没在家，否则就绝户了。那个无赖就带了我们从川沙跑到了上海。侬想，伊会和她结婚？养小囡？就是想也没本事啊！

结果，这只赤佬将我们主仆卖给了花凌海。

毛家先是不肯接收，万一那个无赖找上门认儿子怎么办？岂不是家当旁落？原以为花凌海迷上了我家小姐，其实也不完全是，这是我后来知道的。那无赖不知怎么突然死了，这么一来，毛家也不好说啥了，女婿有暗毛病，总不能女儿另嫁吧？但是，姓毛是决计不能的，因此，小人就姓了花。

等等，盈衣完全糊涂了，什么叫不完全是？什么叫暗毛病。

嘿！阿英跺了下脚，小姑娘，我怎么跟侬讲呢？就是不会生养！懂了吧？花凌海喜欢苏兰兰的年轻美貌更喜欢她肚子里的小囡。啊呀，我也不晓得他到底喜欢小人多一点还是苏兰兰多一点。反正，喜欢是真心的，啥人不欢喜年轻漂亮的女人呢？太太多难看啊，又黑又矮又胖，像只海豹。

海豹？盈衣努力想象海豹的样子——她的心脏实在吃不消了，她得转移一下对花之蝶的关注。

可阿英还在这个问题上打转。

这桩事体瞒得紧，估计侬爷娘也不晓得，更别说侬了。后来，不晓得怎么搞的，有风声传出来，说花之蝶不是花家骨血，是野触小鬼。他们就怀疑是我散出去的。又不是我一个人晓得咯，凭啥讲是我传出去的？还不是借因头叫我走！

叫侬走？不怕侬真的讲出来吗？

不怕的。人家会讲，主人家回头了伊，伊怀恨在心，造谣呢。人品不好。

那，侬怎么弄成这个样子？盈衣看看阿英，再看看又矮又小的棚屋。虽然潦倒，倒也干干净净。

作孽，我在公馆做了这么多年，耽误了嫁人不说，也没积攒多少钞票。只好租这种短命房子……我也想嫁人，但是不敢啊！上海啥等样人没有？要是卖到堂子里，哭也来不及了。再做一家吧，像毛家这样条件的哪里寻去？一般人家请个把佣人啥事体不要做啊？侬叫我去倒马桶我还倒不来呢！别看我丫头出身，粗生活我还真没干过。没办法，只好一面当衣裳，一面寻人家。衣裳倒是不少呢。

当铺那种地方，我何曾踏进去过？第一趟像是做贼——夜里厢，夹了只包袱，偷偷摸摸走到当铺门口，不敢进，假装路过，绕个弯。一圈又一圈，就像这只洋线团。想想明朝没有吃的了，总不能讨饭吧？只好硬着头皮，按住了“砰砰”跳的心口……上海人去典当叫上娘舅家，面子啊！

盈衣想，上海人的确要面子，借钱买贺礼，坐包车去道喜，派头十足，其实，明朝早上自己买点心的钞票也没有。

侬没进去过吧？当门口摆着一块屏风，阿英边说边比划，一个大“当”字比两扇门还要大些，转到屏风后面，有只像人高的柜台，里厢的人一副晚爷面孔，不灵的衣裳还要遭奚落，好像白拿伊钞票似的。皮衣和布衣还能值几个钱，如今绸价一落千丈，一件长衫，新做时十六七块，现在顶多当上两块多钱，伊拉讲，这瓢货色属于“穷嫌俏，富不要”，难以出脱。女人家的衣裳更吃亏，顺手翻得乱七八糟，一声不要，用白眼珠送你出大门。唉，一件宝蓝底苹果绿滚边的，一件翠绿底桃红滚边，多好看啊，不要！

阿英拿出一大叠当票来，拍了拍，唉，只有当票没有衣裳了。

盈衣拿过那叠纸，凑到灯光下。白颜色的毛边纸上，印着蓝字：“当票”，数目和所当东西的名称是用毛笔填进去的，写的什么看也看不清楚，像鬼画符。完全是草体，而且只写一半偏旁。几乎每张上都有“破”、“毁”、“烂”、“坏”等字样。

破了烂了还收？这不是瞎讲么？

是啊，潮州人的门槛再精没有了！

真是盘剥得结棍！盈衣气愤地说。

侬讲我手里这点当票有啥用？逾期不赎，听凭变卖。变卖就变卖吧，我是没钱赎。阿英闷叹了口气，幸亏仗打完了，否则有东西也没处当。唉，这世人生啊！

侬刚刚想跳江？盈衣想问，可她又不敢。万一人家没这个念头呢？这不是提醒她了？她和自己一样，遇到了难题，只不过，她的难题要大一点，不，大过天！没有进账，那是要饿死冻死的呀！

盈衣为难了，她实实在在帮不了她。要是她拉了阿英回去，怕是自己要被赶出来了！救了田鸡饿死蛇啊。“寻不着，你们一个也不要回来！”父亲的话又在耳边，盈衣浑身一凛，急促地说，阿英，我要走了，要紧事体。阿英急了，拖曳着盈衣的衣服，求求侬，我求求侬不要走，帮帮我吧！帮帮我！盈衣颤声说，今朝不来事，改日，改日我来看侬啊。她扳开阿英的手，逃命似的奔出去。

她奔啊奔，没有方向，没有目标。空旷的马路上，只听见自己“啪啪”的脚步声。腿越来越软，速度也越来越慢，最后，被窨井盖绊了一跤。

这一跤，倒是把她跌醒了。说不定，荣生他们找到她了呢！

盈衣一下子有了力气，跳起来往家里跑去。

灯光！亭子间的灯亮着。

她几乎是一头撞进去的。

燕燕！盈衣哽咽着叫了一声。

5

盈衣病了。浑身痛，似乎每块骨头都错了位，嗓子也哑了，说起话来，嘶拉嘶拉的，像是锯木头。荣生想陪着姐姐不去上课，被父亲斥骂了几句。出门的时候，怏怏地瞪了燕燕一眼：害人精！燕燕头一甩，冲天花板翻了个白眼。

燕燕，盈衣哑哑唤道。

燕燕走到床前，摸摸盈衣的额头，说，阿姐，侬吃点水吧。

盈衣撑起身子，一把抓住燕燕的手，喘着气说，燕燕，侬，侬昨日……到啥地方去了？我寻也寻不着，寻也寻不着……，盈衣的泪珠一颗一颗掉下来。

燕燕头一低，我不过是不想回来。

盈衣说，侬不要阿姐了，不要这个家了？

燕燕手一抽，漠然道，又不是我家！

盈衣一阵晕眩，颓然倒下。

燕燕跳起来，我去叫医生！

别，燕燕你别。我死不了。盈衣的话只在喉咙口，她发不出声来。

阿六正在为一位女顾客量体，量一处，小本子上记一笔。燕燕奔到眼前，急吼吼说，爷叔，侬去叫医生呀！快点叫呀。

阿六说，不要紧，困困就好了，侬陪陪伊。

燕燕惘立半晌，走到楼梯下，一脚一脚，重重踩着楼梯，发泄着不满。

第二天，吃过午饭，传呼电话又来了。不用说，肯定是王子琦！盈衣气得眼冒金星。这人简直就是，简直就是……，盈衣想不出合适的形容词，说他是狐狸精吧，他是个男的，说他是搅屎棍吧，我们成屎了。怎么能一日到晚找人呢？这日子还怎么过？

看见燕燕奔出去，阿六的心一下子到了井底。手里的剪刀“啪！”地往台板上一拍。水根和土根不约而同朝他看。阿六铁青着脸，又拿起剪刀，“嚓嚓”地用力剪布。仿佛，他恨那块布。

过了几分钟，燕燕回来了。

她没走！盈衣惊喜万分，眼睛闪着春风杨柳，身上也有了力气。端起杯子，将一杯水咕咚咕咚灌进肚里。

盈衣的心仿佛干涸的土地，才下了一阵雨又出了太阳，湿润润，亮闪闪的。看来，她对她是有感情的，她不忍心丢下她这个姐姐。看看她，多像她的盈庭啊！不行！她不能丢了这个妹妹。她得拴住她的心。她得去找顾国桢。她肯定有办法的！

盈衣硬撑着走进铺子，对阿六说，阿爸，我闷，想出去走走。

阿六看了她一眼，说，也好，出去见见阳光吧。燕燕呢？

她在看小人书。

为了稳住燕燕，盈衣只好把心爱的小人书拿出来。稳妥起见，盈衣又求张家姆妈，烦劳侬帮忙，看着点我家燕燕，我出去一歇，马上回来。

6

顾国桢的眼珠子要掉出来了，咦，太阳从西面出来啦？侬怎么有空？

盈衣苦笑笑，侬命好啊。吃饱荡空筲箕饭（旧时苏沪一带，常把吃不完的饭放进竹编的篮子里，挂在房梁上吹。这样不会馊。寓意是，衣食无忧），想做啥就做啥。

顾国桢在一只小铁罐里捣糨糊，红红绿绿的传单，地上，桌上，一天世界。

侬还在救国？盈衣揶揄道。

是啊，不当亡国奴，解放全人类！

侬先解放解放我吧！盈衣赌气摔了一叠传单。

顾国桢放下手里的小木棍，拍拍手说，好吧，我给侬十分钟。啥事体？

盈衣把燕燕的情况简要说了一遍。

我不晓得怎么办了！盈衣两只眼睛吧嗒吧嗒朝顾国桢看。

顾国桢双手驻着膝盖，老练地说，其实，她根本就没脑子想一想自己在干什么，想要什么。越是亲近的人她越要伤害，这能给她带来快感。这里面有三个方面的原因，首先是战争——

不用说，顾国桢肯定要说因为战争她才变成这样的。我不同意！盈衣打断了顾国桢的话，我家不是也死了好几个吗？可我也没变呀。

侬是侬，伊是伊。不一样的。

不一样？盈衣一想，也是。她家一个人也没有了，而且，我比她大四岁，四年的萝卜干饭不是白吃的。

第二呢？

第二，燕燕在青春期（盈衣插言：啥叫青春期？），这个就不细说了，我没时间，青春期的一个特点是：紊乱。头脑空洞却又心事重重，看上去对什么都不在乎，其实什么都在乎。

是啊，盈衣放过青春期这个词，认同顾国桢的判断。人家王子琦花了多少时间多少钞票啊，也没换来一个笑脸。你说紊乱不紊乱？还有，盈衣想起了母亲的镜子。你说你要镜子不会叫王子琦买啊！要买什么样的就买什么样的，偏来拿我的。别人越是宝贝她越是要拿！顾国桢讲得对，就会欺负对她好的人。

喂，注意力集中点好不好？我不讲了啊！顾国桢瞪着盈衣。

讲下去，讲下去，我不是在听么。

第三，伊原本过的是小老百姓的苦日子是吧？受的是安分人家的教育是吧？王子琦带给她的物质享受颠覆了她幼年所受的道德教育和生活准则，她搞不清楚什么是对的，什么是不对的。

什么教育，准则，我不懂。反正，我觉得燕燕很危险，看见伊走起路来乳波臀浪的样子就心惊肉跳——男人都是馋痨胚呀！一日到夜野在外头，有啥好结果？

话音刚落，盈衣就后悔了，呸呸！怎么能说没有好结果呢？啊呀，闲话少说，你说我怎么办？

没怎么办。她还小，表达不出情绪，只能转移，发脾气、做噩梦、不说话……

侬讲得又不对了，我也做噩梦呀，我也不说话呀，那我也是小？也是转移——转移情绪？你的话我怎么听不懂啊。

顾国桢说，抬杠是吧？我不跟侬讲了！

盈衣说，我也没有力气讲了。我走了。

顾国桢送出门来，说，侬把我的话好好想想，总之，不要计较她，多给她时间。

时间？谁给我时间呢？我自己还有一大堆想不通的事体呢。盈衣边走边摇头，这个顾国桢到底和从前不一样了，新名词像花，一朵一朵开出来，都听不懂了。她弄那些传单做什么？被日本人抓住了是要杀头的呀！不要命了？盈衣想回去劝劝她，又一想，没用的，她花盈衣是个没用的人，连燕燕都管不好还去管顾国桢？

盈衣无功而返。顾国桢只说了原因没指明她的行动方向，等于是只空心汤团。她花盈衣就是只空心汤团，脑子也是空心汤团。你说你有什么用？真是个没用的人！

没用的盈衣在家的用处就是干活。盈衣不发烧了，盈衣好了，盈衣该干活了。

西北风一吹，盈衣就想起了阿英。不知道她有没有找到人家，有没有过冬的衣裳，有没有饭吃。怎么帮她呢？钱是没有的。没有的……没有的，盈衣脑子里在转，可衣裳有啊。有两件棉袍子呢。二婶婶给做的那件没舍得穿，送给她吧。原先是想给燕燕的，可燕燕比她高，况且今非昔比，床底下都是她的衣裳呢。

趁着没人，盈衣把那件棉袍翻了出来。真好看！蓝底白菊花，缎面的，那菊花浮雕般凸起，就像大海里的浪花。她捧着“大海浪花”，心里很高兴。她可以帮到她了。

这次是白天，盈衣看清楚了，阿英的房子是在被炸的废墟上临时搭建的，就在汇中饭店旁边。

门关着，盈衣有种不祥的感觉。一脚踹了上去。没有反应。又是一脚。门吱呀一声开了，跟着飞出一句骂，扯那娘的，寻死啊！

一个长着龅牙的，猪样身材的中年男人瞪着盈衣，干什么你！浪你的亲妈妈！一上火，他的江北腔出来了。

盈衣狐疑地看着这个粗鲁的男人。难道，找错人家了？不会啊！

阿英毛蓬蓬的头出现在门口，是盈衣啊！喔唷侬做啥啦，勿要吓着小姑娘，进去，进去呀，我马上回来。她又拉又推那男人，嗲声嗲气地说。

阿英走出来，带上了门，低声问盈衣，侬怎么来了？

我还想问侬呢！盈衣生气地说，随便做啥也比这个好啊！

侬想到啥地方去了？阿英呆了一呆，苦笑道，伊是我老公。

老公？盈衣怀疑的眼神一闪，侬会寻这样的老公？

样子难看点，人还是不错的，要不是伊救我，我老早没命了。

救侬？

是啊，算了，过去了。啥人不是过一天是一天呢？

一阵江风吹过，掀开夹袍，露出她的肥白屁股。她居然没穿内裤！刚才，她还朝他飞眼风呢，自家男人能飞那样的眼风吗？

骗人！侬骗人！盈衣感觉受到了嘲弄，用足力气叫起来。

侬还小，不懂的……手里拿的是什么？

跟侬不搭界！盈衣凶狠地说。

阿英眼神突然散乱，呆立在那里。

日你妈妈，快点啊！里面的男人不耐烦了。

进去吧，再会。盈衣勉强笑了笑，眼睛里却闪出了一丝泪光。手一沉，"大海浪花"滑到了地上。盈衣捡起来，拍拍上面的尘土。头也不回地走了。

7

阳光淡淡的，很安静。阿六也很安静。他刚刚作出一个决定：办酒，订婚！小姑娘有了身份就不会乱跑了，她有家了，有归属了，他不用担心受怕了。这是和张家姆妈商量过的。

张家姆妈一口赞成，她说不要怕燕燕跑掉。存心要跑的话，还会回来？小姑娘老早把这里当家了。她还有亲人吗？没有了！那个王子琦有侬亲？她老是跟牢伊，不过是被花花世界迷惑了！张家姆妈一说，阿六心里便有了底，有了底，心里安静了。

但是燕燕不安静，她跳了起来，啥人要伊咪，看见就触气！寿头怪脑的，戆嗒嗒的。爷叔侬在自说自话！

荣生小声反驳，触气！啥人要侬咪，小刺毛！

阿六严厉地看了儿子一眼，荣生怏怏地走开了。他想，我还没嫌她呢，她倒嫌起我来了。阿六好声好气地对平燕燕说，燕燕啊，我不是自说自话，侬年纪小，不记得了，这桩事体是我跟那（你）爷讲好了的。

喏，侬拿去看。阿六从皮箱里拿出庚帖。

可不是，父亲的笔迹。燕燕懵了。

阿六说，我请人合过八字了，没有冲碰，定亲酒一摆，这桩事体就定了。燕燕呀，爷的闲话总要听吧？

反正没跟我讲好！讲好也不算！燕燕扭过头，吊儿郎当地晃着脚。

这样子，简直和王子琦一模一样！怎么好样不学呢？！阿六的脸拉下来了。

张家姆妈道，燕燕啊，乖囡，爷叔和侬爷是最亲不过了，伊当侬自家女儿看待的，不会亏待侬的。侬不是欢喜盈衣姐姐吗？以后一直在一起了呀，多好啊。

好个屁！侬少管闲事！

燕燕！不许没礼貌！阿六瞪起眼睛。都怪自己以往对她太客气了，骄纵了她。

一道愤恨的白光从燕燕脸上闪过，她冲了出去。

燕燕！燕燕——，盈衣拔腿要追，被阿六一把拖住，随便伊去！我就不相信伊不回来。阿六想起张家姆妈的话，底气十足。

盈衣又急又无奈，泪水在眼睛里打转。心想阿爸啊，你怎么晓得我的心思？任何一个人，和她有关系的人，都是她的性命，她不想再失去谁了。失去亲人的那种痛，她是不想再有了。

果然，吃晚饭的时候燕燕回来了，一副满不在乎的样子，好像什么事也没有发生过。

睡觉前，盈衣悄悄问燕燕，妹妹，侬想通了？

想通了。燕燕伸出右脚，划了个弧，像是在跳舞。

真的想通了？

啊呀，侬烦咪。燕燕踢掉鞋，快速钻进被窝，蒙住了头。

盈衣睡不着。阿英、燕燕、顾国桢、周伯伯、黄老师、张老师、母亲、外婆、盈庭、小毛头……一个个从脑子里闪过。她努力避开花之蝶，可他就像一个不倒翁，按倒了立起来，按倒了立起来。花之蝶肯定要来吃订婚酒，怎么办呢？不知道他自己晓不晓得自己的身世。要是晓得了她怎么办？要是不晓得她又怎么办？还有，阿英说的到底是不是真的？谁能证明？

怎么摆酒是阿六最伤脑筋的事，家里肯定不行，就算张家姆妈腾出地方也不够啊，算算人头，少说也得六七桌。这是广而告之，燕燕是我花家的人，各位不要动她脑筋（一朵鲜花，谁不手痒），因此，凡是搭界的有往来的都要请，包括老客户。阿六联系了一家小酒店。下请柬的时候阿六声明，一概不收礼，只是一起高兴高兴。吃白食谁不愿意？众人自然踊跃。可问题是，这笔钱怎么出？谁出？阿六不慌。有两家垫底呢。一家是堂弟花凌海；另一家当然是王子琦。其实吧，也就是他一个人。这个人重要啊，甚至比花凌海还重要，他是燕燕面上的人，娘家人。不，不对。不能算娘家人，算了是要下聘礼的，岂不多花一笔！因此，阿六给这两家送请柬去的时候打算什么也不说，不说不收礼更不说王子琦是燕燕的娘家人。有种事体，还是打闷棍的好。他们的礼轻不了，这酒席呀，不过是阿六先垫上，搞不好还可以赚一笔呢。钱还是次要，最要紧的是燕燕的情绪。小祖宗又刁蛮又任性，要是在酒宴上闹起来，可怎么收场？

阿六一直想不通燕燕为啥变成这样，到底是因为丧父之痛还是别的原因？他可是在电车上遇见的她呀！她怎么有钱坐电车？她这是要到哪里去？失踪的这些日子她究竟经历了什么？她的食宿是怎么解决的？这些老问题一直在他脑子里转。你看她跟王子琦跟得那个紧啊，她喜欢享受，喜欢俏，喜欢有钱人。这么个人，我们家怎么供得起？啊呀，他倒是吃不透了，到底要不要这个儿媳？能要这个儿媳吗？但是，他答应了平师兄的呀！师兄死了七年了，七年来，这桩事体无时无刻不在心头。阿六不敢深想，但又不得不想。

还是把细点，再和张家姆妈商量商量吧。

张家姆妈问阿六，要是燕燕是侬亲生怎么办？就算她做过不好的事体侬会推伊出门吗？会让伊跟不三不四的人混在一起吗？会不管伊死活吗？

阿六说当然不能。

张家姆妈道，这就对了。

阿六说，还有桩事体，娘家也是我，婆家也是我，我不晓得两种身份怎么捏在一起。

张家姆妈说，这个简单。订婚不是结婚，没啥婆家娘家的。做两件新衣裳就可以了。顶多打只戒指。对了，打算啥辰光圆房？

阿六说，过两年吧。这次弄一弄主要是想让小姑娘收收心。张家姆妈点点头，是啊，野惯了，总是桩讨厌事体。

想到要去见王子琦，阿六有些尴尬。为燕燕烫头发的事很久没碰头了。不过，这个台阶是迟早要下，逃不过去的。

王子琦蛮坦气，他说侬要我做啥只管讲。阿六客气地说，侬是燕燕的寄爷，我是来听侬吩咐的。

哦哟，小阿弟，啥辰光变得这副样子了？王子琦笑嘻嘻说，仿佛他们之间从来就没有过隔阂。

阿六想，我变？还不是侬变！看看侬这身打扮，啥地方像老早的王子琦？唉，算了，算了，犯不着。

阿六把办酒的事说了下，王子琦说，那种地方小家败气的，物什最无吃头……别误会，我不是讲侬，侬的情况我是有数的……这样吧，放在大加利酒楼怎么样？名字老吉利的。钞票我来！

阿六道，不好意思的，哪能要侬花介许多呢？再说，我请柬都发出去了。

还有半个月嘛，再发一次！换好地方啥人不愿意啊？王子琦拍拍阿六的肩膀，这眼（点）钞票，毛毛雨，不要摆在心上。

阿六拱手道，那么我替燕燕谢谢寄爷了。

王子琦笑了，侬只戆浮尸，又来了。啥叫自家人，啊？我问侬！

阿六不好意思再绷着，揶揄道，到底是有钞票人，气粗啊。

王子琦哈哈一笑说，自家人，自家人！

阿六心里一块石头落地，去花凌海家的路变得轻松了。

8

迎接阿六的是扑面而来的颓败。房子还是老样子、家具还是老样子。只是，人声仿佛隐在了墙壁里，冷清而诡秘。应门的苏兰兰一身寻常衣服，丝毫看不出时髦的少奶奶的派头。怎么回事？阿六暗自心惊。自己只管忙，竟然忘了苏兰兰好久没来做衣裳了。她多爱打扮啊！一件新衣，最多穿两三次。有一次，大概是过年吧，好几个年轻女佣穿着苏兰兰的衣服，满院子桃红柳绿的。太太当着他的面责怪花凌海，侬看看，侬看看，此地是大观园啊，都是姐姐妹妹啊？哪有这样做主子的？花凌海笑笑说，我觉得没什么啊，蛮好看的。还蛮好看？毛彩娣气得说不出话来。后来，大约觉得自己管不了，干脆吃斋念佛去了。

出于礼貌，阿六觉得应该笑一笑，可他笑不出来，就连说话的声音里也满含忧虑，小婶婶（上海人常依孩子的口吻称呼对方），我阿弟呢？人呢？

阿弟是具指，人呢，是泛指。苏兰兰是何等聪明之人？自然明白了阿六的意思，笑着说，伊不太适意，太太陪他到乡下去了。这里就我和之蝶，哦，还有两个底下人。

奶妈呢？

苏兰兰头一低，奶妈死了，痨病。我直说了吧，老爷也是这个病。

啊？阿六大吃一惊。当年他就想，花凌海那样的咳嗽不是好兆头呢。对于肺结核，阿六是心有余悸的，他的三个妻舅，老丈人都是死在这个病上……奇怪，她怎么没传染上？为什么是奶妈？

那，皮箱厂交给谁管呢？阿六问。

皮箱厂？！苏兰兰边摇头边笑，阿哥啊，现在是啥形势？打仗啊！打仗要钞票，要物什，啥地方来？还不是从老百姓头上刮下来？吃屎政府专门做龌龊事体，叫有产业的人到跑马厅登记，100块的物什只给20多。当阿拉戆大啊，还不如削价卖掉呢。

阿六说，怪不得，前一腔街上人特别多。

是呀，抢购呀！现在呢？价钿上去了。哪能不上去呢？仓库空了呀。阿拉仓库也空了，一只皮箱也没有！不是讲阿拉是民族资本家吗？这趟吃亏的就是民族资本家！倒闭的工厂交关（很多）。不生产了，生产个屁！

阿六想，这么大的变故她还笑得出来，真是服帖伊！

做实业到底做不过投机呀。阿六想起了王子琦。

苏兰兰没接阿六的话，拍拍额头说，啊呀，侬看我，昏头了，阿哥，进来，进来呀。

阿六这才想起此行目的，赶紧送上请柬，我不进去了，小婶婶，这是荣生和我平师兄的小人订婚，侬带之蝶来吧，一定要来啊，还要侬帮忙咪。

阿六简单说了说就告辞了。

一路走，阿六一路想，这个苏兰兰有点不对，一口一个老百姓、政府、民族资本家。啥地方来的新名词？男人不在，有相好了？

一到家，阿六就忘了这事——他实在没心思也没工夫去研究别人，一个平燕燕就叫他头痛了。

最头痛的是盈衣。离五月初五只有两天了。她还没想好和之蝶怎么相处。一张口是堂兄妹，不对，一张口是好朋友，也不对，这两种身份都是模模糊糊的，模糊的根源就在于他的不明来历。她头痛，她简直要头痛死了。

日子是父亲和张家姆妈定下的。他们说，“五”就是我，两个我，合而为一。都合而为一了你们还闹什么闹！多好的口彩啊。至少目前看，这两个小冤家不吵架了。

荣生见人就脸红，目光闪烁，仿佛做了什么见不得人的事。盈衣看见就想，弟弟长大了，是男人了。一想，她的心里头就不是滋味，说不出是伤感还是失落。她的角色到头了，荣生不需要她了。长久以来，这种既是姐姐又是妈妈的感觉一直充满了她的心，如今，她的心空荡荡的，像一只被抽去了枕芯的空枕套。可是她恨燕燕吗？一点也不。

两天很快，就像一道闪电，在空中一划而过。

他居然坐在她身边！

座位是小婶婶安排的。主桌一共七个人，以燕燕为中心，左边依次为小婶婶、张家姆妈、她，右边是荣生、王子琦、他。

他坐在她身边，就像一堆炭火，热烘烘的。恍惚间，她成了一只被烤的鸡或鸭。整个的人僵了，脖子不能动，屁股不能动，就连眼睛也不能动。她什么也动不了了。但她的脑子还在转——这个位置有一点好，她可以不朝他看——不作兴斜着眼睛看人的，总不能扭着身子吧？既然看不到，她可以假想他根本没坐在那里，那堆炭火根本不存在！

不看他可以看对面。

对面，小婶婶忙着呢。排座位、点人头、查菜单……序曲篇幅不长，又是急板，十来分钟左右便完了。苏兰兰朝阿六使了个眼色：好了，你开始吧。

盈衣心里有把乱箭，其中一支射向了苏兰兰。小婶婶从前可不是这样。她变了。务实，勤勉，像小户人家的主妇。

凡事都是有原因的，碰巧盈衣又知道了原因。一日，阿六和张家姆妈站在房门外说话（他们以为她不在里面），阿六说花凌海活不长了，厂子的倒闭伤了元气，一个痨病鬼，又伤了元气，活不长了。花凌海一死，之蝶和他娘就没有依靠了。那毛氏多多少少有体己，平时又节俭。苏兰兰呢，怕是有多少用多少呢。一个女人，带着个书呆子儿子，怎么办？

哎，可怜的之蝶。盈衣身体一下子冷了。心里的一支箭又搭上了弓——

还没瞄向谁呢，阿六咳嗽了。很威严的咳嗽。众人安静下来。

人们想，祝酒词无非三言两语，那是序曲，主旋律是：吃。可是没料到，连阿六自己都没料到，不善辞令的他居然口才好得一塌糊涂，好得难以置信。就像一根湿柴，塞进炉膛就着了。所谓口才好不过是复述从前的故事，盈衣熟悉的故事。因此听着听着就走神了。身边的炭火又开始升温，她很想跳起来逃走。越是这样，就越是觉得父亲的“散板”漫长。

阿六话音刚落，苏兰兰袅袅站起来，来来来，大家举杯，祝他们这对苦命鸳鸯永结同心百年好合！这是一句真正的祝酒词。意义相当于揭去酒甏的盖子。

人们开始还矜持着，仿佛只是餐前开胃，直到“开乌全鸭”上来。

“开乌全鸭”是大加利酒楼的名菜，上世纪三十年代曾轰动上海食坛。所谓“开乌”实际是盖乌，一只大乌参盖在鸭子上，食客读别了，后来，店家干脆就顺“民意”改了菜名。此菜一上桌面，全席飘香。人们的筷子齐刷刷戳进那只砂锅。

盈衣紧张了，她担心燕燕扑上去抢。想不到，燕燕出奇得乖。她的乖是自始至终的：阿六叫她敬酒就敬酒叫人就叫人，只有一样，盈衣看出来了，她没有笑，哪怕象征性地咧嘴都没有。不笑有不笑的好，端庄、矜持。可盈衣觉得心疼。你说一个18岁的女孩子，应该是笑靥如花，活活泼泼的呀。盈衣幻想燕燕脸上该有的表情，忘记了身边的花之蝶。

可花之蝶没忘记。他很郁闷，盈衣怎么不理我？我哪儿得罪她了？他紧皱眉头，端坐不动。那双筷子也不动，整整齐齐摆在小碟子边上——他一口也没吃。苏兰兰发现儿子的异常，隔着桌子就叫开了，之蝶你吃啊！盈衣一惊，下意识转过脸来。他怎么了？怎么没动筷子？饿着了怎么办？

心里焦急，一焦急什么都忘了，夹了一只鸡腿放进之蝶碗里。之蝶冲动地抓住盈衣的手腕，眼睛里是询问。盈衣“腾”地红了脸，甩开之蝶的手，眼光飘向父亲。还好，他没注意她。

盈衣悄悄离席。

之蝶跟了上来。盈衣更紧张了，脖子朝右下方转了30度，小声说，侬勿要跟牢我，人家看见像啥？

之蝶说，怕点啥，我也出来透透气，里厢忒闷了。

盈衣说，我上厕所呀。

之蝶说，我也上厕所。

盈衣哭笑不得，站定了说，讲吧，啥事体？

之蝶笑了，做啥这副样子啦？怪我不来看侬？

脚长在侬身上，来不来是侬自家的事体。

盈衣确实生气，哦，自己不露面，叫人送几本书，送支钢笔来，啥意思！不就是我父亲脸难看吗？你又不是不知道，他什么时候眉开眼笑过？再说了，你的面子重要还是我们的友谊重要？自私鬼！

不知不觉，她把他们之间的关系定位成朋友而不是亲戚。

之蝶说，好啦，勿要动气了。屋里有事体呀，我啥地方也没去——，不相信？不相信侬可以问顾国桢。

啊？问伊？你们有来往啊？盈衣想，这只赤佬，我这里不来去他那儿？搞啥百叶结！

上次不是互留了地址吗？伊来过一趟，是路过，闲话没讲几句就走了，还是一副火烧屁股的样子。

哦。这样啊……我还没碰着过伊呢。盈衣嘴上在敷衍，心里念经似的：要不要问呢？要不要问呢？问吧，万一他不晓得呢？不是穿帮了？不问吧，她实在难过，像憋尿一样难过。

守住一个秘密是这样的难！啊呀，赶紧说吧，站在这里不像腔！

盈衣越想说越是说不出口。那花之蝶也是一副有话说不出的样子。两个人面对面站着，都在等对方开口。

一阵人声传来，不要送了，不要送了，回去陪客人吧。

盈衣慌忙往回走，甩着两只并没有洗的手，假装上厕所回来。

送客的是阿六。他看看女儿身后的花之蝶，重重咳嗽了一声。盈衣明白父亲的意思：我关照你离人家远点，你怎么不听？！

盈衣低着头，与父亲擦身而过。

大厅里，有的在穿外衣，有的在相互告别，有的已经走到了门口。他们脚在动，嘴在动，脸盘却向日葵似的朝着平燕燕，眼睛里是艳羡或别的什么。也许那些人在想，花裁缝家白捡了一个宝贝呢。的确是宝贝！盈衣的目光投向燕燕。燕燕今天穿了一件杏黄色的隐花缎子旗袍，头发做过了，用一只亮晶晶的发卡别起，脸上薄薄地敷了一层粉，明媚、娇艳，光彩照人。荣生啊荣生，算你小子福气！再看那荣生，脸一会儿红，一会儿白，不知在想什么。盈衣感叹一番。忽然觉得不能这样傻站着，连忙走过去帮张家姆妈。

张家姆妈正在往一只钢精锅里倒剩菜，见盈衣过来，说，侬到隔壁一桌去吧，这里好了。盈衣拎着空锅子不动。虽然这是平常人家平常事，但总是不好意思的。盈衣迅速扫了一遍，苏兰兰不在，花之蝶也不在。父亲和王子琦也不住。他们去哪里了呢？

盈衣心不在焉，手里的一盘面筋肉丝，一半在锅里，一半倒在了桌子上。

张家姆妈一把抢过，啊呀小姐，侬在做啥呀？我来吧，侬去陪燕燕。

燕燕和荣生站在门口送客，好婆走好，阿爹走好，太太走好……

哟，还真像小夫妻唻。有人打趣道。燕燕只当没听见，荣生不好意思了，往边上横了一步，离燕燕远离些。过了一会儿，觉得不妥，又缩了回来。

盈衣心神不定地站了会，对荣生说，我去看看阿爸在做啥。

六缸水混就六缸水混！盈衣绷着脸，抿紧了嘴唇，仿佛一张嘴就要泄气。

她走过厕所，走过厨房，快到休息处时，听见了苏兰兰的声音。盈衣赶紧蹲下，装作拉袜子。

苏兰兰叹了口气，说，我是蛮喜欢这幢房子的，多宽敞啊。可惜，抵押给银行了，赎不转来了。

阿六说，这也是没有办法的事。

她在说谎！阿英说，因为之蝶的事泄密了，他们才卖了搬家的，根本不是抵押。

盈衣又听了听，好像只有他们两个人。之蝶呢？她跑向了门口。果然，他叉着腰站在那儿呢，看样子他在等他的母亲。人是找到了，可是，她怎么说呢？她说不出口。盈衣想了想，走向柜台，问人要了纸和笔，急急写了几句。

她把纸条往之蝶手里一塞，逃走了。

9

苏兰兰换了衣服，坐到账桌前。给花阿六家的礼金得上账。刚摊开账本，满面泪水的花之蝶冲进来，将一张纸条拍在了母亲桌子上，顺手把账台上的算盘撸了。

算盘散了架，珠子哗啦啦滚了一地，一杯水也悉数倒在了账本上。苏兰兰生气了，侬做啥？

我做啥？问问侬自家。侬看看，看看上头是啥？——勿要面孔！

苏兰兰气得两眼发黑，侬，侬只小赤佬，要死啦。忽然意识到了什么，哆哆嗦嗦将纸条拿起来，凑到台灯下……她倒抽了一口冷气，这是啥人写的？造谣！造谣！

看着母亲气急败坏的样子，花之蝶一声冷笑，造谣？侬不觉得心虚么？别急，我又不会拿侬怎么样的，我也不想晓得我的亲爷是啥人——我想也想得出伊是啥等样人。

苏兰兰张口结舌，瞪着儿子说不出话来。

花之蝶惨然一笑，走出房间。

“人生到处知何似，应似飞鸿踏雪泥，泥上偶然留指爪，鸿飞那复计东西……”，儿子的声音渐远。苏兰兰听不懂他在念什么，但是她知道，他正在离她远去。

她踉踉跄跄追出来，小大姐阿花跑过来扶住，二太太，二太太你怎么了？

苏兰兰有气无力地推开她，说，我没事，今天吃力了。你去吧，注意点少爷，有动静告诉我。

苏兰兰慢慢走回房间。她不敢睡觉，她怕之蝶连夜出走。不行，这桩事体一定要摆平，否则，她栓不住儿子。儿子没了，她就活不成了。思来想去，只有阿英了。肯定是她泄漏的。可是，她不识字啊。纸条是谁写的呢？这个人既认得阿英也认得之蝶。

盈衣？一定是盈衣！

但是，她和阿英又是怎么联系上的呢？

苏兰兰把纸条交给了阿六。她说，你认认，这是盈衣的字吗？阿六怒冲冲扯了盈衣过来，是不是侬写的？盈衣绷着脸，不响。不响就是默认。阿六气得要打她，盈衣倔强地站在那里，不躲不闪。苏兰兰赶紧拦住阿六，对盈衣说，这桩事体我不怪侬，侬也是被利用的。这样吧，侬带我去寻阿英，我晓得侬碰到过伊了。盈衣别过头，不理不睬。心里想，敢做不敢认？要我出卖阿英？不干！苏兰兰低声下气求道，盈衣啊，侬大了，懂事体了，不是我小婶婶怪侬，这种事体不好瞎讲的，要弄出人性命来的呀。侬不晓得，这两天之蝶嘴巴里老是叽里咕噜的，不晓得讲点啥，这样下去神经要出毛病的呀，我真是急煞了，侬一定要帮帮我。苏兰兰呜呜地哭了。盈衣左右为难。说实话，她也有些怀疑阿英说的不是真的。也好。当面锣，当面鼓，讲讲清爽。她看了一眼苏兰兰，简短地说，好吧。苏兰兰破涕而笑，好盈衣，乖盈衣，小婶婶谢谢侬。

盈衣她们兜了几个圈子也没找到那片棚户。是不是盈衣在捉弄她？苏兰兰有些怀疑。但是，以盈衣的秉性，她是不会撒谎的。她倔，她柔弱，但她老实。盈衣也急了，是不是自己记错地方了？不会啊，上次是大白天，难道大白天做梦？好像真的是做梦一样，否则，怎么会一点痕迹也没有？苏兰兰说，不要急不要急，再想想。盈衣呆呆看着一大片荒地，忽然醒悟，对呀，这是什么地方？汇中饭店！这么大的饭店，挨着一个棚户区，像啥样子？肯定是被人推平了。那么阿英呢？盈衣搔头摸耳，乱了方寸。

我记得是在这里的，是在这里的。

我们问问吧。

问谁呢？苏兰兰朝四周看看，人影子也没有。对盈衣说，你别动，我去问。

她朝汇中饭店方向跑去。过了一会，气喘吁吁地跑回来，盈衣——这里——这里原来——是有的——他们拆了，要盖副房。

什么叫副房？盈衣问。

大概是开水房什么的吧，我也不晓得。苏兰兰双手撑在膝盖上，无力地说。

原本她还想挽回局面，只要阿英改口，即使让出少奶奶的位置她都愿意。如今她不知去向，没有机会了。之蝶相信盈衣……解铃还须系铃人啊！苏兰兰眼睛一亮，扑通一声，跪在盈衣面前，盈衣盈衣，我求求侬，我只有这么一个儿子，我离不开伊啊。侬去对伊讲，侬是开玩笑的，不是真的。好吗？好吗？盈衣吓坏了，小婶婶侬起来，侬起来啊。盈衣伸手去拉，苏兰兰定规不肯起来，侬不答应我不起来。这下把盈衣逼上了绝境，紫棠脸一下子变得深红，泄气地说，好好，我去对伊讲，侬起来，起来。

多多少少，这个小婶婶是给了她温暖的。她想起了那只暖手，那件“大海浪花”棉袍。帮她也是应该，可是，她欺骗了之蝶，也为难了自己呀。做人怎么这么难？

苏兰兰爬起来，抱住盈衣，哽咽道，盈衣呀，等侬做了娘，就晓得了。

盈衣默默推开苏兰兰，过了会，她说，我再写张纸条吧。

她们跑到汇中饭店，问门房要了纸笔，盈衣一笔一画写了一行字：我开玩笑的，不算。

自此，盈衣愈发沉默，整天没有一句话。荣生扭着姐姐说长道短，盈衣淡淡一句，要做大人了还这样。荣生红着脸说，这不是还没做嘛。

燕燕自从订婚后几乎没怎么出门，就连王子琦也不大来电话了。阿六安心不少，面色也和悦了不少。也许，那天对女儿有点过了，阿六想补偿下，不声不响给盈衣做了一件新衣裳。

盈衣接过衣裳，什么也没说。

10

日子轻盈地在树梢上跳来跳去，就像一只鸟，它真是一只鸟，不管是枯枝还是新枝，只顾自己跳来跳去。一跳就跳到了燕燕和荣生圆房的日子。

民国三十四年 6 月 16。张家姆妈一说，阿六疑惑了，不好吧？张家姆妈笑眯眯说，我晓得侬意思。6 月里结婚，勿要棉被（面皮）是吗？那是指阴历 6 月呀。我翻过黄历了，是吉日，恰好是燕燕 18 岁生日。阿六点头，只要小姑娘高兴就好。张家姆妈又说，以后的事体我也想好了，盈衣住到我那里，侬么，就到铺子里，跟水根他们轧轧吧，以后想办法租大点的房子。阿六说，要不要摆酒呢？张家姆妈讲，当然要啦。阿六沉吟道，排场勿要大，一桌就够了，至亲好友，吃顿便饭。多买点糖果，邻居散散算了。张家姆妈说，这一桌我包了。还有，燕燕的嫁妆我也包了。就算是我的干女儿吧。那个王子琦，男人家家的懂点啥？阿六感激地抓住了张家姆妈的手，不知说什么好。张家姆妈脸上一红，抽出手来，笑着说，邻舍么，帮忙是应该的。阿六也觉着自己冲动了，咳嗽一声，用手抹了把脸，说，我和水根去买两件家具，叫土根把亭子间粉一粉，亮点，也有个新气象。张家姆妈说，好，好。阿六取出所有的积蓄，将所有用度分成几份。其中一份送去给张家姆妈，可她坚辞不受。她说侬看不起我。话说到这份上，阿六只好作罢。

这日一大早，盈衣和张家姆妈去采买结婚用品。站了很久不见车来。怎么这么少啊？盈衣看看站牌，咦，怎么换成塑料的啦？张家姆妈愤愤地说，还不是日本赤佬弄去造飞机炮弹了？恨不得把我们的炒菜锅也收了去呢！侬看看，上海马路上跑的是啥等样车子？能拿的都拿走了。可不是，来来往往大都是脚踏车、人力车。别说公交，小轿车也少了，卡车则一辆也没有。盈衣愁眉苦脸地说，唉，要打到啥辰光啊。张家姆妈说，侬问我，我问啥人去？

提起打仗，张家姆妈的好情绪就像鸡蛋撞上了石头。

买什么都要排队。直到黄昏，她们才回来。两辆三轮车，一车桶盆被褥、一车厢橱杂货，盈衣和张家姆妈合坐一辆黄包车跟在后面。

亭子间的老旧东西腾出来了，粉刷一新。阿六和水根将新买的一只小规格的双人床，一张可以折叠的方桌、一对榉木小杌子和一只脸盆架放进亭子间，就什么也放不下了。张家姆妈过来看了看，总觉得缺点什么。对，要张画什么的吧。燕燕不是喜欢电影明星吗？挂一张！阿六说，招贴画不实惠，要挂就挂日历牌吧，还可以看看日子。

燕燕谁也不理，一个人默默整理自己的东西。几只纸板箱里，都是王子琦送的衣物。盈衣过去帮忙。燕燕说，我自己来吧。盈衣叮嘱道，有事体叫荣生啊。噢。燕燕没抬头，应了一声。

是夜，盈衣陪燕燕睡在张家姆妈家，水根、土根，荣生、阿六，四个男人在灶披间打统铺。水根弟兄倒下就睡，荣生夹在中间，一动不敢动，像一只木偶。他觉得自己就是一只木偶，被父亲牵来牵去。直到现在，他还是懵里懵懂的，不知道自己究竟喜欢不喜欢燕燕。从道理上讲，他应该娶她为妻，父命难违，又是平伯伯遗孤。可，总觉得自己的妻子不该是她。

不是她又是谁呢？似乎像发了功，用力一想，顾国桢的影像跳了出来。荣生一惊，怎么可能呢？他们统共只见过两三面。不过是喜欢那种类型的女孩子罢了。睡吧，想这些有什么用。明天，就是他的死刑。荣生又是一惊，怎么想到死刑这个词了？睡不着，又不能动，荣生真是难过死了。

阿六也不动，明天的事零零星星在脑子里过——早上八点，我和荣生去迎燕燕她们；一对龙凤戒很漂亮，燕燕应该可以满意；张家姆妈买了一只樟木箱，床底下怕是塞不进吧？还有一大堆东西呢，怎么放？先堆在床上吧，总有办法的。三天后回门，回门又要麻烦张家姆妈了。干脆让燕燕认她做干妈！张家姆妈已经说过了，她肯的。怎么把王子琦这个干爹忘了？不要紧，明天早上让水根跑一趟。想着想着，阿六睡意朦胧，他看见燕燕穿着粉色软缎旗袍，黑缎子高跟鞋，笑盈盈过来了，她叫他阿爸，朝他鞠躬……

天刚亮，盈衣慌慌张张跑到灶披间，说燕燕不见了。阿六跳了起来，怎么回事，她不是和你们睡在一起吗？什么时候发现的？盈衣说就刚刚。我累了，睡得很死，根本没听见她出去。张家姆妈呢？她，她还睡着呢。阿六的方脸红里透青又转为可怕的苍白。盈衣说，我去找！阿六摆摆手，算了，就当我没有遇见她吧。阿六吩咐盈衣摆香案，他朝空中拜了几拜，师兄啊，怪我无能，没照顾好我们的燕燕。盈衣含着泪水也拜了拜。她的来，她的去，就像燕子掠水，空留惆怅。

后来，盈衣偷偷找过几次，可哪儿哪儿都没有，没人再见到过她，就连王子琦也失踪了。有人说在浙江看见他们了，有人说在苏州看见他们了。莫衷一是。

年年有8月，可1945年的8月，非比寻常。一天中午，张家姆妈狂喜的声音把大家从屋里喊出来，胜利啦！我们胜利啦！日本天皇宣布无条件投降！

真的？人们不相信自己的耳朵。

真的！张家姆妈说，广播里讲的，她指指自己的耳朵，我亲耳朵听见的！

大家奔到弄堂口，果然，外面马路上人声鼎沸。

阿六说，放假三天！

水根他们决定回昆山探望老母，荣生跟老同学游行去了，阿六说我去理发，盈衣则被张家姆妈拖上了街。

上海在沸腾！人们好像疯了似的，跳跃着高喊，胜利了！胜利了！喊哑了喉咙，喊出了眼泪。沿街商店打出巨幅的广告："庆祝日寇无条件投降，本号大减价。"盟国的国旗在阳光里飘扬，灿然如花。

盈衣的心里也开出一朵小花。

胜利了！回来吧燕燕。

第五章

1

转眼就是新年。这是胜利后的第一个新年，对裁缝阿六来说，意味着淡季来了。过年的新衣服都赶完了，那种辛苦只有做裁缝的人知道。眼睛都睁不开了，还要穿针引线。灶披间的灯经常是通宵达旦。阿六和两个徒弟的眼睛都是血红血红的，土根是个阿胡子，一个月没理发，脸又黑，扮鬼都不用化妆。水根呢，白皙的脸更苍白了，一点血色也没有，像个纸人。阿六一声令下，放假半个月。当然，放假是对水根兄弟说的。作为老板，他得留守。要是谁来做衣服一个人也没有，不像话吧。又不是什么大店，板门上贴上“欢度新年，本店放假 ×× 天”。关门大吉。小本生意，那是一个客户也不能放走的。再说，他又没地方可去。他也想过去看堂弟，可见了面反而悲切，对他的病没好处。更重要的是，开放性肺结核，那是要传染的。

上海是时尚的。时尚的上海要在新纪元的第一天做点新鲜事。从清晨 6 时始，全市车辆一律靠右行驶。这是盈衣上街买菜时发现的。从今天起，买菜的事也归她了，日报日销，买了多少，还剩多少，当天交割，当天记账。

她先是不明白发生了什么事，马路上的车一会儿左，一会儿右，像是喝醉了酒似的。她站在人行道上不敢穿马路——越来越多的人像她那样。人们说，啊呀，要死唻，这样乱开要弄出人性命来的呀。新年新事的，啊要触霉头。一眼（点）规矩也没有。后来，有人说，你们不听广播不看报纸的啊，今朝车子都靠右边开了。哎，是啊。人们恍然大悟，你们看公交车，公交车最规矩，他们肯定开过会了，晓得怎么开，横七竖八的都是其他车子，估计昏了头，见公交靠右就靠右，见别的车子靠左又跟着靠左，所以，扭来扭去。它们扭不要紧，我们怎么办？绞肉机呀！

张家姆妈在门口碰到盈衣，也说这事，她说盈衣啊，你当心点走路。她把一条鲫鱼丢进了盈衣的菜篮子。盈衣说不要不要，说着把鱼拎出来，张家姆妈一让，鱼掉到了地上，啪嗒啪嗒地跳。张家姆妈捡起来，仍是丢进盈衣篮里，不要紧的，跟我客气点啥。盈衣说，不可以随便拿人家的物什。我是人家么？张家姆妈佯装生气。盈衣脸红了，不是。张家姆妈说，就是嘛。去吧，我也要去弄菜了。

虽是新年，阿六家也不靡费，三个人吃饭，一碗青菜，一碗黄豆芽，一盆油面筋塞肉，现在又添了鱼。称心（青菜）、如意（黄豆芽）、年年有余（鱼），都有了。压岁钱是没有的，阿六家没这个规矩，可还是给姐弟俩做了新衣裳。

荣生说，其实我不要做的。结婚不是做了几件吗？

盈衣连忙给弟弟递眼色，可他没看她，还在说，还没穿呢。

阿六的脸一下子阴了，青筋在太阳穴里动，仿佛蚯蚓在里面钻来钻去。他把筷子往桌子上一丢，走了。

盈衣朝父亲的背影看了一眼，小声怪弟弟，侬怎么乱讲八讲。

荣生说，我又没有讲错喽。

盈衣说，算了，算了。

过了一歇，盈衣又说，荣生侬想过吗？初中毕业好几个号头（月）了，爷怎么不安排侬做事体?

荣生说，我也不晓得伊啥算盘。

他夹了一根黄豆芽，像吃面似的一点点缩进嘴里。

盈衣哭笑不得，侬看侬，还像小人一样。阿爸的心思我知道的，伊想让侬进百货公司。

荣生嘁地一声，撇撇嘴角，如意算盘十三档之外。

盈衣说，啥意思?

荣生笑了，阿姐侬想啊，算盘是十三档，之外就是没有了呀。

盈衣将手中筷子打了一下荣生的手背，侬还有心思开玩笑。儿女的事，尤其是儿子的事时时压在阿六心上。停战了，仗不打了，荣生该正经做事体了。可是做什么呢?记得荣生五岁时，他和王子琦商量过。王子琦笑话他，打算什么呀，你儿子才五岁，将来不知怎么翻天覆地呢。当时他说，行情就像风中的味道，要追着闻的。王子琦哈哈一笑，老兄放心，包在我身上，商店店员不错，尤其大百货公司。退一步，要是经济能力搭不够的话，高小就算小知识分子了，起码有资格在小公司坐坐账台，做个管理人员。

果然!行情是要追着风闻的。阿六允自苦笑。如今的行情是什么?工厂倒闭，商店破产，流落街头的人越来越多。王子琦靠不住，花凌海败落了。没有脚路，别说公司职员了，就是糊口也难。荒年饿不死手艺人。千古道理。还是学门手艺吧。做裁缝?子承父业?这小子到现在还没摸过针呢。没有几年他是上不了手的。再说，中装也没以前好做了。要不，做鞋匠?穿皮鞋的人越来越多了，不十分摩登的女子也穿皮鞋了。这是门新兴行当，应该有前程。

有了主意，阿六自然要和张家姆妈商量。

张家姆妈沉吟片刻，说，成家立业，成家立业，既然成不了家，那就先立业吧。做鞋匠?蛮好，蛮好。还有，阿六啊，我觉得盈衣的事也该办了。女小人，耽搁不起的，新年过了，有 22 了吧。

阿六面露难色，到现在，还没有人来提亲呢。

张家姆妈叹了口气，唉，苦命的小囡。

放假是没有薪水的，他们提前回来了。水根将一只网袋递给阿六，老板，尝尝。周庄邹家的糕老有名气的，几百年祖传。我特为跑到镇上去买的。阿六接过来，说，谢谢侬。水根笑嘻嘻说，勿客气。老板有啥要交代的？阿六说，没有，你们休息去吧。

看着他们离开，阿六扒开袋口。云片糕似的包装，上面贴了一张红纸，几排黑字，无非产地商号云云。一共有六包：芝麻、花生、胡桃、薄荷、椒盐、松子。好！六六大顺。不知味道如何。阿六拆了一包芝麻的，扳一片丢进嘴里，嗯，片薄滑糯，入口即化。果然不错，比上海市面上的云片糕好吃多了。心里有几分欢喜。幸亏有他们帮衬，否则，这爿店是开不下去的。两个人中，阿六比较看重水根，他聪明，活络，再难缠的客户也不怕，总是笑嘻嘻，好话说尽。老话说，有拳不打笑面人，你还要怎么样呢？因此这两年来，店里几乎没有纠纷。

水根和土根回到他们的窝——灶披间。俗话说，冷在风上，穷在债上。窗外是窄弄高墙，挡住了风，倒也不很冷。

水根将捆成小卷的被褥放在案子下面，顺手拉开电灯。

土根说，不做生活也开灯啊？

开！做啥不开？水根说，开着灯暖热。

老板要讲闲话的。

讲啥讲？小气鬼！红包也不给。害我倒贴了糕点钱。

不是我出的钞票吗？土根不解。

你的我的不是一样嘛。水根不以为然。

弟兄俩也不分大小，你叫他水根，他叫你土根。

水根说，土根你倒是讲讲看，我们在这里合算不合算？不等土根回答，又说，我们真是不合算，早晓得他这样缩（小气），不如去鸿翔呢。原以为，熟人总要照应点的，照应个屁！生意好也不涨工资。哎，还记得吗？上次王子琦叫我们去他那里帮忙，他叫我们吃什么？粥！肚皮饿得臭要死。扯那娘的！想想他也是傻，我们一趟趟跑厕所，不是耽误工夫吗？

土根不响。

喂，我认得一个鸿翔的人，他说他们是提成制，就是没有固定工资，按生意多少提成，几百块是很普通的，多的辰光，可以拿到两三千块，我们一个号头呢？只有八九十！？

土根说，你做不来的，皮大衣，紫貂大衣你做得来啊。

挑做得来的做啊。真是死脑筋！

水根又说，哪怕分成也好啊，他六、我们四，算起来也比现在多。

土根说，差不多的。

反正我觉着吃亏。水根眼珠咕碌碌转。忽然，他像是想到了什么，狡黠地一笑。

2

放假这半月，盈衣跟张家姆妈学会了做布鞋。

鞋底是不能用新布料的，太硬，也太涩，行针困难，穿着也不舒服。盈衣打开箱子，想找几件自己和荣生穿不下的旧衣服或是旧床单，一眼看见了母亲的包裹。包裹皮是用被单做的，蓝白相间的条文，很旧很旧了，摸上去就像绒布，很软。这是做布鞋最理想的料子，当然，这是万万动不得的。

包裹很大，但东西很少，瘪瘪的。盈衣闭着眼睛都知道里面有什么：母亲一件铁锈红的薄呢旗袍，小妹妹的一双软底鞋，大妹妹盈庭的翠绿色小旗袍。原本还有一面小圆镜，被燕燕打碎了。

盈衣看见包袱心就沉下去了，赶紧转移视线。

剪鞋样，糊硬忖，纳鞋底，上鞋帮。只半个月，就做了两双，父亲一双，弟弟一双。但是，两双都不能穿，阿六嫌窄，荣生嫌短。阿六皱着眉头说，你做的这叫什么呀。荣生在边上扮鬼脸。盈衣又委屈又生气，眼泪都差点掉下来了。

水根笑嘻嘻说，盈衣，要不我试试？

盈衣没理他，看了看水根的脚，一声不响将鞋子藏进箱子——她想到了花之蝶，也许他能穿。阿弥陀佛，但愿他有这个福气。

她想他了。感觉很复杂，伤心，内疚，失落……就像麻绳似的扭在一起。她不知道他看了她的纸条会是什么反应。他一定在怪她出尔反尔信口雌黄吧。他不会相信她了。甚至看不起她。他原本就应该看不起她的。

新年算是过去了，客户们陆陆续续来做衣服，大都是春装。是啊，春天来了。

看见阿六不在，水根神秘兮兮地将一只贴着宋锦的，古色古香的小盒子递给盈衣。

盈衣，我送你一件宝贝。

什么？

打开看看。

盈衣疑惑的眼睛在水根脸上打圈，不知道要不要接过这个盒子。

看看嘛，不会吓着你的。

盈衣还是不动。

水根自己掀开盖子。盈衣斜睨了一眼。是块很薄的石头，上面有很多细孔，如雪如玉，晶莹剔透，十分奇巧。

这是什么？

昆石，我们昆山的宝贝！昆山有三宝，昆石、琼花、并蒂莲，这个排第一呢！

并蒂莲盈衣是知道的，老师讲过唐明皇和杨贵妃的故事。骊山脚下，唐明皇专用御池连华汤的水口处的两朵并蒂莲花。而琼花是什么花她就不知道了。

不要。盈衣头别开了。

这是我特为到玉山镇买的，买给你的，你不要，我给谁去啊。

盈衣说，侬啥辰光看见我拿过人家物什了？话一出口，她立即想到了小婶婶送她的棉袍，“大海浪花”。又一想，亲眷给的，不算！

水根缠着盈衣，非要她收下。土根看不过去了，水根，你还做不做事了？

水根只好自己下台，不要算了。算我白起劲。

盈衣勉强笑了笑，说，谢谢侬。

此话不提。但盈衣就此觉得别扭，总觉得水根的眼睛在她身上打转，看看，笑笑，又看看，又笑笑，鬼鬼祟祟，噱头噱脑的。

这日，阿六一走开他又盯着她看了，眼神好像她是刚烤出来的奶油甜饼。

看什么看，有啥好看的？！盈衣忍不住了。

是既啥好看——，侬这件衣裳滚边不灵，应该斜着裁的。啥人的手艺嘎蹩脚？

盈衣下意识察看袖口和下摆上的滚边。

土根不满地看了他兄弟一眼，瞎讲，蛮好的。

盈衣白了水根一眼。心里巴望父亲早点回来。他在他不敢这样的。

说来奇怪，从前总是巴望父亲不在身边——只要他在，就会有种无形的压力，就像一只口袋套上了她的脑袋，透不过气来。可现在，他在，她就有安全感。幸好有土根，要是剩下他们两个人，她只好跑了。跑了也不行，生活做不出来啊。不会的，土根是不会走开的，除去上厕所。盈衣觉得他有点像老周。技术好，人厚道，但是他不会逗她开心，不会变戏法，不会讲故事，不会开导她。她想老周了，因此停下来手里的活，默默看中指上的铜顶针。这是老周伯伯留给她的做纪念的，太大，她绕了布条。她没有首饰，这只顶针她就当戒指用的，有时会对着阳光照，就像燕燕那样。燕燕啊，燕燕，你不愿意和荣生结婚也不用跑么……

盈衣眼梢一带，见水根又在看她。他老看她怎么做活？什么意思嘛！

盈衣光火了，水根！你又看我做什么？她倒要看看他编出什么来！

水根嬉皮笑脸说，侬好看呀。

盈衣又羞又恼，扔了手里的衣服就跑——那件衣服上了半个领子，一半大张着嘴。

土根正在熨衣服，“噗——”，一口清水喷在衣料上，将烧热的烙铁压了上去。他快速地移动烙铁，转过头问水根，你在动她脑筋？这是上海！

水根胸有成竹地说，上海怎么样？在上海谈恋爱不过是这么回事：女人要钞票，男人要肉感，你看她，多肉感！

你有钞票？土根摇摇头，我怎么不晓得？

水根手掌竖起，放在嘴角，神秘兮兮地说，戏法人人会变，各有巧妙不同。

3

水根的戏法阿六倒是蛮欣赏。这小子懂得靠山吃山，但又不揩店里的油。客户一来，他就跟人闲聊，一来二去，生客变成熟客，这件还没做呢，下一件已经订上了。然后呢，服务上门，量体取货，甚至代选衣料（当然，是在店里不忙的时候），殷勤卖力。经常有客户在阿六面前夸他，说他有个好伙计，忠心勤勉。自然，赏钱是免不了的。阿六断定，他拿到小费比工钱还多。土根也有土根的好。铺子里的活他干得最多，也最好，从没有返工、废料。这两人是阿六的左膀右臂。要说阿六这辈子有什么满意的，也就这事了：用对了人。别看王子琦从前伙计多，就这两人顶用。从这点上说，王子琦是上路的——饮水思源，如果不是他，怕找不到这样的好工人呢。

可是阿六万万想不到，水根居然想做他女婿。

水根一提，阿六注意到了女儿——瓜子脸，紫棠色皮肤，稀疏的一字眉，深眼窝，简直和她母亲一模一样，甚至，太阳穴上也有颗黑痣。她穿了一件米色的薄棉袍子，衣裳很合身。细窄的袖子，紧贴的身腰，把丰满窈窕的曲线显得淋漓尽致。可惜了，可惜了！要不是有点斜颈，可真是个标致美人。

盈衣听见父亲叹气，便偷眼看他。恰好碰见父亲异样的目光，赶紧头一低，继续为一条裤子缝边。

阿六搭讪道，盈衣，你会裁衣服了吧？

盈衣点点头，不知道父亲什么意思。

静默了会儿，阿六走到门口，回头向盈衣招手，盈衣你来。

盈衣狐疑地看了父亲一眼，乖乖走过去。

水根诡秘地对哥哥一笑。

土根专心致志做手里的事，什么也没听见，什么也没看见。

盈衣吓得几乎魂灵出窍。她根本没想到自己要出嫁，更没想到父亲要她嫁给水根。怎么办？怎么办？盈衣急得六神无主，在房间里团团转。跟张家姆妈说？也许父亲早跟她商量过了。对荣生说？没用！他自己都不能做自己的主。啊呀，还有谁呢？还有谁能帮她出主意？之蝶？花之蝶？啊呀，她和他好像在屏气。他一口气好长啊，到现在足足有好几个月了吧？电话没一个，人也不来。他一定在生气，小婶婶也在生气。再说，她见了他怎么说？万一他说你就嫁吧，她就没退路了。她是不敢到他家去的呀。

顾国桢，她只有顾国桢了！她唯一的朋友，唯一的女伴。

万幸！顾国桢在家呢。她母亲说，花盈衣你来得真是巧，她呀，白脚花狸猫，吃饱朝外跑。

顾国桢在准备讲演稿，见盈衣来了，笑着起身，喂，有事体啊。

盈衣眼泪一下子涌了出来。

顾国桢说，哎哎，勿要哭。凡事都有办法的。侬讲，侬讲。

盈衣擤了把鼻涕说，我爷要我嫁人。

喔哟，我当啥事体，好事体啊！顾国桢刮着自己的脸，笑着说，难为情伐？还哭味。

好个屁！盈衣怒道，侬可以随便嫁人啊，不欢喜的也嫁啊！

顾国桢一摊两手，侬可以不嫁呀。

盈衣哭笑不得，侬讲不嫁就不嫁啊。

顾国桢明白了。民国法律虽然规定男女平等、婚姻自主，但目前来说，包办婚姻仍占主导地位。她站起来，关上房门。

顾国桢的黄眼珠注视着盈衣，花盈衣呀，这桩事体侬要想想清爽的。我问侬——，侬心里有人吗？

盈衣踌躇着，不知道自己要不要告诉她。

顾国桢打了盈衣一记，啥辰光了，还吞吞吐吐。不讲？我去写稿子啦。顾国桢作势去开门。盈衣一把拉住，不要这个样子嘛。

还是说吧，老同学像二二得四一样可靠。盈衣把花之蝶身世的事说了一遍。红着脸，轻声说，我，我蛮欢喜花之蝶的……我不敢跟他说，更不敢去对我爷说。

顾国桢说，侬肯定伊不是花凌海养的？盈衣说，肯定。否则，我妹妹盈庭怎么会和他定亲呢？亲眷道里（道里：之间）可以结婚啊？

那么，伊对侬有意思？

盈衣摇摇头。

啊呀，侬要急死我啊！有还是没有？！“蒸笼头”顾国桢满头是汗，眼睛瞪得滚圆。

我不晓得啊。盈衣也急了，侬轻点啊，当心伯母听见。

我帮侬问问伊？

盈衣心怦怦跳。太羞人了。但是，这是唯一的机会。盈衣一想到要和水根这个油皮猢狲过一世就不寒而栗，因此决然说，好！我拜托侬。

要是伊同意侬敢伐？顾国桢盯着盈衣的眼睛。

盈衣迟疑的眼神一晃。

一只手勇气，一只手懦弱。顾国桢意味深长地一笑，用国语说，我知道你害怕，但最好的方法是，什——么——都——不——要——去——想。

是啊，起码现在不要想了。盈衣心里一松，脸上有了笑意，顾国桢，日本人投降了，还要演讲？讲点啥？侬真结棍，下头多少双眼睛盯着你呀，想想也紧张。换作我，一句也讲不出的。

顾国桢说，反对内战啊。

啊？还要打仗啊？什么叫内战？

就是中国人打中国人。

中国人做啥要打中国人？

侬啊，顾国桢用笔敲敲盈衣的头，自家看报纸去！我没工夫，我马上要到上海学生和平促进会去开会。

盈衣站了起来，走吧走吧，我也走了，勿要忘记我托侬的事体啊！

晓得！顾国桢干脆地说。

一晃个把月过去了。顾国桢没有来。盈衣也不敢去问。她是又怕知道又想知道。要不是逼到头上，她是不敢往男女之事上想的，难道日子不能这样永远过下去吗？

那段日子真的快乐。他教她识字，陪她逛街，讲故事说笑话甚至打闹……母亲死时，她觉得她不可能再活下去，可是她却活了下来；外婆死时，她想她必须活下去，为了荣生。可她活得这么艰难这么痛苦。是他，让她快乐起来，让她的头抬起来。他是阳光，她是秧苗。她因他而舒展，而挺拔。可如今，她的世界一半明亮灿烂，另一半乌云密布。要是他答应她，她的世界阳光普照；要是拒绝她，她便从此不见天日。

盈衣的心，仿佛粽子，被七八根线缠着。怎么睡得着？她披着棉被坐在地铺上，端详床上的两个男人。被子短了，荣生长高了，雪白的两只脚伸了出来，呈八字搁在阿六脑袋边。他俩都平躺着。本事还真大，早上起来，被子几乎原封不动。

总这样不行的，她得给弟弟挪地方呀。谁家女儿不嫁呢？可父亲为什么不帮她找一个好点的人家？他让她嫁到乡下去！就像扔一袋垃圾。

荣生会舍不得她吗？舍不得又怎么样？！要是之蝶要她就好办了，他会要求母亲答应的，而她一定会答应——为了儿子，她居然肯对一个晚辈下跪！再说，她苏兰兰也不是什么干干净净的人，而她花盈衣，清白人家的清白女儿，不比她强？既然苏兰兰答应了，她男人花凌海就不会不同意，这孩子又不是你生的！既然他俩不反对那么父亲还有什么可说的？啊呀，关键的关键就看花之蝶了。不知道他愿不愿意，有心还是无心。

她一会儿充满希望，一会儿又失望透顶，就像发疟疾，一会儿在冰水里，一会儿在热汤里。越是心焦，越是觉得顾国桢吊儿郎当。到底不是自家的事！

盈衣心里烦躁，悄悄穿好衣服跑到弄堂口。

下弦月清冷地独守着黑夜，仿佛也在唉声叹气。

盈衣虚弱地靠在电线杆上，觉得自己要死了。

死了，什么烦恼都没有了。

不知不觉，泪水淌进了脖子。盈衣抬手抹了一把。铜顶针硬硬的，就像老周师傅手上的老茧。

看着它，盈衣忽然有了主意。

4

这天午饭后，盈衣鼓足勇气对阿六说，阿爸，我想老周伯伯了，再登一次报纸吧，也许上次没看见呢。阿六说，我没空。

我去！

侬认得钱记者？

盈衣摇摇头，我直接去报馆。

阿六想了想，说，好吧。

女儿一向跟老周好，想他也是正常。让她嫁水根也是没办法，想想自己总还是亏欠了她的，要不是请的那个只有一只奶的奶妈，盈衣也不会偏头。因此，这个阶段，阿六抱定宗旨，对盈衣的任何要求都答应。

盈衣像放风的犯人般扑进阳光灿烂的四月天。

盈衣直奔花凌海家。开门的是个陌生女人，50 岁上下。她警惕地问，侬寻啥人？盈衣一呆，迟疑地问：是不是花凌海家？女人断然说，不是。说完就要关门。盈衣用力撑住，有叫苏兰兰的住这里吗？她想，花凌海去老家养病了，估计这是个新来的老阿妈，不晓得。女人明白过来，哦，侬寻伊啊！吱嘎，拉开门，转身朝里面叫，花太太，有人寻侬。

呵，她叫她花太太，可见不知有毛彩娣。盈衣微微点头。连佣人都换了？又搞什么名堂。

苏兰兰扭着腰走出来，喔哟，盈衣啊，长远不见，长远不见。快进来呀，呆着做啥？张妈，倒茶。盈衣脸红了，她想起她跪她那一幕，连忙说，不要不要，我、我路过此地，进来看看。

苏兰兰倒是没有尴尬，热情地拉盈衣坐下，那（你）爷好呀，荣生，荣生好呀。她说到荣生时顿了顿。人家老婆都飞了，还问人家好不好？乱讲闲话的毛病又犯了。她有点不好意思。

盈衣心不在焉地说，好的，好的，侬也好呀。

就这么你好我好的，五分钟过去了。盈衣暗骂自己：真没用！快点！伸头是一刀，缩头也是一刀。逃不过去的。

小婶婶，之蝶哥哥在吗？盈衣的脸像是喝了一斤白酒。

侬寻伊啊？苏兰兰警觉起来。两张纸条都在她手里攥着呢。一张是：你不是花凌海的儿子。你娘和别人生的。另一张是：我开玩笑的，不算。这次又有什么花样？

苏兰兰陪着小心说，盈衣呀，凭良心，小婶婶没有亏待过侬吧？

盈衣知道苏兰兰误会了，忙说，我想让之蝶哥哥陪我去报馆，登寻人启事，寻我周伯伯。

苏兰兰松了口气，他不在呀。

到啥地方去了？

苏兰兰摇摇头，我也不晓得。

那，我一个人去吧……盈衣失望地说，不过，我不晓得报馆地点，报纸有伐？

苏兰兰爽快地说，有啊，之蝶书房不少呢。她领着盈衣往书房去，喏，就在写字台上，都是新鲜的，侬慢慢交看啊，我买点心去。说着转身走了，边走边说，侬勿要走啊，吃了点心再走。

空气中有熟悉的气味，之蝶的气味！盈衣的心狂跳起来。她深吸一口，贪婪的眼睛像一双小手，一样一样摸过来：摆设、书籍、盆景……衣架上的这件灰色长袍，好几次，他穿着这件袍子上她家来。她喜欢他穿长衫的样子，飘逸自然，温润儒雅。眼睛一闭，仿佛花之蝶就站在面前：圆眼镜，白皮肤，笑眯眯的细长眼。盈衣浑身暖洋洋的，仿佛整个书房是他的怀抱。

写字台上摆满了东西。一排书，一个笔架，一只笔筒，笔筒里什么笔都有：毛笔、铅笔、圆珠笔、自来水笔。报纸旁边是杯牛奶，刚刚结起一张薄薄的衣。呀，还温着呢。估计刚有急事出去。等一等吧，也许过会儿就回来了。

盈衣食指一勾，从书立里取出一本。咖啡色的硬壳封面上四个凹进去的大字：《文心雕龙》。怎么没听说过这本书呢？不知写的什么。随手一翻，一叠东西掉出来，飘飘洒洒，飞了一地。

盈衣看得两眼发直——

传单！和顾国桢家的一模一样！一模一样的纸张，一模一样的口号：反对内战！打倒国民党反动派！中国人不打中国人！她给他的？一定是她给他的！从纸张的颜色、墨迹和内容看，应该就在最近，也许就是这几天。她既来过了怎么不去找她？明明知道她在等消息啊！

也许，顾国桢知道所有的事，他怎么想她早就知道，他们一直有来往！

盈衣懵了，盈衣傻了，盈衣疯了！她疯狂地撕碎传单，用力一扬——纸屑花瓣似的，纷纷落在她头上、身上。

花盈衣！花盈衣！盈衣恨声叫着自己的名字，抱着头跌坐在地上。她心里的一棵树，被人拔出来了，根须带着血肉。她的心碎了。她恨自己。她早该明白她和花之蝶不是一路人。他对她只有同情怜悯，就像对一只流浪猫、流浪狗。他俩多谈得来啊！从三皇五帝到宣统的没落，从中山先生革命到中山装，从“满洲国”到目前局势。而她什么也不懂！她有什么值得他珍惜的？她有什么比得过顾国桢的？他们才是一对！问题是，她为什么要骗她？她是她最好的朋友，最亲密的同盟军啊！

盈衣给了自己一耳光，端起桌上的牛奶往头上浇下去。仿佛想营养一下没用的脑子。

苏兰兰人没到声音来了，盈衣，等急了吧？刚出笼的小笼馒头……

声音戛然而止。怎么回事？她呆在了门口。

盈衣站了起来，白白稠稠的牛奶顺着面颊，顺着辫梢，滴滴答答流了一地。她用袖子胡乱擦了擦脸，拔脚朝外走。

哎，等等，盈衣，侬这副样子怎么出门？

盈衣置若罔闻，走过大厅，走出门。

苏兰兰端着锅子追了几步又停下来。

这丫头倔。追也没用。之蝶回来过了？他们吵架了？这一地的纸屑是怎么回事？咦？她不是来查报馆地址的吗？看看报纸依旧整整齐齐的，不像翻过。苏兰兰端着锅子愣在那里。

下雨了。开始是一滴，两滴，慢慢的，密起来了。街上的人躲得躲跑的跑，未雨绸缪的，撑起了伞。雨水从盈衣的辫梢上挂下来，先是白色，越来越淡，最后是亮晶晶的，像泪珠。她的脚很软，走几步，膝盖一曲，走几步，膝盖一曲。

幸亏没把布鞋带来。苏兰兰看到布鞋还不知道会怎么想呢。也许她会想：啥人要侬？自作多情，不要面孔！

她和他，结束了。结束了，旧时光。美好和丑恶都结束了。可是花盈衣不知道，过去，会持续而深刻地影响一个人的余生。

5

盈衣十天没说话。

第十一天，她一言不发地洗脸刷牙吃早饭。吃完早饭，筷子一放，对阿六说，好吧。我答应侬。阿六知道女儿在说什么。默默点头。

荣生紧张地盯着姐姐看——她没有哭，但眼睛里已有了深深的泪意。可怜的阿姐！

他转过头去看水根。水根正唾沫横飞地和土根争执着什么。

这个人是他姐夫？荣生摇摇头。

没有庚帖，没有“合”八字，没有定亲，没有酒席，没有彩礼，没有聘金，没有走人家（即走访婆家）。嫁妆也是从简，一床薄被、一套木桶：马桶、提桶、脚桶。

张家姆妈看不过去，送来一对枕套，劝慰盈衣，盈衣呀，阿拉是穷人家，就不讲究了，啊？盈衣脸色惨白，低了头说，谢谢侬，我晓得的。

他们走的时候，荣生要送。盈衣看看父亲沉郁的脸，拦住了弟弟，兄弟，好好照顾爷，照顾自己。她的话啰哩啰嗦的，一俯身，泪水滴在了箱子上。这只箱子，是逃难时从家里带出来。盈衣提起箱子，对水根说，走！

盈衣不敢回头。不回头也知道，家，离她越来越远。

九月的上海，正是女人花枝招展的好时节。小腰身的旗袍、大襟掐腰短衫，把丰乳肥臀小蛮腰发挥得淋漓尽致，面目再怎么难看的女人背影总是美的。尽管时局不稳，人们过日子的兴头一点不减。这就是上海人。他们是怎么把愁容变成笑脸的呢？盈衣真是不明白。

……

盈衣跟着水根从长途汽车站出来。右手挽着母亲的包袱，包袱里是记忆，是她最宝贝的东西。左手提了一个网兜，里面是些自己日常用的东西。一向短打的水根今天穿了长衫，显得有模有样的，但看上去有点滑稽。盈衣溜过眼光，恰好他也在看她，盈衣连忙低了头。

这就是玉山镇，帮侬买昆石的地方。水根从长衫插袋里掏出那只小盒子，往盈衣手里一塞，侬收好，我也没啥积蓄，只有这一样了。

盈衣看也不看，把它扔进网兜。

水根不满地斜睨了她一眼，看到那对绷得紧紧的，丰满的乳房，他又嘻嘻笑了。

盈衣白了他一眼。

乌云从四面飞来，像一只巨大的锅盖，盖住了这个江南小镇。接着，大雨哗哗下来了，啪嗒啪嗒，老天爷像一个挥舞着鞭子的暴徒。这个镇只有两三条马路，还是那种用大大小小石片铺成的碎石路，上海人叫“毛片路”，毛片路是“弹街路”中最差的一种（最好的是大小一致的石块）。路上没什么人，上海最冷清的马路也比这里的人多。盈衣茫然地跟着水根走，仿佛来了一阵怪风，把她吹得天旋地转。

他们七拐八拐就出了镇。

出了镇就是乡下了。乡下都是泥路。下了雨，十分难走，一脚下去，拔出的只有脚没有鞋。因此，盈衣干脆脱了布鞋夹在腋下。赤脚也打滑，一步一踉跄。水根走惯了，他撑着油布伞，提着箱子，背着铺盖，稳稳地跟在她身后。嘴里不停地说，快到了，快到了。

乡下的路就是这样，望得见，却要走半天。

傍晚时分，他们进了村。

烟雨蒙蒙中，盈衣打量着她将要生活的地方。

村子不大，两排坐北朝南的平房，几乎家家有正房，有副房。有的一正一副，有的一正两副。所谓副房，就是猪圈或放农具的地方。两排房子之间有条路，看不清路是水泥路还是砖砌的，只觉得脚底下硬了，平了，但因了泥浆，也还是滑。

因为下雨，有些人家亮起了灯。看来，这里不是很穷，至少有电灯，还都是瓦房。

水根举着伞斜跨两步，和盈衣并肩，指指村中一间房子，说，那个是我家。

盈衣第一次看见这种门，比石库门大一倍，没有上漆。左面那扇分上下两爿，下面一半实的，上面一半是个空框。两扇门中间有根方柱，桌腿般粗细。也许，是因为搬农具方便？

水根家一共三间，两边是卧室，中间是起坐间兼餐厅兼厨房，她没看见农具。他们家不种地？盈衣脑子里只晃得一晃，人便松弛下来。

终于可以洗个热水澡，可以换衣服，可以歇一歇了。

你娘呢？盈衣问。

水根说，躲起来了。

盈衣点点头。她知道，新婚第一天婆媳是不能见面的，避免逆面冲。所谓逆面冲是彼此看着不顺眼，今后就不好相处了。传说是明朝刘伯温测定的风水。

花轿进门、放鞭炮、拜堂、行叩拜礼、吃花筵酒，这是老规矩，可是没有。一切迅速而静悄悄。盈衣没有计较也无从计较，甚至有点庆幸。阿弥陀佛幸亏没有，烦死了这一切。

要说委屈，委屈的不是婆家，而是父亲那一头——这哪是嫁女儿？虽说嫁出女儿泼出水，可是泼水也不是这么个泼法吧？

才吃过晚饭，人就来了。

确切地说，来了五六个女人，几个男人，十来个小人。男人或蹲或站，在外面抽喜烟，女人和小人兵分两路：一路爬上新床，满床翻滚，搅个乱七八糟，他们找红蛋和干果。另一路“探箱子”，看“垫箱钿”。一个大饼脸大奶奶，一个高大健硕，一个眉目清秀，三个猜不出年纪的女人六只手伸了进去。一个年轻女人抱着胳膊，靠在墙上看热闹，还有一个在指点自家小人，看马桶看马桶，马桶里有好东西。年轻女人说，那是子孙桶，里面的东西是新娘新郎吃的，动不得。盈衣不知怎么想起了花之蝶给她的小人书。红楼梦里，抄检大观园就是这样的。估计，箱子里已经乱得不成样子了。她们几乎同时罢了手，三只包着花毛巾的脑袋碰到一起神秘低语。盈衣正前方是那个清秀女人，她一脸同情地说了一句什么。盈衣坐在床边，僵硬着身子，冷眼看着，不作声。大概，她们在为她微薄的嫁妆抱不平吧。那个大奶奶走过来了，盯着盈衣手里的包袱。忽然说，咦，你拿在手里做什么？包袱是潮的呀，把新衣裳弄潮了。她伸出手来，捻着盈衣的袖子说，这件衣裳真好看，你自己做的？你们家是裁缝吧，嘻嘻，听水根说过，你也会做衣服。以后我们都请你做好不好？她丢下盈衣转过身去，对几个女人喊道，好不好？好！她们齐声说。她得意洋洋地转身回来，不过，价钱要便宜点的啊，我们乡下人穷。她拎拎自己衣服说，不好意思，这是自己瞎弄弄的，比不上你……，她在盈衣身上东捏捏，西捏捏，喔唷，针脚真好，又细又密又齐，料子也好，叫什么名字？喔哟，花色老灵格。她学了一句上海话。那个健硕的女人悄悄靠过来，粗糙的大手出其不意在盈衣乳房上抓了一把。啊的一声，盈衣叫起来。那女人嘻嘻一笑，学着大奶奶也说了一句“老灵格”。盈衣愤怒地站了起来，低声吼道：滚！滚出去！

正在发喜糖的水根愕然转身，手里的一把糖撒在了地上。哎，盈衣，盈衣，不要这样，三日呒大小，依耐气点啊，耐气点。巧妹，三妹，对不住，对不住。他又是鞠躬又是作揖。

盈衣狠狠地瞪了他一眼。嘴巴像焊住了似的，抿得紧紧的。

那个叫巧妹的大奶奶笑嘻嘻拉拉一脸愠怒的健硕女人，三妹，算了，算了，人家是上海大小姐。来来来，吃糖吃糖。她从地上捡了几颗，塞给三妹。

三妹啪地一记，将糖打回地上。大声说，搭啥臭架子。呸——！她朝泥地上吐了一口浓痰，跺着一双大脚，走了。

真没劲。大奶奶咕哝道。忽然，她对盈衣紧紧拽着的包裹发生了兴趣。也许，好东西都在这里面呢。她重新靠过来，伸手去抓包裹。

啪！盈衣一巴掌打在了女人手背上，身体一别。

女人撑不住了，拉下脸来对水根说，你的女人怎么这么凶啊？我看你这小子要倒霉了，一辈子翻不了身！她有什么好看，歪头孙公豹……

水根谄笑着说，巧妹你别乱说……

人们一哄而散。屋里顿时安静下来。隔壁传来一个女人的咳嗽。水根说，我去看看啊。盈衣不作声。过了一会，水根回来了，他说我娘说她睡了，叫我们也早点歇……侬勿要动气啊，乡下人乱来的。说着，闩了门。

盈衣的心一下子吊到了喉咙口。尽管人跟了来，她还是没做好同床共枕的准备。

侬做的鞋子呢？现在可以给我了吧？水根舔了下鲜红的薄嘴唇，笑嘻嘻伸出手。他似乎是想为下一步铺路搭桥。盈衣一声不响找出那两双圆口布鞋，手臂横扫过去——

水根接过来，说，明早试试。他把鞋对合着塞进床底下，开始一粒，一粒，解长衫上的纽扣。下摆上，很大的一片泥浆，有的干了，有的还湿着。他的鞋袜也是脏兮兮的。盈衣厌恶而惊恐地瞪着他。

水根招招手，过来。

盈衣不动。

过来呀！

盈衣还是不动。

水根有点火了，喂，侬是我老婆！忽然又笑，怕难为情？喔哟，侬又不是小姑娘咯。说着，啪地拉灭了电灯，摸过来。

她在黑暗中躲藏。两个人就像老鹰捉小鸡。她藏无可藏，终于被一把捉住。扑腾几下，便死了似的一动不动。

战争，以及随后发生的一切，使她整个感觉都消失了。甚至痛觉。

咂嘴，磨牙。梦中的水根也不老实。

盈衣悄悄爬了起来，蹒跚着走到窗前。

雨不知什么时候停了。夜空仿佛睡醒了，洗了一把脸，很安宁，很清新。星星东一颗，西一颗，隔得老远老远。一颗星眨眼另一颗看得见吗？荣生和父亲一定还没睡，他们想她吗？自她出生以来，从没离开过家人，离开过家乡。逃难时，飞机在炸，机枪在响，火在烧，人在死，可她的心都是踏实的。她有他们。可现在，只有她一个人了，孤零零一个人，在这个一辈子从没来过的地方。柏油路成了窄窄的田埂，弄堂成了空旷的乡野。上海的柏油马路多好啊，上海的弄堂多有人气啊，小贩的叫卖声是多么的有腔有调，还有好看的电影，漂亮的霓虹灯，就连电车的哨哨声也是好听的，可这里呢？仿佛是冷宫。说是新被子，可有一股说不出的臭味。连水都是臭的，她亲眼见小孩大人对着灌溉渠撒尿。水根说他没啥积蓄，挣的钱都到哪里去了？他拿什么养活她呢？开裁缝店？乡下人有钱做衣服吗？她今天可是得罪了很多人。如果一家一个，不就把全村人都得罪了，谁还来做衣服？狗叫声，还有分辨不出的什么声音在黑暗中你依我依。四周是庄稼、渠沟、池塘、稻草堆，对，还有一条河。她来这里干什么呢？生一帮孩子出来，然后当农民？

"阿必大啊，阿必大，必大生来命里苦……我好像断线的风筝跌落啦深山里，纸破骨断无人来照顾我。真是想想苦来算算苦。像黄连树做凳子，我坐是苦；像黄连树做踏板，我立是苦；黄连汤淘饭，我口口苦；黄连水沐浴，我一身苦。我好像药材店里一块揩台布，揩来揩去全是苦。我像满园绿苏，经勿起霜来打；像东海洋里黄沙，经勿起浪来磨。迭能看，芦席盖被娘家好，蚌壳里煎汤是暖肚……"。这段《阿必大回娘家》，张家姆妈每日要唱上几遍，从前听了没什么感觉，这歇想，每一声，每一句都是唱的自家啊！

盈衣眼泪"哗哗"地落下来。

阿必大想腾云插翅逃身。她也想。可是，怎么走？什么理由走？顾国桢讲，包办婚姻是不对的，女人可以当自己的家。是啊，她就当了自己的家，想干什么就干什么，甚至，抢了她的花之蝶。想起她，想起花之蝶，盈衣又是一阵伤心。

明天就要见婆婆了。她像阿必大的婆婆吗？要是也是一只雌老虎，她怎么办？

阿必大有婶娘，可她的婶娘呢？

6

盈衣累了，很累很累。一直昏睡到第二天中午。

阳光翻窗进来，爬上她的脸。盈衣觉得眼睛灼热疼痛，怎么也睁不开。哭瞎了？盈衣一吓，彻底清醒了。这回看清了，房间里没有人，红烛早成了灰。

一切都是真的。不管她接受不接受，现在，她是个有男人的人了。然后，她还要接受一个婆婆。

想起要见婆婆，盈衣赶紧爬起来梳妆。

嫁作他人妇的标志就是烫头发。好人家的女儿就是这样的。镜子里，烫了头发的她洋气多了，尽管眼睛肿成了乒乓球，仍不失俊俏。

盈衣换了一件旗袍。昨日那件她不愿意穿了，被那只喂猪的手摸了一把，想想就恶心。

一阵熟悉的咳嗽。盈衣走近门边，忽然有些害怕，又退回来。又一想，她才不管什么婆婆呢。这也算嫁娶？于是她又走过去。恰在这时，听到了水根的昆山上海话：

姆妈，侬咳嗽还不好啊。

女人说，年纪大了，总归有点毛病的。小毛病，就是喉咙痒。水根，你要不要去问问她，想吃什么，我来做。

盈衣心里一动，想不到，乡下人倒是比城里人开通。婆婆给儿媳做饭呢。

水根说，不叫，随便伊去。

婆婆说，她是谁？

水根吃吃笑，侬媳妇啊。

我晓得的，我是问，你怎么认得的。讲也不讲就带回来了。

老板的女儿。

老板怎么肯给你？

有啥不肯的？伊有缺陷，再讲，工钿忒少了，应该补偿我一个老婆。

盈衣气得七窍生烟，冲到床跟前，从床底下摸出那两双鞋，剪掉鞋帮，从窗户里扔了出去。

这种男人，世界上怎么有这种男人？！

盈衣坐在床上生闷气。

过了一歇，隔壁又传来说话声。盈衣想，他们不怕我听见？又一想，乡下人自然是大喉咙。隔着田说话，能不大吗？他们自己未必知道。

水根娘说，你有了，你哥哥呢？

土根？伊是个笨蛋！我晓得伊也欢喜花盈衣，但是伊弄不过我的，老板欢喜我呀……

盈衣实在听不下去了，猛地拉开房门，一杆枪似的戳在门口。

水根毫不在意盈衣的怒视，仍是贼脱兮兮地笑，醒啦？侬倒是蛮会享福的。

盈衣真想说，去他娘的享福！但是碍着婆妈，她说不出口。因此低下脑袋，努力缓和自己的愤懑。

吃饭吧。水根说。

他今天穿得很整齐，西式的衬衫、背带裤、皮鞋。盈衣乜了他一眼，就像看见一条蜒蚰，说不出的厌恶。她以前根本没注意这个人。在铺子里，他完全是以勤奋谦恭的面目出现的，所以父亲才会欢喜他，把她嫁给他。现在这副样子，活脱脱上海滩上的洋装瘪三。听他话里的意思，好像她是卖菜的饶头。真真触气！

婆婆坐在太师椅上。看着她，盈衣有些心惊。头发灰白，满面沟壑，不过五十多岁年纪，看样子倒有六七十了。她正在梳头。她的头发很长，究竟多长盈衣不晓得——她把它绕在了膝盖上，就像张家姆妈绕毛线那样。这样，就不会打结了。

怎么这时候梳头呢？乡下人起得早呀。不过，她在生病，晚起也是正常。

盈衣叫了一声，姆妈。

女人哎了一声。显然，她不晓得新媳妇会突然出来，有些手足无措。她一手按住头发，一手哆里哆嗦从斜插袋里挖出一个红纸包，向盈衣伸出：一点点啊一点点。

盈衣接过见面礼，说，谢谢姆妈。

水根娘说，吃饭吧。

盈衣说，还没洗脸呢。

水根娘说，面盆在水缸上，舀勺在面盆里。

盈衣折回自己房里，取了毛巾和牙刷，往脸盆里舀了半盆水，端出屋子。

外面是块很大的空地，应该是用来打场的。村里的路是条砖砌的，上面的泥巴干了，结了一层痂。村东头，两个女人端着饭碗站在门口聊天。那家人家的门楼蛮漂亮，也蛮气派，像是富裕人家。她们往这边指指戳戳，似乎在议论她。见她朝她们看，便装作若无其事的样子，筷子往碗里捣。

盈衣将脸浸在水里，好一会，才抬起湿漉漉的头来。

等她进去，婆婆已经梳好头。

盈衣，水根娘叫了一声。她觉得拿不准，又转头问儿子，是叫盈衣吧？

水根点点头。

水根娘笑着说，你没看见过吧？这叫盘盘头。她指指后脑勺，转过身子让盈衣看。

她的头发不多，分三缕盘在脑后，有茶杯口这么大，扁扁的，用一根银叉叉住。

盈衣没说话。她不晓得说什么。见另一把太师椅空着，坐了上去。

水根说，怎么不去吃？肚皮饿是侬自家的事体啊。

盈衣只当没听见。

水根娘盯着新媳妇。丰乳细腰，小脸盘，精致的五官。村里的女人都没她好看，镇上也没几个能跟她比的。到底是大地方来的，味道就是不一样。可惜……不注意倒是看不出。幸亏有这个毛病，否则儿子也娶不到她。连聘礼都没出，那是多大的便宜!

盈衣，我伲乡下比不得上海，要啥没啥，不过呢，空气蛮好的，菜也新鲜。上海是吃不到的。水根娘带着怜惜、满足和讨好的神情说。

盈衣揉揉红肿的眼睛，又有泪水涟涟的感觉。隔了好长时间，才说，我不晓得做啥事体……

水根娘连忙说，不用不用。

水根娘告诉她，除了这里，镇上还有几处房子，租金基本够吃用了。接着，讲房子的来历，祖上的富有，她男人的死，孤儿寡母的不容易……

盈衣几次张口，最终什么也没说。

7

三朝回娘家。重走来时路，方知水根家离玉山镇不远。盈衣暗暗记路。

水根略备了些礼物送给老丈人。阿六说，你们来得正好，省得写信。

不是三朝回门么？怎么说来得正好？盈衣嘴上不说，心里嘀咕，脸上就有点不自在。荣生粘过来，悄悄问姐姐，侬怎么样？伊待侬好吗？

盈衣一把捂住弟弟的嘴，使了个眼色。

阿六道，人到齐了，我讲一讲啊……裁缝店呢，我不打算开了。开勿下去咪，没人咪。水根回去了，土根呢，顾小姐看上伊了，做上门女婿去了。再讲，最近生意也勿灵。

盈衣心中诧异，才三日，变化这么大！这个顾小姐她是知道的，是他们家的老客户，虽说是老姑娘，但人长得直落（端正），出手也大方。土根啊，侬真是憨人有憨福！

水根在一旁挠头，上门女婿？我怎么不晓得？荣生也说，我也不晓得。

阿六接着说，正好有个机会。张家姆妈搬走了，搬到浙江中路去了。伊讲，大楼要个看门人，问我去不去。我想了想，反正店不开了，有眼（点）事体做也好。荣生，地址写拨阿姐。荣生拔出钢笔（盈衣认出，正是花之蝶送他的那支），趴在樟木箱的箱子盖上写了递给姐姐。盈衣看了看纸条，浙江中路三星大楼……那，此地房子呢？

到期了，新房客也来过了。

啥等样人啊？

咳，阿六陡然变色，做皮肉生意的。

盈衣默然。

吃过中饭，水根就要回去。他说，此地轧咪，还是乡下房子大。盈衣翻了他一眼，侬先回去吧。我还要住两天。

荣生抢上来讲，阿姐，侬帮我做双鞋子再走。

侬和爷的鞋子我包了。盈衣感激地拍拍兄弟的头，表示他心里想什么我知道。

水根又看阿六，阿六想了想说，也好，过几天走吧，帮我做点事体。

水根说，那我先回去了。阿六点点头。

盈衣有点不开心，想一想？这还用得着想一想吗？还真是嫁出女儿泼出水了！

荣生说，走，阿姐，我陪侬认认地方去。张家姆妈老牵记侬格。

三星大楼在浙江中路与牛庄路交叉口，离南京路不过两三百米。永安、新新、先施，大新，四大公司近在咫尺。这个地方盈衣最熟悉不过了，最早是跟小婶婶来，后来是和顾国桢、燕燕……想起燕燕和顾国桢，想起自己和这里的缘分，盈衣一脸凄苦。荣生哪里晓得阿姐的心思，仍是一副兴致勃勃的样子，说东道西。

一扇铁锈红的，矮小的门。694 号，这就是他们要搬来的地方。它的右边是弄堂，左边是三星大楼楼梯。

盈衣推了推门。锁着。

啊呀，忘记带钥匙了！荣生胡乱摸了一通口袋，看着盈衣，先去看张家姆妈吧？

盈衣说，勿急，先转转。

除了楼梯和门房，三星大楼大部朝浙江中路。底层有两爿店：一爿烟纸店，一爿汤团店。汤团店的后门在弄堂里，确切地说，紧挨着阿六家的后窗。

荣生他们从汤团店前门进，后门出，回到694号门前。

荣生指指，中国大戏院就在那里，704号。

中国大戏院原名三星舞台，沪上京剧四大舞台之一。梅兰芳、程砚秋、袁世海、李少春、马连良、张君秋、李万春、言慧珠等京剧名家常在此登台献艺。1944年戏院易主，改名中国大戏院。

提及“邻居”，荣生喜形于色，以后可以看白戏了！

盈衣戳了一下弟弟的脑门，瞎三话四，世界上哪有这样的便宜货？

一说便宜，盈衣又想到了自己的出嫁。阴悒地低下了头。荣生钻到她脸下看，怎么啦？

盈衣抬起头来，没什么……张家姆妈几楼？

3楼。

荣生连跳带跑，到了转角处，站下等姐姐。

幽暗的走廊。

荣生推开左边两扇半截的木栅栏，里面是一间一间“小房子”。

这是马桶间。抽水马桶。

盈衣拉了拉其中一间。不动。

荣生解释道，各家都有钥匙的——不过，我们没有……

沿着走廊，转了个弯，荣生回过头说，第一家就是。

盈衣暗忖，张家姆妈人好，卖相也不错，怎么会一个人呢？既是一个人，随便哪里住住就可以了，做啥要搬来搬去？又一想，一家有一家的道理。世界上又哪有清清楚楚的道理？

张家姆妈看见盈衣姐弟来，开心得不得了，倒水取点心，跑来跑去。

盈衣说，张家姆妈侬勿要忙，阿拉坐一歇就要回去的。

张家姆妈说，吃了饭走！

荣生说，我出去转转，等一歇过来啊。

盈衣说，走吧走吧，快点回来啊。

荣生走了，张家姆妈坐到了盈衣对面，剥了一只橘子递给盈衣，尝尝看，刚上市的，不晓得酸不酸。盈衣发抖的手扳了一瓣放进嘴里。橘子不酸，心倒酸了。张家姆妈看出端倪，关切地问，是不是过得不好？

这句话就像“引线”（缝衣针）挑破了一个巨大水泡，盈衣的泪水一下子涌出来，吧嗒，吧嗒，滴在浅桃红的旗袍上。

张家姆妈抽出腋下的手绢递给盈衣，别这样。女人都要嫁人的。

话虽如此，毕竟嫁到了外码头，还是乡下。那水根她也是不喜欢的，总觉得他不牢靠。有啥办法呢？命啊。张家姆妈不觉唏嘘。忽然想起什么，盈衣啊，来来来，我拨侬看样好物什。

盈衣擤了一把鼻涕，跟着张家姆妈进了房间。

真好，广漆地板，落地长窗，窗外是独立阳台。盈衣站在阳台上，脑袋转了半圈，马路风景，尽收眼底。这要是她的家多好！

盈衣，过来。

盈衣走到张家姆妈跟前，看着她从皮箱里拿出一对镂花金镯子，一只套进自己手腕，一只递给盈衣，侬自己收好啊，勿要给水根看见。

盈衣双手掌心朝外，急挡住张家姆妈的手，不来事的，嘎贵重的物什，不能拿的。

张家姆妈虎着脸说，看不起我是伐？

不是这个意思……，盈衣涨红了脸，窘得一塌糊涂。

好了，好了，跟张家姆妈客气点啥？说着，将镯子啪地放进盈衣手心，攥紧了盈衣的手，收起来！否则我要动气了。见盈衣不再推辞，张家姆妈轻叹一声，原想给你和燕燕一人一只的，这小囡像中了邪，不知跑到啥地方去了。

盈衣心里一痛，含泪说，谢谢张家姆妈！将手镯用手帕包了，藏进内衣口袋。

盈衣啊，张家姆妈拉着盈衣回到客厅坐下，推心置腹地说，张家姆妈没有小人，要伊（它）做啥？又传不下去咯。

没有结婚？不会的，嫁给张家才叫张家姆妈么。可是她从来没见过她男人。这种事体又不好问。今日说起，不如趁汤下面。

张家伯伯啥地方去了？

张家姆妈苦笑笑，伊外头有女人的。

盈衣想，花凌海不是也有两个女人吗？他们能住一起你们为什么不能？

在苏州。是个唱戏的。唱滩簧，现在叫沪剧。我先生是戏迷。

盈衣想，怪不得张家姆妈老是唱《阿必大回娘家》呢。那么小人呢？没有生养还是死了？她不敢问，也怕知道。

张家姆妈摇摇头，自语道，说这些做啥？

盈衣一时不知道说什么，屋子里静悄悄的，只有座钟在走，滴答，滴答。

只一歇，张家姆妈就恢复了常态，啊呀侬看我，只管自己啰嗦也没问问侬——乡下怎么样？有没有电灯？

盈衣说，电灯有的，大部分人家有，也有点火油灯的。

老太太怎么样？欢喜侬伐？

盈衣点点头又摇摇头，我也勿晓得。

张家姆妈笑了，是啊，才三日。不过，他们家人头倒是蛮清爽的……阿六倒蛮好，两个徒弟，一个有本事的，做了女婿，一个老实的，也有了好去处。

盈衣想，伊有啥本事？倒没看出来。

张家姆妈又说，没有阿公好，老头子邋里邋遢的，还要服侍伊……

正说着，荣生笑嘻嘻进来了。他说，你们还在吃茶啊，功夫茶。盈衣听不懂，功夫？啥功夫？荣生说，福建人吃茶，喏，介一点点的杯子，一口就没有了，要吃老长辰光。不是吃功夫吗？盈衣笑骂，侬只小赤佬，啥辰光学得油腔滑调的。

盈衣站起身，说，张家姆妈，阿拉回去了。

也好，搬过来就方便了。

出楼右转，姐弟俩顺着浙江中路往南京路走。路过天津路，荣生往里指指，阿姐，阿拉上厕所要去“新新”的。

新新公司大楼除了南、北两大正门，还有四道侧门，三道角门，天津路上的是后面正门。

侬讲啥？盈衣没听懂。

阿姐，荣生为难地说，房子太小，放不下马桶的。小便么，用痰盂。对面弄口有个小便池可以倒的。

夜里怎么办？新新要关门的呀。

可以到西藏路，人民广场，那里有公共厕所。

盈衣无语。

他们沿着新新公司的骑楼空廊转到南京路，盈衣往马路中间跨了两步，仰头去看二层和三层的阳台。阳台有通长的，也有单个的，很别致。上面更好玩，有游乐场、茶室、剧场、旅馆、美发厅、餐厅和屋顶花园。逛累了，可以在茶室坐一坐，眺望永安公司的塔楼。五楼的电台最好白相了，四周全是玻璃，玲珑剔透，在外头可以看到室内播音，大家叫它玻璃电台。盈衣喃喃说，好地方啊，好地方……

荣生知道阿姐心思，心里也很难过。他何尝不想姐姐一直在自己身边呢？在他心里，阿姐比爷娘亲。他勾着盈衣的脖子说，阿姐，侬啥辰光帮我做鞋子啊，侬看，鞋子破了。他扳起脚。果然，鞋子的边沿破了。盈衣说，爷怎么没帮侬买双皮鞋？荣生黯然道，还皮鞋呢，我只有帮人钉掌子的份。盈衣说，布鞋也蛮好的，适意呀。

荣生又活络了，是啊，而且是阿姐做的布鞋。说着，把头靠到盈衣肩膀上。

盈衣一推他，去去去，男人家，像啥样子。

荣生矮下身子说，阿姐，要不要到大新公司去乘电梯？老好白相格。

盈衣摇摇头。哪里有什么白相心思噢。

8

盈衣回到了上海，记忆也跟了回来，就像扎鞋底的锥子，一个眼，一个眼地锥她的心肺。

迷糊了一夜，第二天，在腾云驾雾的状态中去了堂叔家。

世界不缺奇迹。非但太太没传染上，花凌海竟也好了。不知道是昂贵的进口药起了作用还是乡下的空气好。他们看见盈衣很高兴。苏兰兰花枝招展的，似乎好日子又回来了。她笑着说，你们不晓得，盈衣嫁人了呀。毛彩娣感叹，盈衣都这么大了，我们是要老了。

花凌海连连说，喜事，喜事，怎么不通知我们呀？不像样！

盈衣连忙解释，阿爸是怕惊扰了爷叔。

苏兰兰搡了花凌海一把，对盈衣说，老爷开玩笑呢。她想，这个小祖宗独头独脑一根筋，还是不要招惹她。

盈衣想，啊呀，自己昏了头，怎么空了手来呢？此行目的又是什么？真是鬼迷心窍！可来也来了，总不能掉转屁股就走吧。

花凌海说，新官人呢？

盈衣说伊先回去了。忽然灵机一动，我是来说一声，我们要搬场了。

苏兰兰说，做啥呀？

盈衣说了说。

花凌海说，也好。荣生其实可以到我这里来做的。皮箱厂还是要想办法恢复，总要用人的。

盈衣嗯了一声。她是小辈，对这种事体没有发言权。

苏兰兰见有些冷场，忙说，我叫厨房准备点好小菜。

盈衣想推辞，又一想，还没见到花之蝶呢。她倒是想忘记他，可用了十分的力推出去，他又轻飘飘回来了。

吃饭的时候也没见着他。盈衣觉得可以问一问了。

阿哥呢？一张口，盈衣心里没那么慌了。是啊，台面上，他是她的堂兄，完全可以大大方方。

苏兰兰意味深长地看着盈衣说，吊唁去了，伊一个朋友死了。

朋友？

是个女的，来过两次，好像叫顾……对，顾国桢！

啊——，盈衣手里的筷子啪地掉到了地上。

侬认得伊？

盈衣脸色煞白，泥塑木雕似的一动不动。

苏兰兰说，看上去她们认得。花凌海连忙叫张妈过来，让她扶盈衣去休息，关照众人不许打扰。

盈衣脑子里一片空白，在书桌后面坐了很久，很久。直到天黑花凌海差人来看，她才“活过来”。

她是怎么死的？急病？自杀？暗杀？

盈衣急忙站起来翻报纸……没有消息，没有讣告。又看书桌。镇纸下有两页信纸。

第一页是钢笔写的，没头没脑一句话：生死两茫茫。字迹潦草，东倒西歪，像是写时很急。另一页是毛笔写的。从墨迹看，有些日子了。对酒不觉暝，落花盈我衣。醉起步溪月，鸟还人亦稀。——李白《自遣》。

落花盈我衣……落花盈我衣，盈衣咀嚼着，恍然大悟。这不是写的她吗？盈衣止不住热泪滚滚。直到这时，她才知道顾国桢和他没有那种关系，完全是自己臆测，错失了良机。

生死两茫茫？顾国桢！盈衣惊叫一声，冲了出去。

盈衣失魂落魄冲到门口，一个刹车扶住门框。

白幔、白彩球、挽联、鲜花。香烟缭绕、烛火闪烁的供桌上头，顾国桢在对她笑。

想到从今往后，再无一人可听她诉说心事。盈衣禁不住眼泪哗哗落下来。

花盈衣啊花盈衣，你自私啊，你有事了跑去找人家，又何曾关心过她？你配做她的好朋友好同学吗？她要是自杀，必定有你的错！要是他杀，也是你的错！那是个恶时辰呀，要是你去找她，就错开了。当年她亲耳听见，有个人想逃难去南京，朋友来访误了点。就在那天，那个时点，火车站被日本人炸了。你为啥不是那个朋友？是你害了她呀！

盈衣又是悔恨又是伤心，绊过门槛，恸倒在地。她哭自己，哭顾国桢，哭灿烂如花的生命凋谢，哭命运不公。她哭得撕心裂肺，手脚发麻，浑身冰凉。

原本低声啜泣的人们，被盈衣一撩拨，忍不住大放悲声："女儿啊"，"阿妹啊"，"外甥女啊"。灵堂上一片哭声。

一双男人的手伸进盈衣的腋下，把她从尘埃扶起。

盈衣软得站不住，靠在了那人身上，两人相依相偎着，走了出去。恍惚中，听见钉子孙钉的声音，盈衣不知哪来的力气，甩开那人又奔进去，扑上棺木：顾国桢，顾国桢，侬不告诉我就走啦？我还是不是侬好朋友？我冤枉了侬，侬不要怪我，侬回来呀！侬回来呀！

长凳上的棺材摇了摇，顾国桢在说：我勿怪侬，勿怪侬。

还是那双手，连抱带扶拉开了她。

盈衣回眸一看，有种被猝然击中的感觉。这本是情理中的事。可一切发生得太快了，她毫无心理准备。

她望牢他，因为畏光，眼睛不停地眨。

多少次，她把衣服摊满了床，一件一件试过来，在镜子面前左一瞥右一瞥，想象着见面的情景。想不到，竟然在这种情形下见面！

花之蝶怜惜地望着她。她有点虚弱。脸色苍白，双膝发抖，嘴唇发青。他原想过几天慢慢和她说的，怕她经不住打击。可她不知从哪儿得的消息还是来了。见到盈衣，他也有些激动。他一直犹豫他们之间的关系，知道她结婚，心里倒是石头落了地。她看他的眼睛里有一半妩媚，很温暖，又藏着一半的怨恨。他有些手足无措。犹豫了下，从皮夹里拿出一张照片。

这是北站。盈衣一眼就认出来了。火车的车窗车身上满是标语、漫画和粉笔字，人们举着“反内战，求和平”的横幅和孙中山的大幅画像。

花之蝶的声音很沉重，上海人民和平请愿团赴南京请愿。她是代表之一。就在那天，她被国民党特务盯上了，伤很重，她没扛过去……

怪不得她音讯全无呢。她一定躺在医院里很无助，她一定很想她，而她，竟然抱怨她不回信，甚至怀疑她背信弃义。盈衣眼泪又扑簌簌下来了。

花之蝶动情地抓过盈衣的手，温存地说，别难过了。这是她自己选择的路。

那双手很温暖，温暖直抵她的心。她的心又跳了。

灵堂背后就是饭厅，开门就见十几桌已准备好的丰盛宴席。白酒、豆腐……菜色都是素白的。盈衣头昏眼花坐到桌子前。

三巡过后，主人家给每人发一份紧糕馒头，两支安息香。饭厅里响起嗡嗡的声音。人们开始三三两两议论顾家女儿的死因、她的生平，她家的境况和政治立场，以及将来怎么处理他们和顾家的关系，是不是应该考虑疏远一下，免得灾祸上身。

盈衣目不斜视。他们不过是一些除顾国桢之外的人，甲乙丙丁并无分别。

顾家伯伯走到盈衣和之蝶跟前。

盈衣来过几次，一次也没遇见顾国桢的父亲。他却认出了盈衣，握着她的手说，花盈衣，国桢经常讲起侬，讲侬心灵手巧，老实本分。盈衣喉咙哽住了说不出话，只是流泪。顾国桢说过，她的父亲是开明绅士。果然气度不凡。眉宇间虽有悲痛但不失仪态。

豆腐饭吃过，葬礼就算结束。客走人散。

盈衣坐着不动，花之蝶也不动。

两人都不说话。

顾太太和顾先生送完最后一位吊客，回进饭厅。

盈衣迎了上去，伯母，我想讨一件顾国桢的衣服。

老夫妻对望一眼。

顾太太说，好的，盈衣，侬跟我来。

走之前，盈衣关照花之蝶，侬等我一歇哦。

看到熟悉的房间，盈衣又一阵心痛。顾太太打开女儿的箱橱，让盈衣挑。盈衣一眼看见叠在一起的月白色的短袖竹布褂、齐膝的印度绸黑裙子，双手捧了出来。我换上，可以吗？顾太太点点头，抹起了眼泪。

盈衣换好衣服，将自己的叠好了捧到顾太太跟前，这个放在顾国桢身边吧。我离不开她。顾太太一句话也说不出来，咬着嘴唇只是点头。

盈衣照了照穿衣镜。顾国桢比她高，衣裙都太长了，而且，她烫了头发，穿上学生装，显得有些不伦不类。看到头发，盈衣心一颤，她想起了花之蝶抄在信纸上的那行诗：对酒不觉暝，落花盈我衣。醉起步溪月，鸟还人亦稀。她已嫁作他人妇。她要他等。等什么呢？还有什么可等的呢？

花之蝶自然是要等着的，他不放心盈衣一个人走。

盈衣说，侬勿要送了。我去过侬屋里，走的辰光没跟爷叔婶婶打招呼，侬帮我讲一声啊。

花之蝶说，侬来事伐？

盈衣点点头，也不看他，直直地往前走。

走了一段，盈衣回头望望，花之蝶飘逸的身影在十字路口一闪，没有了。

盈衣禁不住又哭了。一路走，一路揩眼泪。

9

盈衣在上海呆了半个月才回来。水根娘说，补办酒吧。没满月总归还是新娘子。水根点点头。他想，那天盈衣得罪人了，办几桌也算拉回面子，将来大家好相处。问盈衣，盈衣说，随便。水根娘看盈衣，去镇上酒店？盈衣低着头不说话。原本也是不合规矩，哪有大小姐出阁不办酒不迎亲的？要不讲规矩大家不讲。以后你们别挑我的刺！水根娘又看儿子，水根说，不用。就在家里好了。盈衣皱了皱眉头。她很讨厌那些陌生人到家里来。水根明白盈衣的心思，连忙补充，放在外面的，不来家里。

鞭炮噼里啪啦响完，男女老少在欢呼声中吃喝开了。男人说，你们这酒是不是特不情愿啊，哪有回门后才摆酒的？是嫁女儿还是娶媳妇啊？水根你去死吧！女人说，这是赔礼酒，新娘子，你太不上路了，刚来就给我们脸色看啊。喝！水根，你说她该不该喝？水根说，该，该。不过她不会喝酒，我代她，好不好？不好不好！她们拍着桌子大声抗议。水根看盈衣，盈衣低着头不说话。水根笑嘻嘻说，你们别逼她。盈衣忍不住了，头一扬，喝就喝！伸手就把面前的一小碗酒倒进喉咙，呛得眼泪都出来了。水根说，算了，算了，你们就饶了她吧。盈衣一把推开水根，对呆在那里的巧妹说，还来不来？巧妹笑嘻嘻说，你喝过了，就是给我赔过理了呀，不来了。她坐了下来。三妹举着碗冲到盈衣跟前，还有我呢！盈衣见自己的碗空着，对尴尬在那里的水根说，倒酒！水根哎哎地拦三妹，巧妹却给盈衣倒上了。盈衣又是咕咚一口。还有谁，谁要我道歉的？巧妹看着清秀女人说，芹妹，该你了。芹妹说，她又没惹我咯。

盈衣觉得地皮在脚下旋转，冲着大家嫣然一笑，踉跄着走进屋里。临走时指着水根说：你不配有老婆。

水根的白脸窘得通红。

水根娘赶紧圆场，来来来，吃菜，吃菜，水根啊，你再去拿几瓶酒。

芹妹笑笑说，人倒是不花哨，也不妖里妖气，就是脾气像大小姐。

水根娘说，从大上海到这种穷地方，心里总归有点不快活。

芹妹叹口气，遇见你这个婆婆，也算是福气。

水根走进卧室，见盈衣和衣倒在床上，泪流满面。他不声不响退了出去。

半夜里，盈衣被蚊子咬醒了。转着头问：这是哪儿啊。你家。盈衣推开水根，是你家。远点！真臭。水根闻了闻腋下，哪有啊，你鼻子有毛病。说着，一只手按上了盈衣的胸脯。盈衣扯了扯，没扯开。

整个冬天，盈衣过得没头没脑的。她实在不适应这种“少奶奶”的日子。菜不用她买，饭不用她烧，饿了吃，困了睡，余下大把的时间不知道怎么打发。人家打招呼，她就回应一下，人家不理她，她也不主动跟人说话。要么坐在门口发呆，要么翻出那些小人书来看。渐渐地，村里的人都知道她有很多小人书，问她借。盈衣自然不肯。人们就说她小气，不懂人情。盈衣也不解释。寂寞得狠了，她就解开那只包裹。那只包裹就像施有魔法，明知道看见要难过，可盈衣偏偏一次次要去打开它，小心而隆重地打开。包裹里多了一套顾国桢的衣服，撑得满满的。它就像一座活动的纪念馆，盈衣一个人的纪念馆。睹物思人，盈衣哭了一场又一场。

春天来了，农活也来了。屋后有小小的一片地。她跟着水根娘拔草，翻地。心里是委屈的。盈衣一次次劝自己，活着就好了，想想横死的人吧。

水根有时出去找点零工做，有时几个礼拜也不出门，就在家里叉麻将。来的那些人盈衣一个也不认得，一个个贼眉鼠眼的，不知什么时候结交的，也不知是干什么的。输赢的数目很大，大堆的钞票放在桌上，赌得兴高采烈。他不是说他没积蓄吗？哪来的钱？

吃过咸鸭蛋后（江南风俗，立夏吃咸鸭蛋），水根又出去了。

一个礼拜过去了，水根没回来。一个月过去了，水根没回来。

水根娘对此一点反应也没有。儿子常年不在家，她已经习惯一个人了。现在有个媳妇陪她，她很知足。盈衣既然不提，自然是知道丈夫去向的。

可是盈衣不知道。她从不问他去哪里，也从不承认他是她丈夫。怎么说呢，他不过是别人硬塞给她的，就像一张她不想看的电影票。想起电影，盈衣又想顾国桢。9岁还是10岁那年，顾国桢请她看了一场电影。看的什么是怎么也想不起来了。

唉，还是想想眼前的事吧。他到底去了哪里呢？那帮人一个也不见来，也许，跟他们在一起呢。跟着他们能有什么出息？哎，他会不会有其他女人？要是他有女人她怎么办？

盈衣想来想去，决定问问他娘。

水根娘话虽多，脾气倒是蛮温和，和她从来没有言语上的高低。而且，一直是她烧饭给她吃，就连儿子的衣服也是抢着洗的。看来，城里婆婆未必开明，乡下女人未必势利。

盈衣不知道，她的婆母有着地域上的自卑。媳妇是上海人，大上海，那是不得了的地方啊！不知不觉，她把媳妇当成了光耀门楣的宝贝。

水根家算不得真正的农户，吃饭不讲究农忙农闲。中午烧一顿干饭，剩饭管晚餐和早餐，菜么，基本上就是那一小块地里的收成，鸡是自家养的，肉什么的，就到村里的屠户那里买。

这日早上，吃饭泡粥的时候，盈衣捣着碗里结块的饭团，平静地问水根娘，姆妈，伊到啥地方去了？

水根娘一呆，避开盈衣的眼睛，没有说话。

她搞不懂媳妇什么意思？难道她不知道丈夫的行踪？

盈衣看出水根娘在疑惑，直率地说，伊勿跟我讲的。我也不问信。这趟辰光忒长了，我怕伊有啥意外。

哦。水根娘脸红了一红，还是不开口。

盈衣倒是奇怪了，做贼去了？伊做不好的事体告诉了侬，侬是做娘的，哪能不拦牢伊？如果不是，侬面孔红啥红？准备瞎讲？

越是这样盈衣越想知道。她放下筷子，正色道，姆妈，侬今朝一定要告诉我。

水根娘无奈地说，这只小赤佬，做事情没有土根踏实，我也管不动他。

从水根娘啰哩啰嗦的叙述中，盈衣明白了事情的来龙去脉。

别看这里风调雨顺，似乎太平田园，可战争的阴影无处不在。抓壮丁的事盈衣在上海就听说过，可是今天从婆妈口中说出来更加直接，更加心惊。尤其是，牵涉到自己的男人。

水根娘说，自去年起，也就是民国34年后，政府要的人更多了。一句“前方吃紧，对不住了”，征兵变成了抢兵。谁也不愿意生个儿子归别人啊。因此，躲的躲，逃的逃。盈衣你注意没有，三妹的男人右手食指断了一截，那是自己用菜刀剁了的。水根娘动了动自己的食指，没了这个，开不了枪啦。不过，有钱人不怕，他们出钱买壮丁。有买就有卖，水根……

她吞吞吐吐的，不说了。

原来，一起打牌的这帮人都是干这个的。平日里打短工，张家造房子，李家办喜事，蹭点吃喝，弄点小钱。一年一度的征兵，是他们搞钱的机会——卖壮丁。

人也是可以做买卖的？不就是人贩子么？有人因反对战争而死，比如顾国桢，有人却借机捞钞票。人跟人的差别怎么这么大呢？她看着水根娘，无话可说。

水根娘站起来，我拿给你啊。

盈衣不知道她要拿什么给她。水根留的信？他总该给她一个交代吧。

水根娘拿出的是钱。

喏，这是他走之前交给我的。她忐忑地望着盈衣。

盈衣接过来一看：法币，面额两千元，一共五张。就为这点钱？今年年初，白米从10万元一担涨到16万元。这点钱顶什么用？值得用命换？而且说走就走，屁也不放一个！眼睛里还有我吗？

水根娘见盈衣脸色不对，以为她在担心水根。赶紧说，不要紧的，他老鬼，晓得怎么逃回来。盈衣听了，心里更不是滋味。原来，你们母子早就把这种事当作家常便饭了！

盈衣气得胸脯一鼓一鼓的，转身跑回自己房里。

10

她得好好想想了。

“芦席盖被娘家好，蚌壳里煎汤是暖肚”。阿必大的婶娘好，心疼阿必大，所以阿必大想回娘家。可父亲呢？要是他的徒弟是山沟沟里的，也把她嫁过去？那她不是回不去了？盈衣不觉毛骨悚然。

不管往后是死路还是活路，先离开这里再说。所幸，她一个人走过一趟了，应该不会迷路。那么，要不要对他娘讲一声？不讲！盈衣赌气地想，他不对我讲，我也不对她讲，大家打闷棍！但是盈衣又心软了，老太太会不会寻死？她是多么看重我这个媳妇啊。她要是死了，我良心上怎么过得去？可是，万一水根回不来，总不能陪她到老死吧？她儿子的死活都不管，可见也不是什么好老太太！盈衣百爪挠心，想来想去，还是决定不告诉婆婆。

走是肯定了。什么时候走呢？当然越快越好。万一他偷跑回来就走不脱了。她不是一直不想要这个男人吗？理由有了，还等什么？！

盈衣找出母亲的镜子（被平燕燕打碎后，她又照原样买了一个），对着镜子，默念了一遍自己的决定。

母亲说，快走！

盈衣遇到难决的问题总要对镜子说一说。它就是母亲。母亲是儿女的力量，不管她是否真正关心过自己。

水根娘见媳妇进了房间，犹豫着要不要进去安慰几句，几次走到房门前又退回来，在客堂里转圈。盈衣察觉到了，干脆把房门一关。

从现在起，她不跟她照面，她不想她窥破她的心事。

盈衣迅速收拾行李。想起外面还晾着内衣，只好开门出来。

桌上已经摆好了两副碗筷，一碗炒青菜、一盘炒鸡蛋。婆婆正在盛饭。她注意到，媳妇的眼睛没有红，也没有流泪的痕迹，就放下心来。

盈衣把衣服夹在腋窝里，抬头望了望，太阳在云翳里，和中秋的月亮毫无二致，发出淡黄色的光。

原来，太阳不比月亮大。不知不觉，盈衣说出了声。

忽然听见身后有人吃吃笑。

一回头，是芹妹。盈衣不好意思地笑了，你在做什么？

芹妹戏谑道，看月亮啊。

盈衣轻轻推了她一把。也就这个女人，平时能说上几句。自己要走了，也许今生今世都不回来了。盈衣凝重而神秘地说，我送你样好东西。你等在这里啊。

其实，她只是随口说的，不知道送她什么。忽然想，何不送她这个呢？

芹妹捧在手里横看竖看，咦，这不是我们昆山的昆石吗？你买的？

盈衣点点头。

芹妹见盈衣不愿多说，就说，我回去了，烧夜饭。

盈衣说，好的，再会。返身进了屋子。

水根娘招呼道，快吃吧。

我不想吃，你吃吧。盈衣匆匆说了一句，又躲进自己房里，插上了门闩。

她躺在床上，心扑扑地跳。莫名的快感像阳光的碎片，在她身体里跳耀。她紧张地听着婆婆的动静：她在洗脚，她进房间了，她关灯了，她咳嗽，她在打鼾。这边没问题了，盈衣又竖起耳朵听外面。她没有表，房间里也没有钟。她不知道时间。渐渐地，没有人声了，仿佛秋虫也睡着了。今夜，只有月光。

盈衣蹑手蹑脚走出大门。门轴上，她已偷偷上了油，打开的时候，又轻轻提了提，一点声音也没有。

出了村，盈衣放开了脚步。拿着沉重的行李她无法跑动。可她的心在飞奔。

月色明朗，田埂，池塘，房舍，树木，一切清清楚楚。四野静悄悄的，只有讨厌的蚊子在耳边嗡嗡叫。一路上，她的神经绷得紧紧的，似乎随时有坏人或小东西从路边的灌木丛里窜出来。

公路上已经没有汽车了。她走了整整一夜。踏进市区的刹那，盈衣抬头望了望天空——，这是上海的天空啊！盈衣热泪盈眶。

松松软软、重重叠叠的白朵，把红黄的太阳团团围在中央，像一只鲜嫩的水濮蛋。

第六章

1

苏兰兰端了一小碗燕窝，给丈夫送去。自他们乡下回来，他的饮食起居全由她照顾，大太太毛彩娣又住到佛堂去了。

花凌海卧在榻上，闭着眼睛。

苏兰兰轻轻唤道，凌海。

在下人或大太太跟前她叫他老爷，两个人的时候，她就叫他凌海。分寸一点不乱。这也是她进花家二十年来的修炼。以她年轻时的野性，什么规矩不规矩的，父母都不在眼里。

听见苏兰兰叫，花凌海从卧榻上坐起，端过茶几上的燕窝，用调羹舀了几舀。仿佛嫌烫，又放下了。说，侬勿要走，我到乡下介许多辰光，侬讲讲屋里厢的情况。

苏兰兰在一只蛋形圆凳上轻轻坐下，还没开口，先红了眼睛。

花凌海怜爱地搂过苏兰兰，抚弄着她的长卷发，真是对不起，这阶段辛苦侬了。苏兰兰依偎在丈夫怀里，柔声说，辛苦倒也勿辛苦，就是心里老重的。花凌海以为是她担心自己的病，心里很感动。谁说美人没良心？

苏兰兰推开丈夫，皱着眉头说，我是担心之蝶这小鬼。

花凌海说，今朝礼拜日，伊不上课啊。

唉，侬是老糊涂。苏兰兰细细的食指戳上了花凌海的额头，伊老早毕业了。我也管不牢伊，先头跟一个叫顾国桢的小姑娘去弄啥传单，小姑娘死了，伊还是一日到夜在外头，不晓得搞点啥名堂。侬应该晓得顾国桢是哪能死的，侬讲我担心勿担心？

花凌海沉吟道，这倒是应该当心的。现在局势多乱啊，共产党打到国统区了。

讲起打仗，花凌海说，我碰着花阿六了，伊讲盈衣回来了，这个女婿不学好，投机生意做到壮丁身上去了。

苏兰兰诧异道，哪能会有这种事体！伊拉两个人就此结束了？

当然结束了。花凌海说。

啊呀勿好！苏兰兰失声叫起来。

花凌海笑起来，侬还是老样子，大惊小怪的。

唉，苏兰兰朝门外望了望，压低声音，侬晓得伐，盈衣看上阿拉之蝶唻。

勿要瞎讲！怎么可能？！

苏兰兰把盈衣从阿英那里知道之蝶的身世以及她求盈衣不要说出去的经过讲了一遍。她说，我老早就看出来了，伊欢喜阿拉之蝶。好像之蝶也蛮欢喜伊格。本来伊已经出嫁了，这趟倒好，又不来事了。伊一单身，阿拉儿子危险了。

苏兰兰语速很快，听得花凌海有点发昏。

慢慢交，慢慢交，侬让我想一想。照算不会啊，伊难道没有自知之明？伊是个有缺陷的人啊。阿六晓得这桩事体伐？侬有啥依据吃准盈衣欢喜之蝶？

有趟子，伊来寻之蝶，讲要之蝶陪伊去报馆，结果等了一半就走了，还拿之蝶的一杯牛奶浇在自家头上。走的辰光失魂落魄的，睬也不睬我。老怪的。后来伊就嫁人了。我问之蝶，侬有没有得罪伊，之蝶讲没有。阿六么……阿六像是勿晓得。盈衣又不会讲的咯。

花凌海听了心里倒是有点沉重，搞得不好两家就有矛盾了。最好是分开……怎么分呢？忽然，有了主意。

我的同学在香港，开了一家公司，让之蝶去他那里。他也应该历练历练了，将来我还想把皮箱厂交拨伊咪。

苏兰兰问，侬打算好了？

花凌海点点头，长吐了一口气说，打算后头搭个吊脚楼。名字还是老牌子：黄河皮箱厂。我是不舍得就这么放掉的。

苏兰兰不解，什么吊角楼？

花凌海起身拿了一支铅笔和一张白纸，在上面画了起来：喏，上面是楼，下面是空的。阿拉后头不是有块空地吗？搭出去！

花凌海铅笔一放，又坐回塌上，苏兰兰依偎过来。花凌海搂着她说，工人么，现成的。当时就讲，要是情况允许，我会叫你们回来的。当然，若是在别的地方做了，可以选择。我想，加点钞票好了。不怕不回来。做熟不做生嘛。再讲，现在局势不稳，小来来，要不了多少人的。侬看好，总有一天，我会重新发达起来，把公馆重新买回来！

花凌海的眼睛闪闪发光。

苏兰兰的眼睛也亮了。似乎看到了昔日镜像。她离奢侈品已经老远了，花凌海一巴掌，又把它们推到她眼前，苏兰兰心花怒放，亲了花凌海一口。

花凌海乘势扑倒了她。

……

花之蝶接到父亲的指令很意外，几乎傻了眼。父亲从未提起他有同学在香港，也从未说过要他到外地谋生。但是，他又不能不去，经济上，他还得依赖这个家呢。尽管不愿意，他也无法责怪父母。他们一定被顾国桢的事吓住了。

父亲给了他一周时间准备，不言而喻，是要他跟那些“狐朋狗友”做个了断。

他最放不下的是盈衣。她是他除女同学之外唯一接触的女性。哦，还有顾国桢。想起顾国桢，花之蝶心里很痛很痛。虽然交往不多，但他对她的好感丝毫不比对盈衣差。他甚至把她们放在天平的两端，竟然分不出轻重。这让他困惑和游移。如今，顾国桢死了，盈衣婚变。女性何其不幸，何其不幸！但是，自己能做什么呢？以前，或许还好说，盈衣是个女儿身，如今……父母这关是无论如何过不了的。再说，名义上我还是她的堂兄。碍着伦理纲常呢！

理性和感情斗争成一个漩涡。最后，花之蝶累了，烦了。走，不啻是上策。这是对她伤害最小的。

花之蝶要走，毛彩娣倒是没什么。苏兰兰吃不消了。

这孩子从出生起就没离开过她。她和别的母亲不同，对他的出身是抱有内疚的。要不是那个小流氓，她会做小吗？父母会自杀吗？她为她的年少无知付出了惨痛代价。现在，报应又来了，让她失去儿子——看不见不等于失去吗？不能怪人家盈衣。如果之蝶是她和花凌海亲生，他就没必要远避他乡。因此，这七天苏兰兰的日子是最难过的。她又不敢在之蝶面前哭，在下人面前哭，甚至在花凌海面前哭。哭，总是不吉利的。可她又忍不住。因此，每晚都把花凌海推出去，不让他近身。只说，你身体刚好，得好好养养。花凌海知道苏兰兰难过，也没坚持。

三个月后，黄河皮箱厂的牌子挂出来了。虽然，只是弄堂小厂，但对花凌海来说，是件大事。

2

门房，指看门人，门房间，指看门人的房子。小房子。牛庄路694号的确小。一扇小门，一扇双开的小窗户，就是它的宽度。长度呢，大约6米。房间中轴线右面三分之二处，有一架木梯，一头搭在一米见方的出口上，上面是个低矮的小阁楼。出口一端，连着一块大小契合的木板，平时贴墙吊着，睡觉的时候放下来。销钉一插，谁也上不来。楼上东西向，楼下南北向，整个 694 号的格局呈“T”字形。

盈衣回门的这些天，帮着父亲和弟弟把家搬好了。

靠窗是烧饭的地方，矮柜上是煤气灶具，旁边是张可折叠的方桌。一张小床，贴着北墙，从墙东横到墙西，伸进木梯的后面。靠门的这一边，依次是脸盆架、榉木小杌子。杌子本是一对，还有一只，只好打游击——搁在门背后，开门挪一挪，关门挪一挪。这么一来，走道就是“一人弄”。所谓一人弄，就是只能通过一个人的弄堂。

楼上呢，因为楼梯的原因，统长的房间只好一分为二。左边，搁一张双人铁床，顶着东窗；右边，堆放箱子等杂物。促狭的是，非但矮，还很复杂——楼顶呈人字形，走到中间才能直立抬头，而且，每隔半米，就有一个凸出的水泥条，像倒置的门槛。一不注意，就会碰头。

房子很小。很逼仄。但是坐北朝南，又是黄金地段，独门独户。阿六还是比较满意的——同样是逼仄，同样是小，和亭子间到底不一样呢。再者，若是像一般门房那样，设在大门内侧，虽然隐匿，安全，毕竟少了独立性，也少了自尊——大楼里的人，进来瞄一眼，出去瞄一眼，等于时时提醒自己是下人。而且，朝南的一面顶多有扇窗户罢了。一扇门，带来多少阳光，多少方便啊——就拿倒水来说，门一开，哗地泼了出去，不用先开小门，再出大门。但是，阿六心里到底是不平衡的。这门也太小了。门是脸面，是地位身份的象征。想当初，我还有三四个门面的裁缝铺呢。人呀，就是不能回头看的，得知足。阿六很知足，从民国三十六年，也就是 1947 年到 1962 年，这门一看就是十几年。人们只知道有阿六伯伯，不知有花阿六。

盈衣回来前，阁楼是阿六的地盘，荣生因为出摊收摊方便，睡了楼下。现在，这布局得改。对此阿六有点伤脑筋。住楼下吧，荣生上上下下要惊扰她，而且，女儿家也不安全。住楼上吧，势必有个男人和她同住。父女还是姐弟？阿六想来想去，还是他们住楼上吧，自己习惯早起，吵不到他们。再则，他们年轻，在一起也有话说。

开始的时候，盈衣是爬着滚上楼板的，然后看着天花板，小心翼翼站起来。荣生人高，更不容易了，常常撞得头晕眼花。他揉着后脑勺，苦着脸说，阿姐，我会不会变驼子？盈衣说，不会的，你又不是一直弯着。

对于盈衣的回来，阿六没有说什么，荣生也没说什么。淡淡的去，淡淡的来。就连说话也是淡淡的。盈衣淡淡地说，伊跑脱了。我一个人蹲在那里做什么。

荣生的皮鞋摊是放在隔壁弄堂口的。那地方很大，比阿六家整整大一倍，方方正正的水泥地，上面有过桥，淋不到雨。靠阿六家这边，是个小书摊。整个墙面都是他的广告：一排浅浅的立柜，没有门，每一格上竖着小人书的封面，用一根绳子拦着，掉不下来。你要看什么书，一目了然。小人书都在木箱子里呢。而那只木箱，在他屁股底下，谁也拿不走。荣生的鞋摊摆在他对面。身后贴了招贴："修理皮鞋，立等可取"。立等是熟词，其实是坐等。面前摆了一只小矮凳。对于这个新来的伙伴，小书摊主很客气也很高兴。小个便，洗个手，有人帮他看着了。荣生也蛮高兴，有人陪他吹牛了。常常是，对面热闹得很，荣生这边却是冷冷清清，生意就像偶尔飞过的麻雀。也许是人家不信任这个白面书生似的小鞋匠，也许有钱人皮鞋坏了就扔了，穷点的，也不穿皮鞋。好在就在家门口，吃饭喝水很方便。

只有父女呆在屋子里。盈衣觉得又尴尬又憋气。两人无话可说。她从不光顾隔壁的小书摊，那是要钞票才能享受的。再说，小人书连着花之蝶，连着她心里的痛。他送她的小人书被她压在了箱子底，连同那只包裹。她决定不再看它们。

阿六对张家姆妈说，盈衣回来了，侬有啥路道伐？帮伊寻个事体做。混口饭吃再讲。张家姆妈讲，侬不托托花凌海？阿六摇摇头，两样的。张家姆妈明白，他是不想求人。别说找事了，就是人命关天也没他的面子重要，否则，一家人也不会死得七零八落。张家姆妈叹口气说，大楼里倒是有人要寻小大姐，很近，价格也公道。不晓得盈衣肯不肯。阿六说，有啥不肯的，穷人家，呒啥讲究。

阿六和盈衣一说，盈衣一口答应，也不用阿六领，自己去找张家姆妈了。

3

花盈衣的东家是个单身女人，三十多岁，赋闲在家。跳舞、逛街、搓麻雀。老三样。吃啥饭倒是不晓得，可能是外室，可能是和家里闹翻的新女性，也可能是交际花。

张家姆妈把她知道的全部信息包括猜测通通告诉盈衣，她说，原本是有个小姑娘跟伊的，伊嫌人家做事体慢，不要了。我想，伊没有小人，屋里老干净的。

上海人把人头少叫做“干净”，也真是促狭。盈衣笑了笑。

张家姆妈不明所以，问，怎么了？

盈衣说，没什么，蛮好。

女主人姓蔡，身子高挑，走路很“央”，慢吞吞的，腰扭来扭去，有点做作，也有点骚。话不多，无论人家说什么，只是笑笑，属于那种肚皮里转念头的人。盈衣想，正好，我也不想和你啰嗦。因此她只管沉倒头做事体，买、汏、烧，和家里也没什么两样。

勤快，又不多嘴多舌，半个月做下来，女人很满意。有时还带着她逛商场。让她帮自己提个包，拿拿衣服什么的。她让盈衣叫她姐姐。说，乡邻人家，不比外头寻的。

七月头上，天气已经热起来了。这日，女人起床就说，走，盈衣，陪我逛逛去。屋里头闷煞了。盈衣说，我米淘好了，烧不烧？勿烧了，外头吃去。

外头倒真是热闹，不是一般热闹，而是热气腾腾的，仿佛要烧起来了。南京路上，一队队学生像巨龙游过，绵绵不绝。盈衣们站在人行道上看热闹。队伍里，竖着横着的大幅标语，不时有人领着喊口号：反饥饿，反内战，反迫害，反暴行……，有的还将口号写在衣裤上。

盈衣心里一荡：要是顾国桢活着，一定在这队伍里头。忽听身边有人说，难怪学生游行，打仗打到眼门前来了。共产党像吃棋子一样，一步步吃过来，吃到国统区了，不晓得还能撑多久。

国统区？国民党统治区？昆山肯定是！盈衣吓得魂灵出窍，幸亏逃回来，否则客死他乡，是个异乡鬼。

等到学生散去，已经夜到（夜到：上海话。和“擦黑“的意思差不多）。盈衣早已饥肠辘辘，又不敢说。这个女人真是怪，怎么不晓得饿呢？

盈衣跟着蔡小姐穿过马路。对面就是闻名遐迩的永安公司。

不夜城。夜上海。霓虹灯是这些名词的注脚。

永安公司的霓虹灯分外璀璨：红色的英文字，绿色的中文字，交替隐现，炫耀着无尽的风情和奢华。而这些，并不能给每个人带来快乐的。盈衣就是。

她从来都不是来玩乐的，也从来都跟着别人，带着各种各样的担心。

永安公司沿南京路有三座圆柱拱形门，设有10个大玻璃橱窗。看着玻璃橱窗，她又想燕燕了。就是这种玻璃橱窗害人，燕燕要是不看见明星照片就不会跟王子琦走了。她确信她是被王子琦拐跑的——他不是认得电影皇后蝴蝶，认得电影公司吗？

走，我想跳舞了。蔡小姐推着盈衣往七楼去。

她本该像往常一样，站在门外候她的。可今天不知蔡小姐怎么了，她被一路推着，踏进这个著名的酒楼：七重天。

盈衣有些发晕。像被“拍花”（下迷幻药。在头上拍一下，人就跟着走）了一样，跟着蔡小姐入座。忽然觉得屁股下异样，低头一看，原来是弹簧椅。

火车座，红色的台灯。整个餐厅，一式一样。一些太太小姐公子哥儿零零散散坐着喝酒，打牌。绫罗绸缎，宝石戒指，在幽光中闪耀。音乐低回。

餐厅中央是个小小舞池，像瞳仁。黑中带亮。没有人。

蔡小姐忙着打招呼，张先生早，魏小姐，侬这只戒指真漂亮……

有人问，这是啥人呀？

蔡说，我表妹，刚才乡下来。

盈衣脸红了。幸好，光线暗。

上菜了。她学着蔡小姐的样子，慢慢割着牛排，那块肉仿佛是块顽固的石头，怎么也切不开，盈衣偷眼望望蔡小姐，趁其不备，叉起来就是一口。三咬两咬，下了肚。

盈衣如释重负地舒了口气。

素菜就好办了，用叉子一根一根挑起来慢慢吃。

蔡小姐回头一看，笑了，啊呀，侬吃得老快的，肚皮饿了是伐？再要一客！

盈衣慌忙说，我饱了，已经饱了。她想，已经出洋相了，千万别再来一次。

蔡小姐才把牛排切开，那位张先生就走过来了，哈着腰，伸出手，请，蔡小姐，阿拉跳一只。他朝盈衣看了看，突然顿住，眨着眼睛，似乎在拼命想什么。

蔡小姐笑道，难道侬认得伊？

哎，侬勿要讲，我还真的认得伊。

蔡小姐说，少来少来，侬这套听得耳朵老茧起了。

不是，不是，我想想啊……侬叫花盈衣，是伐？

这下盈衣呆了，蔡小姐也呆了。

盈衣还没来得及回答，蔡小姐说，妹妹，花凌海是侬啥人？盈衣老老实实回答，是我堂房爷叔。

这就对了嘛！蔡小姐，张先生揶揄道，伊是侬表妹？

这个，这个……，蔡小姐有点窘，差不多吧。

盈衣直截了当说，我是帮伊做事体的。侬是啥人，我不认得侬。

男人笑嘻嘻说，我认得侬就是了，来来来，跳舞，跳舞。他不再假模假样客气，拉了蔡小姐就去“蹦嚓嚓”。

姓张，认得花凌海。盈衣两只胳膊支在桌子上，托着下巴想，想来想去想不出这个人。年纪看上去和她差不多……他是她的同学？不会。同学是不认得花凌海的。他一定在花凌海家见过她。也许是花凌海家的什么亲戚。

曲终。蔡小姐“央央”地走过来了，呼呼地吹着气说，吃力煞了。

盈衣说，我怎么想不起他是谁呀。

蔡小姐说，丽华热水瓶厂的小开，张炳南。

哦——，盈衣想起来了，伊爷是个招风耳朵，叫，叫张向东！那次吃老太爷的豆腐饭，一个小赤佬用脚碰门，吓了大家一跳，他还骂他爷“浮尸”。他是张向东的儿子。很没规矩的一个人。那时不过八九岁，想不到他会记得她。肯定是我的缺陷，让他印象深刻。盈衣沮丧极了。

蔡小姐说，我饱了，也不想跳了，几只老面孔，没劲。她对侍应招手，准备结账。

张炳南又过来了，这一回，带了个女人过来。

盈衣大吃一惊，连眼珠也不会转了。

这位是李小姐，我的新舞伴，这位是我的老相好，蔡小姐。

蔡小姐打了张炳南一记，要死快了！啥人是侬老相好。

李小姐瞄了一眼盈衣，毫无表情地说，蔡小姐，幸会。

寒暄几句，他们走了。

蔡小姐心里有点动气，还带给我看？示威啊还是显宝？

走吧。喂，走啊。催了几次，盈衣没有反应，仍是怔怔的。蔡小姐嘁地一声，丢下盈衣，自顾自走出酒店。

盈衣慌忙追上来。

蔡小姐抱怨道，侬今朝哪能（怎么）呆头木屑的，真是小家败气，没见过世面。

盈衣忽然站下了，侬先回去吧。说了一句，就往回走，也不说什么事。

蔡小姐呆了呆，继续往前走。脚步重重的，头昂得高高的。

4

蔡小姐真的动气了，对中人张家姆妈说，这个小姑娘拎不清，独头独脑的。依另外帮我寻一个吧。张家姆妈不便细问，急急忙忙来找盈衣。

盈衣很想解释但又无从解释。

张家姆妈拍拍盈衣的肩膀说，侬勿要急啊，张家姆妈再想办法，再想办法。见阿六脸色不好，又对阿六说，侬也勿要急啊，我还有事体，先走了。

盈衣父女屏在那里，各自生闷气。

过了一会，阿六说，我是养不动侬，侬自家看吧。

盈衣不说话。

阿六缓了口气道，吃人家饭，总要听人家话的，自家身份搞搞清爽。

盈衣倔强地站着，仍是一言不发。

阿六气又上来了，转身出了门。

如今他是难得出门了。看门，看门，看住的是他的腿。走到隔壁，对荣生说，我转一圈就回来，你捎带着看看。荣生腿上铺了一块油腻腻的布，一只皮鞋在手里转来转去——他在拔鞋钉。见父亲关照，就应了一声。

阿六没有目标，他只想出来透透气。

才走到劳合路，迎面碰上苏兰兰。

苏兰兰问，噶巧？侬到啥地方去？阿六忍不住一五一十告诉苏兰兰盈衣被辞工的事。他说气煞我了。侬讲，这个小人做事体怎么这么没分寸？

苏兰兰一甩手帕，喔唷，有啥了不起，改日叫侬兄弟介绍一个。伊又不缺手缺脚咯，生活总归有得做的。说着，从手袋里取出一封信来。

她说，之蝶到香港做事体去了，这是伊留拨盈衣的信。我不跟侬回去了，屋里还有事体。哦，侬阿弟的厂又开出来了，忙得要死。侬有空来白相啊!

好的。谢谢侬。

阿六边往回走边想，这是哪一出？怪不得盈衣不情愿嫁到昆山呢。这信，给还是不给呢？又一想，人家都到香港去了，还能怎么样？不过是封告别信，给就给吧。

盈衣接过信就上了阁楼。

拿着信的她，心跳不规则了，感觉身子很虚弱，像久病的人。她有些遗憾地看了一眼楼梯口的搁板。她很想放下来，这样，就没人打扰她了。

他会说些什么呢？

盈衣越是急，越是撕不开信纸，干脆，塞进嘴里，用虎牙一撕。

抽出信纸，先看落款。民国36年5月16日。已经过去三个月多了。一定是苏兰兰扣下了。盈衣苦笑笑，就算不扣，她也不会追到香港去啊!

信上没说什么，只是说，自己去香港工作了，不知道什么时候能回来，叫她保重。

盈衣失望地垂下手。

下意识里，她是希望上面有很多心里话，有很多滚烫的话的。她不知道为什么，只是这么希望。

盈衣坐在窗边，呆呆地看着马路——

忽然，一个熟悉的身影，从浙江中路转进来。

盈衣赶紧离开窗口，手按住了心口。她的脸都吓白了。

她想了想，猫着腰，疾步冲到楼梯开口处，蹲了下来。

来人是水根。

他说，盈衣在不在？

阿六威严地说，不在！侬还来做啥？！

水根期期艾艾地说，我，我来接伊回去。

阿六说，不回去了，侬走吧。

楼下没声音了。盈衣不晓得水根到底走没走，又赶到窗口，盯住门口。

大约过了五分钟，两手空空的水根出来了。盈衣冷笑一声，便宜侬了！

她把信藏进箱子底。阖上盖，又想昨晚的事。

什么李小姐，她是平燕燕！

昨晚，她在门口等了近两个小时，张炳南他们才出来。雪亮的灯光下，盈衣肯定了自己的判断。

盈衣不敢冒失，她藏在廊柱的阴影里，等他们走过，悄悄跟了上去。她很担心，担心他们自己有汽车，“嘀”的一下，就跑了。打仗期间汽车很少，但保不准。他父亲是很有钱的。

幸好没有。张炳南叫了两辆黄包车，两个人一前一后往西藏路方向去。盈衣摸了摸身上，有钱呢！赶紧叫上一辆，吩咐车夫，盯牢前面那辆拉女客的。

盈衣看着燕燕下车，连忙也跳下来。把准备好的车钱往车夫手里一塞。等她转过头来，燕燕不见了。

这是霞飞路上的一条后弄。盈衣想，这么快没了，肯定不远。她一个门一个门地往里张。只要有灯光，她都要张一张。有个矮胖女人发现她了，开出门来，站在台阶上，警惕地问：侬寻啥人？盈衣心已放下一半——张炳南没有跟燕燕下车是一，二呢，她没有穿弄堂跑掉。没这么快。

盈衣比划了一下，我找李小姐，这么高，人很漂亮，20岁左右。

哦，我领侬去看看，有个房客倒是像，勿晓得是不是侬讲的这位李小姐。

盈衣忙道谢。

路灯昏暗，台阶上都是青苔，盈衣差点滑倒。女人拽了她一把。

兜来转去，房东敲响了二楼亭子间的门：李小姐，有人寻侬。

燕燕开出门来，看见盈衣，便要关门。盈衣死命抵住。房东有五十多了，见惯了撕皮隔张的事，也不以为意，自顾自走了。

盈衣低声说，别怕。我不是捉侬回去的。

燕燕松开门，点了一支烟，皱着眉头吸了一口，没说话。

花盈衣傍着平燕燕坐在小床上。这只床，这个亭子间，让盈衣想起从前的日子。燕燕，她叫了一声，眼睛湿了，燕燕，我舍不得侬，我想照顾侬。

照顾我？平燕燕冷笑一声，怎么照顾？

盈衣颓然低下头。是啊，怎么照顾？她能供她吃供她穿吗？

平燕燕吐了一口烟，淡淡地说，盈衣姐，侬好伐？爷叔好伐？

我们都好的。你怎么样？盈衣想，她怎么不提荣生？她恨他？

你看见了呀。燕燕拿烟的手像撒什么东西似的一甩。

盈衣很想问，你怎么和姓张的搅在一起？王子琦呢？但是她不敢。万一恼了，再搬走，她到什么地方去寻？

燕燕见盈衣欲言又止但神情坚决的样子，心里明白，不说是过不去了。好吧，说就说。最好嫌我脏，弹开三公尺。

世界上的事体都是命里注定的——，她说。

我想拍电影。那天在橱窗里看见明星照片就想拍电影了——伊拉长得还没有我好看呢，我不想浪费自己。侬不要这样样子看我，难道不是事实吗？王子琦讲伊有门路的，伊的要好朋友韩师傅认得不少人。那日，我趁你们困着就跑了。先是躲到苏州，过了几个月，我们才悄悄回上海。韩师傅介绍我认得了一个电影明星，是小明星，答应有机会让我试镜头。不过，提了一个要求，让我陪人吃酒，聊天，打牌。我想这有什么大不了的？就答应了。老长辰光过去了，试镜头的事伊始终不提，自家倒是演上了，还是个第二主角。我问伊，伊讲，最后吃趟酒吧，吃完，保准侬有角色演。后头的事体我不讲侬也晓得了。我不过是被利用来贿赂导演的，而导演呢，说我不适合做这行，没文化。扯那娘，不适合侬勿要碰我啊！伊拉只是白相相，根本没把我当桩事体。我对王子琦说，做掉他们！王子琦说我没有这个本事啊。我不管，我吃牢伊。后来伊讲了真话：日本人一到租界就控制了报馆、电台、书局、电影公司。伊根本没可能，也不想“渗入”。我讲我不管，侬要买只角色给我演。唉，勿晓得，伊根本没有介许多钞票，都是吹牛比。那幢房子——，就是你们去过的那幢，也是顶租顶来的。伊为了满足我，就去赌博，想搂一把，这只霉搭鬼，老是输，输光了又借高利贷。可哪里还得出来？伊怕牵连我，让我搬走。喏，就是这个地方。每个礼拜，他会来一趟，给我生活费。伊讲，放心，总有一天，寄爷让侬如意。

燕燕摇摇头，掐灭烟头，端起茶杯漱了漱口，继续道，去年冬天，在一个僻静处，伊被人“剥猪猡”，身上衣裳一件不剩，还被打了一顿，伤冻而死……上海人太多，死几个不算啥。小弄堂的过街楼下，壁角落里，经常有死人的。她指指床上，喏，西服、领带、手表，都是他的。刚刚拿出来，打算卖给旧货店换点钞票。喂——，侬吃茶伐？

盈衣听得毛骨悚然。想不到，一年不见，竟然发生了这么多事，她心爱的燕燕竟然变得如此世故颓靡，像老吃老做的风尘女子。她没理茶不茶的，两眼像锥子，紧盯燕燕，侬现在靠男人吃饭？舞女？

平燕燕转着手里的玻璃杯，双肩一耸，轻哼一声。没说是，也没说不是。

这么说是真的喽。盈衣心里的火腾腾上来，难道你没别的路好走了吗？非要做这种下三滥的事体！她真想劈手一个耳光过去。

慢慢的，盈衣脸上因愤怒而起的红晕渐渐消褪了。这个韩师傅，除了影星，还帮青楼女子做衣裳呢。万幸！燕燕还没堕落到这步田地。否则，她也进不了“七重天”。

这种酒店附设的舞厅是没有舞女的，更别说上不得台面的妓女了，一个有身份的人，怎么能不顾及颜面带妓女去呢？因此，至多，她只是一个交际花。

想到这里，盈衣已是一身的冷汗。

上海的风气啊，就像毒雾，一呼一吸，杀人无数。乱七八糟的堂子（妓院）多得热昏：“书寓”、“长三”、“幺二”……垫底的，就是人数众多的“游莺”。

上海的闲人真多啊！浙江中路与南京路，那个四通八达的十字路口，没一刻不是拥挤的。碰来碰去都是人。人群仿佛土地，越是稠密，越是肥沃，“夜市”便毒蘑菇般噌噌地滋生出来——许许多多艳装的少女，在夜色朦胧的马路中，蠕蠕而动，等待主顾。她和蔡小姐过马路的时候，亲眼看见一个妖艳的女人拉扯着一个还是学生模样的男人，“喂，去坐一息去。”一口的江北腔的苏白，听得她一身的鸡皮疙瘩。有时，她们甚至会溜达到她的窗前。她就坐在床上，观察她们。别看她们画眉入鬓，腮红如桃，卸了妆，保管血色全无，像个吊死鬼。靠皮肉混饭，能有什么好脸色?

盈衣下意识朝燕燕看去——，水汪汪乌溜溜的眼珠子，空洞而没有光彩。轻纱薄绸，穿着跟摩登女郎似的，可神态气度又和真正的摩登女郎不同：难掩风骚下的凄苦。盈衣不由痛彻心肺，燕燕啊燕燕，侬为啥要糟蹋自家?！说罢，嘤嘤哭了。

燕燕把眼睛斜到一边。

良久，盈衣控制住自己，说，你怎么改姓了?

平燕燕死了。

盈衣听到的是，李小姐冰冷的声音。

5

盈衣晕陶陶的，烧饭忘了加水，晒出去的衣服也忘了收。她的一颗心，全吊在燕燕身上。张家姆妈以为是被蔡小姐辞退所致，仍是劝盈衣不要摆在心上，她会想办法的。而阿六，只是阴沉着脸，什么也没说。

盈衣没敢把燕燕的事告诉父亲，却告诉了荣生。

她说，怎么办?总不能看着伊这么下去吧?

荣生搓着又细又长，白白嫩嫩的手（盈衣看着他的手想，他从来不做家务，现在要吃苦头了，哪个皮匠手上没有厚厚的老茧?）说，阿姐啊，伊自家作死，啥人也拉不回来的。盈衣不开心了，做人不能没良心！如果没有平伯伯，也许我们活不到今天。荣生惨然一笑，就因为帮过，爷才要把她硬塞给我啊。哎，搞得我狼狈得要死。人家讲，肯定是新官人不来事，新娘子才跑了。侬叫我下趟怎么寻女人？盈衣拍了荣生一记，笑骂道，勿要面孔！

盈衣想了想，正色道，我们在经济上帮她一把吧。不靠别人就要好点。荣生摇摇头，没有阿尔芒的真挚爱情，玛格丽特是不会离开社交生活的。盈衣不知道什么阿尔芒，玛格丽特，但听懂了弟弟的意思。那怎么办？荣生又说，她想过什么生活是她自己的事，毕竟，她不是小人了。盈衣觉得道理对，但是她就是不能不管。她的倔脾气又上来了，逼着弟弟想办法。荣生只好说，阿姐，我出面不大方便，这样，我拨侬钞票，侬经常去看看伊。爷这边我来对付。他知道姐姐身上分文没有，买什么，需要多少钱，父亲都是抠着给的。上回，她跟踪燕燕的黄包车钱是父亲让买东西的。她谎说被偷了，父亲就怀疑了。此事不可再。

这一日，早上九点多钟，阿六出去了。走之前对盈衣说，侬爷叔身体不好，又开了厂，不晓得伊吃得消伐。我买眼（点）点心去望望伊。侬勿要走开啊。

怎么突然想到走亲眷了？盈衣疑惑地想，但她什么也没说，老实地点点头，搬了个小凳子，坐在门边拣菜。

阳光穿进来，在地上开了一扇金色的小门，光芒耀眼。盈衣家的门总是开着的，作为门房，只能开着啊。他们得“监视”大楼里的人进进出出的人。春秋天还好，采光透气，用得着。冬夏就难过了——冬天不用说，风赤呖呖的，冷死了，夏天呢，倒霉的太阳直射进来，仿佛多了只炉子。现在是 9 月底，初秋。可是一动还是要出汗。

蔡小姐出门通常是往左前方的浙江中路走，可是今天，突然朝右边来了。她装作没看见盈衣，径直走了过去。张家姆妈紧随其后。这有点奇怪，她俩什么时候拍档了？这是要到哪里去？盈衣停下了手里的活。

张家姆妈在盈衣面前站下了，说，走！盈衣，我请侬看戏！

看戏？盈衣摇摇头。她不想看什么“阿必大回娘家”，更不想和蔡小姐有什么瓜葛。

张家姆妈似乎看出了她的心思，指指“央法央法”的蔡小姐说，伊是到中国大戏院看京戏。我是看沪剧去呀。像是要“引诱”盈衣，张家姆妈眉飞色舞，啊呀侬勿晓得，现在的戏好看多了，布景是立体的，树是树，房子是房子，演员面孔上打了油彩，灯光上去，老好看的。去呀！解解厌嘛。

阿拉爷出去了。盈衣说，我走不开，看门呢。蔡小姐改看京戏了？不跳舞了？

跳啥舞呀，张家姆妈说，舞厅关脱了。

盈衣瞪着张家姆妈，不会吧？七重天也关？

张家姆妈摇摇头，这倒不晓得，应该不会吧，那个和跳舞厅不一样，是酒店呀。侬不去我走了，要来不及了。说完，朝着蔡小姐去的方向走了。而蔡小姐早没了人影，中国大戏院很近，不过几步路。

盈衣朝中国大戏院那边看看，门口是有不少人，戏要开演了呢。

荣生的牛皮竟然兑现了，姐弟俩还真去过中国大戏院，还真没买票。荣生到底是男小人，胆子大，直接就对看门人说，老板我们认得的，他叫我们到后台看，我们就住在隔壁。看门的将信将疑，又不好去问老板——你找不到他呀，而且他也确实知道他们就住隔壁，是三星大楼门房，阿六伯伯的儿女。只叮嘱一声，别乱走，就放他们进去了。本来他们可以一直这样看白戏。但是那个收票的渐渐不踏实了，他找上门来问阿六，你是不是和老板认识啊，是不是老板让你的小人来看戏呀？阿六尴尬得不得了，他想肯定是荣生这只小赤佬！当下赔了礼，又要补票。那人说，补么就不要补了，下次不可以了。阿六千恩万谢。心头的火像借了风势。但是，儿女大了呀，打不得，骂不得。没说法，只好冷着脸，关照他们，今后不许去中国大戏院了。你们不要脸，我还要呢。盈衣照例不响，荣生照例答应得爽快。

快中午了，阿六还没回来。盈衣有点心焦。她在担心燕燕。张家姆妈说，舞厅关了。关了是什么意思？是全上海的舞厅吗？为什么关？我怎么不知道？要是七重天这样的舞厅都关了，燕燕怎么办？她靠什么吃饭？别像阿英那样，随便找个男人吧？不晓得她跟那个张炳南怎么样了。她是张炳南的情妇？不对，他没跟她进屋子啊！她当了舞女，张是舞伴？否则她没说是，也没说不是啊！

盈衣越想越害怕。转到隔壁，对弟弟说了舞厅关门的事。

荣生说，我晓得的。报纸上说了呢。盈衣想，自己过得昏头昏脑的，哪里有心思看什么报纸？看来，是得留意了。消息还是有用的。

荣生把手里的鞋钉抛上去，接住，然后说，这桩事体闹得蛮大的，张家姆妈应该晓得的呀，伊听无线电看报纸的。

盈衣不耐烦了，跺脚道，她的魂灵头都在沪剧上。啊呀，你快说呀，真是急惊风碰着慢郎中。

荣生把鞋钉放进地上的纸盒，指指对面的小凳子说，阿姐侬坐呀。

坐个屁！快讲！

急点啥？禁舞令倒是真的。“整饬纪纲”，“戡乱建国”，杜绝“妨碍节约，有伤风化”的奢靡、浪费行径。荣生拿腔拿调，学着报上的词说，是月头上的事体。侬刚从乡下回来，没有注意。不过，好像不是全部关门，分批的，第一批是仙乐、百乐门、米高美、丽都……燕燕会去一流舞厅？急什么？

盈衣低着头，一只脚在地上蹭着，我也不晓得她去不去。反正，她是靠男人吃饭的。那种不三不四的男人。还不及做好人家的姨太太呢！我、我还是想劝伊回来。一家人，挤点，却是心安。

荣生苦笑笑，没有说话。阿姐总是一根筋。劝得回来我不姓花！再说了，就算劝回来，平燕燕也不是原来的平燕燕了。钱到赌场，人到法场——没救了。要说她是干净的，谁信？但是，他不能说。姐姐那么喜欢燕燕，她要伤心的。

盈衣对荣生的暧昧态度很不满，白了他一眼，侬勿要这副样子，伊是不懂事体，但是伊比阿拉小，也比阿拉作孽（可怜）。阿拉不爱惜，还有啥人爱惜？

不知为什么，她心里有种不祥的感觉。

6

侬寻“蓬拆”姑娘啊？我记得侬的。

难听死了，什么蓬拆姑娘。盈衣不满地看了房东一眼。

喔唷，推扳一眼眼（差一点）。女人捏着手绢的手拍拍胸口，作出惊惧的样子。可她不往下说。

出啥事体了？盈衣紧张地看着女人。

她对她的做作很反感，但是，又怕错过了要紧事体。

推扳一眼眼出人命啊！女人边走边掖鬓角上的汗，我讲侬听噢，我是开明来兮的，不大管房客的事体。最近李小姐欠租，我打过几趟电话——，当面讨钞票我是做不出来的。她顿了顿，见盈衣没有表扬她的意思，只好往下说，没人接，我就过来看。房间里灯亮着，我敲了敲，没人应门。我想夜里可能不方便……，说到这里，她瞄了盈衣一样，意思是，我说的不方便你懂了吧？第二日我再去，灯还是亮着。太阳嘎好，开啥灯啊！肯定出事体了！我马上叫了几个人来，用备用钥匙开进去……一眼就看见伊晕倒在壁角落里。

盈衣指头不时戳戳女人的后背，快点，快点啊！

她恨死了房东的慢吞吞。

啊呀，你别催我呀！女人扭了扭，用手帕捂住口鼻，推开燕燕的房门。

屋里又闷又热，汗臭和浓重的血腥气熏人作呕。盈衣脸上的汗水顺着脖子在流，脑后一阵阵发冷。

喏，上次伊就晕在此地。女人指头点了点。

墙上暗红的一片，像是血。盈衣心“别”地一跳，扑到床前。

争风吃醋？张炳南甩了她？什么人送她回家的？送她的这个人怎么丢下她走了？盈衣有一肚子的疑问，但现在不是问的时候。

是阿拉几个人抬伊上去的，女人讨好地说，我还留了点吃的物什……不过，好像伊没动。她顿了顿，见盈衣没有答谢她的意思，说话就没有好声气了，侬最好接伊出去！我这个房子已经顶出去了！说罢，转过身，手绢在鼻子前拂了拂，嘟哝道，倒霉！臭煞了。

燕燕眼睛紧闭，大口喘着气，仿佛跑累了，才歇下来。她穿了件无袖的，开着高叉的香烟纱旗袍，襟上别了一朵已经枯萎的茉莉花。曾经，是一位黑白分明，芳香袭人的妙人儿呢，可惜，这美丽已经空洞虚弱。盈衣怔忡在那儿，忽然惊醒，赶紧接来一盆自来水。关上门窗，拉上窗帘，解开她的扣子。她想洗洗燕燕身上的味，看看伤在哪儿。

随着盈衣手的移动，燕燕一对雪白紧实的乳房从水红色亵衣里露了出来，乳头像朵小小的玫瑰花。多么美丽的胴体啊，它应该是鲜活的呀！

盈衣忍住悲伤，小心擦去燕燕脸上的脂粉。她的脸纸一样死白，嘴唇也没了往日的红润。一定是大出血。可是手脚，胸腹，都是干干净净的。

她拿着毛巾不知所措地站在床前。会不会伤在背上？

盈衣弯下腰细细查看。可不是，凉席上也有血呢！还有地上，粘稠稠的。

伤得不轻。再说，她都两天没吃东西了，得送医院啊！可是钱呢？盈衣急得双泪直流。忽然见燕燕张了张嘴，盈衣赶紧喂进一匙水。

燕燕，你觉得怎么样？

燕燕的眼皮在翕动，梦呓似的说，侬来做啥。

燕燕涂着红色的指甲油，仿佛指甲在淌血。盈衣轻轻握住，急促而温柔地说，快点告诉我，啥地方受伤了？我寻不着侬的伤口啊。

勿要管我……我讨厌活着。

她说讨厌活着？盈衣不相信自己的耳朵。难道是自杀？可是自杀怎么会伤到背后呢？

依勿要急啊，阿姐想办法，我一定要救侬！说完，就要走。

燕燕抓住盈衣，不用了。阿……阿姐，对不起……

盈衣心里明白，她是找不来钱的，没人肯帮这个可怜的女人。只好重新坐到床沿，依旧握住了燕燕的手。

燕燕断断续续讲出了逃婚的真正原因。她说她已非完璧，不配嫁进花家。原来，她逃到上海的当天就被骗失身了。那年她才八岁。

天啊，八岁！真不知道这个小姑娘是怎么活下来的。盈衣心里恨啊，恨父亲为什么不坚持让平伯伯和他们一起出来？幼年丧母的她，又遭丧父之痛。好不容易逃出来，又受尽了惊吓和凌辱。母亲、外婆和盈庭的死，不也是他的错吗？唯一做对的事就是把燕燕拽回了家。那年，燕燕十四岁。六年！其中这六年她怎么过的呢？

燕燕告诉盈衣，那个流氓控制了她好几年，后来嫌麻烦，不要她了，送她去跳舞学校，说是让她自食其力。

这种学校盈衣听说过，投机分子开的，附有小型舞厅。男学员学一支舞就要十块、二十块，而女学员跳一个月只要五块。老板精呢，他是要女学员陪舞。有诱饵，还怕鱼儿不来？

后来怎么样，燕燕没有说。盈衣想，不会在舞蹈学校六年吧？她一定是学会了跳舞去舞厅谋生。高档舞厅还好，舞女不必卖身。可是无依无靠的，不到十四岁的小姑娘是进不了一流舞厅的。她一定在那种小舞厅里混饭吃。那些小舞厅，吃茶不用钱，花三块钱就可跳个通宵，姑娘可以随便玩弄。盈衣是受过冻饿的，一个人到了饥饿的时候，谁还顾得了身价，管得了尊严呢？父亲说，遇见她的时候，她穿着一双红色的破皮鞋，一件不合身的旧旗袍，下摆撕破了。这就是佐证。她的青春，她的美丽，不知有多少人蹂躏过呢！你能说她贪图享乐吗？何乐之有？谁知道她心里的苦楚？那些芜杂和古怪念头，难说不是苦水里滋生出来的激愤。原以为，自己受的苦是别人无法比的，燕燕才是黄连水淘饭，口口苦呢！

上海的色情娱乐太多了，那是个醉生梦死的销金窟，变相的肉市场。

原本很质朴很节约的人，耳濡目染，也会蜕变，何况一个不谙世事的女孩子？现在想来，父亲的约束倒是好的了。可惜，父亲和自己的这个家，只挽留了她六年——荣生和她的婚事竟然成了她出逃的催化剂。燕燕，你糊涂啊！你不愿意，谁又能相逼？何必非要出走呢？她能理解阿英。但是不理解燕燕。你为什么要这样？为什么要糟蹋自己？盈衣的声音因激动而发抖。

燕燕突然笑了笑。那笑，凄美至极。

她从来没有笑过啊，甚至也没哭过！就为这不哭不笑，盈衣哭了个提海倒江。

那是个多可爱的小姑娘啊！他们逃难到浦东平家，燕燕把头埋在了她怀里……她瞪着乌黑的大眼睛挨近她，央求道，阿姐，教教我吧。教教我怎么做老鼠……盈衣埋头吃饭，坐在边上的燕燕一直在看她，吃几口，看看，吃几口，又看看。她夹了一筷子绿豆芽，放进燕燕碗里……

她的伤在哪儿？盈衣跳起来，奋力翻过燕燕不再动弹的身体。背上的衣服被鲜血浸透了，沾在了身上。她找来一把剪刀，缓缓剪开，洗去血污……天，腰以上部位密密麻麻的小洞！有的已经化脓。不像是枪眼，这么多子弹打进去，她早完了。她的手够不到背后啊，怎么弄的？盈衣后悔自己只顾哭，忘了问清楚。她说她讨厌活着。讨厌活着……讨厌活着，盈衣一遍一遍嘀咕，眼睛在屋子里扫视。看见墙上那片暗红色，便走过去，双手撑着膝盖仔细观察。墙上有几只棺材钉（专门钉棺材的长钉子），上面全是褐色的陈血。难道她用背部撞的？为什么不用刀或剪刀，那样痛快些呀。甚至可以跳楼，跳江。为什么要让自己受尽折磨慢慢地死去？难道她不知道痛苦不觉得痛苦了吗？她说她承受了所有的痛苦，她要消灭痛苦。这就是“我讨厌活着”的意思了。把她带进深渊的是战乱，是日本人的侵略，是上海这个光怪陆离的社会……直接的诱惑来自王子琦。王子琦是华衣，代表了上海的浮华，而燕燕，是华衣里的白骨。假如没有王子琦的出现，平燕燕也许和她花盈衣一样，做个女裁缝，哪怕是小大姐，安安分分地过日子。哪怕清贫，哪怕被人看不起。笑贫不笑娼只是轻浮人的轻浮看法，在大多数人眼里，娼妓始终是轻贱的——谁能说交际花、舞女和娼妓不一样？本来就是阿大和阿二的关系，都是色情业。王子琦给燕燕买这买那，这排场，那排场，无非是在花钱买燕燕呢。城市是什么？城，居住之地，市，买卖之所也。什么都可以买和卖。房东开门进来已经是两天后了，两天来，那些小窟窿里一直在流血，就像岩洞里的滴水，日日夜夜，无休无止。由此可见，她内心的痛苦有多深，对自己的身体有多恨。吞噬这花样生命的，不正是所谓“繁华”吗？

为了证实自己的推测，盈衣靠墙坐着，用背去撞钉子。只隔着一层薄薄的衣服，那钉子一下子钉进了肌肤，盈衣痛得呲牙。用手丈量了下，伤口要比燕燕高一些。这是对的。她比她高。

盈衣一遍又一遍地擦洗燕燕的身子。她要让她干干净净地走。

当她倒掉最后一盆血水时，夕照已在天边。血红血红的。仿佛是，刚才的那盆水，泼上了天。

屋子里的景物渐渐模糊，燕燕雪白的身体就像月光下的汉白玉。盈衣找出燕燕和荣生订婚时穿的墨绿色旗袍，帮她穿上。她在她指尖慢慢变凉。

屋子里，充斥了焚尸炉般的气息。

盈衣慢慢走出来，坐在冰冷的台阶上。

夜深了。市声渐渐渺远，电车的咝当声，仿佛丧钟。

7

盈衣无事可干了，阿六有点光火，但是又不能说。他不想逼女儿。毕竟，他做错了一件事，虽然心里还觉得没错，可客观上他错了——他居然没看出来水根是个投机分子。这使他对自己的判断能力产生了怀疑。他决定不再为盈衣的出路使太大的劲，免得使错了方向。但是，盈衣决不能这么闲着。他得去找花凌海，特别是苏兰兰想想办法。老话说，穷在闹市无人问，富在深山有人寻。他阿六不想这么没骨气，但是，没办法啊。现在他老了，没心情也没心力吃手艺饭了。门房的钱刚够自己糊口，儿子也是三钱两钱的没有保障，你叫他怎么办？苏兰兰的活动能力不可小觑，有着很好的人脉，她周围的太太奶奶就是一个不小的市场——如今，就是做小大姐也要有人介绍的。但是，他又不能直说。他不能不顾及面子，面子是节气，是自尊。他搓着两只手，强笑道，二妹有衣裳只管拿来做啊。

苏兰兰微微一笑，也不说好，也不说不好，抬手捋了捋新烫的及肩卷发。她那翘着兰花指的手只是顺着波浪走了走，并没有触到一根头发丝。上海女人的风情和娇媚，总是在举手投足间自然透出来的。而她，不过是个乡下土财主的浑帐女儿在装腔作势罢了，自己偏偏来求她！在这样的心境下，阿六自然是不舒服的。脑子里突然冒出市井顺口溜：俏 × 俏奶奶，买朵花戴戴……

苏兰兰不知道阿六在腹诽她，热情地说，阿哥，侬坐呀，难得看见侬的。现在不开铺子，空了哦，经常过来白相相呀。

阿六干咳了下，坐了下来，双手老老实实放在膝盖上。苏兰兰一扭腰，坐到了他对面。张妈送了两盏茶来。粉胭脂红的盖碗。这是老太爷做寿的时候喝过的盖碗啊。就在那天，他把女儿花盈庭许给了花之蝶。阿六微微颤抖的手把茶盏端起来，那盖子筛糠似的撞击着茶碗，发出叮叮当当的声音。他赶紧摘去盖子，呷了一口。

苏兰兰发现阿六有些紧张，以为是大伯小婶对坐，心下不安，便笑着解释，侬阿弟出去了，有啥事体伐？回头我转告伊。

阿六忙说，呒啥要紧事体，我来望望伊。

没啥要紧事体，那么还是有事体咯。苏兰兰抿嘴一笑。

阿六坐不住了。她这一笑，那一笑的，弄得他十分尴尬。别弄出什么不好听来。他说，我回去了。改日再来。苏兰兰说，勿急的，坐一歇么……荣生做得还可以伐？

终于切入正题了。阿六抬起的屁股又放了下来，皱起钢针似的眉毛说，马马虎虎吧，不大稳定。倒是盈衣……

不行，他说不出口。他说她只会买菜烧饭像个女佣？还是说他养了个吃白饭的？

是不是还没婆家呀？苏兰兰关切地问。

阿六点点头。这是实情。但不是他来此的目的。苏兰兰一定是误会了，以为我来托大媒呢。她认得的那些人，都是有钞票的，怎么会要一个有缺陷的，嫁过人的女人呢？干脆，直说了吧！

侬有不少小姐妹吧？她们有没有要找走做的？

苏兰兰摇摇头，淡淡地说，这倒不晓得。直到现在，她才知道他的心思。心想他也太看轻我们了——像我们这种人家，介绍自家的亲眷去做小大姐？怎么被他想得出来的！

阿六的眼神黯淡了，站起来告辞，我真的要走了。出来时间不好长的，我在看门呢。

苏兰兰遗憾地说，下次早点来啊，多坐一歇。

阿六嘴上答应，心里却是懊恼得要死。塌台，真塌台！

……

盈衣走前关照荣生，如果父亲回来就说，出去找事情做了。阿六原本心情不好，听荣生一说，蛮开心。女儿很懂事。可接下来就光火了——她居然一夜未归！上海这么乱，学坏是极其容易的事。尤其女人。就像一只好好的苹果，只要有针尖大的伤口，就会彻底烂掉。阿六想，宁可打残她也不能让她烂掉！他凶狠地问荣生，阿姐到底到啥地方去了？荣生说，我也不晓得呀。可能辰光弄尴尬了，碰着宵禁。

瞎说！早上 5 点就解禁了。

也许过会就回来了。荣生想，姐姐不让说，不让说自有不让说的道理。

傍晚时分，淅淅沥沥下起雨来。荣生把家什搬了回来，问父亲，晚饭吃什么？阿六没理他，依旧站在窗前。

穿过雨幕，阿六望见女儿孤独的身影在雨夜中踟蹰而来。心里酸楚，说不清是怜惜，是恼恨，是无奈，是悲凉。

盈衣一脚踏进来，地上立刻湿了一大片。

阿六克制住心里的担心，冷冷地说，侬到啥地方去了？

盈衣喃喃说，伊死了。

啥人死了？阿六皱起眉毛，侬闲话讲讲清爽！

平燕燕死了！盈衣突然大喊起来。样子像要吃人。

阿六脸色如土。

荣生诧异地说，怎么会？前几天还好好的啊。

阿六咆哮起来，你们都晓得她在哪里，为啥不告诉我？

盈衣对父亲的话置若罔闻，一屁股坐到了杌子上，止不住的颤抖。荣生连忙从脸盆架上取下干毛巾递给她，阿姐，先换衣裳去，当心感冒。

盈衣歪歪斜斜往阁楼去。

荣生小心翼翼地说，阿爸，我们帮燕燕办后事吧。燕燕的出走乃至死亡，多多少少，和他有关系，因此他心里有几分内疚。

阿六白了儿子一眼，废话。

房东坚决不让他们在这里布置灵堂。她横眉立目道，放那娘屁！伊一家门死光关我屁事！真是霉头触到脚跟上了，房租没收到，屋里还死了人。扯那娘的，滚滚滚，把尸体抬出去，滚！阿六刚要发作，被儿子拉到身后。荣生平心静气地说：阿姨，要是阿拉不来，这事体就摊到侬头上了。平白无故，屋里抬个死人出来，勿要讲邻舍讲闲话，就是警察，也不会放过侬的呀。阿拉来，不是解决了侬的难题吗？灵堂么，简单来西的呀。

荣生的话软里带硬，房东呆了呆，悻悻地说，侬保证弄清爽哦，勿要有死人味道。说罢，白了阿六一眼，昂着头，咚咚咚，走了。

阿六关照荣生守在这里，自己急急往家赶。他得找个人商量商量。

张家姆妈闻言大吃一惊，拭泪道，可惜了我这如花似玉的干女儿。伤心归伤心，眼下最要紧的是处理后事，天热，又是在别人的房子里。

火葬还是土葬呢？阿六委决不下。张家姆妈说，外国人才火葬呢，中国人是要留全尸的。剩把灰算什么？阿六却想，打仗的时候，尸身横飞，哪来什么全尸？你是没见过而已。张家姆妈仿佛猜到阿六在想什么，说，就算你想火化也呒啥脑筋好动。静安寺庙对面的火葬室是外国人用的，轮侬不着。西宝兴路上那爿呢，正好在修筑（改造），那是火化无主露尸的。燕燕怎么是无主露尸呢？

其实，阿六想的是，一个人埋下去和一只骨灰坛子埋下去，花的钞票是不一样的。

张家姆妈见阿六不语，晓得他在为难钞票，就说，燕燕的坟地我来买，阿拉葬到万国公墓去。接下来，两人商量细节。诵经、贳器、筵席，这些都免了，说到整容，两个人意见不一,一个说要，一个说不要。阿六说，死也死了，弄眼（点）颜色涂在上面有啥意思，浪费票子。张家姆妈连连摇头，20岁的小姑娘，这副惨兮兮的样子，作孽勿啦？到阴间去，阎罗王也不欢喜。一不欢喜，就要吃苦头了。伊活着吃苦头，死了也要吃苦头啊。说着说着，哽咽起来。阿六不会安慰人，只说，好的呀，好的呀。侬讲啥就是啥。

路过绸布店，张家姆妈进去买了一匹白绸。阿六问，买这个做什么？张家姆妈说，新衣裳来不及了，买了也穿不上。尸身肯定硬了。

张家姆妈进门就是一呆，燕燕身上清清楚楚穿了件订婚时的衣服。估计是盈衣干的。但是，死人是不能穿旧衣服的，就算看起来新的也不行。

张家姆妈用白绸裹完尸体，中国殡仪馆的车子到了。

荣生眼睛红红的，捧着刚买的鲜花钻进灵车。20朵白菊花。一朵花，一年命。张家姆妈的身子随汽车的颠簸而摇晃，问身边的荣生，阿姐呢？怎么不来帮忙？

8

盈衣上楼就倒在了床上。头痛，心悸，恶心，四肢乏力，直到第二天夜里才下楼来。她穿了一件黑底白花的无袖旗袍，脸色像刚从棺材里爬出来的，眼睛还有些红肿，整个吃饭过程中，显得病怏怏的，沮丧而懒散。荣生静静看了她一会儿，眼圈儿红了。

阿六在记账。入殓费、运尸费、洗面费、化妆费、消毒费、棺材费、租车费，一家一档，全进去了。死不起人啊！阿六取下老花镜，呆呆地看着对面的女儿。这孩子，心重。弄点事情做就好些的。花凌海那里一直没有消息。苏兰兰应该明白他的意思，也一定会告诉她的丈夫的。或许，他的厂里需要个烧饭的。他的工人总要吃饭吧？

仿佛有心灵感应。阿六一牵记，张妈就跑来了，说六老爷，我家老爷叫你去一趟。什么事？阿六心里有只老鼠在窜。也许盈衣的事有消息了，也许出了什么事，啊呀，千万别出事，我可没钱应付了。张妈说，我也不晓得。

花凌海正躺在摇椅上养神。张妈说，六老爷来了。话音未落，阿六闪身进来。花凌海站起来，招呼阿六坐到靠窗的椅子，他坐了对面。

阿六直愣愣地看着他，等他发话。花凌海笑着说，阿哥侬上次来我不在，兰兰说了，大概是为盈衣找事做吧，我这里不方便安排，张兄倒说，不嫌弃的话到他那里上班去……

哪个张兄？阿六念头飞转，想不起来。张妈送茶进来，又退了出去。阿六看了茶几一眼，这是青瓷的，和上回的不一样。每回喝茶，总会勾起一段往事。这种杯子，记得老太爷丧事时喝过。

丽华热水瓶厂的张老板啊，张向东。侬认得的。

阿六想起来了，是那个招风耳朵。

依的意思是？阿六探询的目光扫向堂弟。

咳咳，随便伊安排啦。花凌海想，小大姐都做得，做厂怎么做不得？

当然，当然。阿六欠了欠身。

无论如何，总算有着落了。他的病不是好了吗？怎么还在咳嗽。心里有点害怕，起身说，侬休息吧。到辰光我叫盈衣寻张老板去。

……

好哇，张炳南！真是冤家路窄！盈衣一听让她去丽华热水瓶厂，心里的火就上来了。她决定要收拾他。可怎么收拾，心里却没有底。去了再说！

事情没像阿六父女想的那么顺，也没花凌海想的这么顺。

张老板说，花兄啊，不是不拨侬面子，开工不足，不是用人之际啊。

他说的是实话。抗日战争爆发后，保温瓶行业在战争中损失惨重，大部分厂房、设备被炸毁，几乎全部停产。厂主只好重新找厂房，买机器，奋力自救。可新的困难又来了——太平洋战争爆发，日本人把上海的钢铁搜刮一空，热水瓶厂的生产难以为继（其时，市面上只有铁壳热水瓶）。民国30年，竹壳保温瓶应运而生。张向东仅靠做瓶胆，苦苦支撑。成也萧何败也萧何，竹壳热水瓶不需厂房不需机器，竹刀、刮刀、剪刀，“三把刀”就搞定了市场。价廉物美，老百姓谁不喜欢？在后来的竞争中，竟然出现大厂房打不过小作坊的局面。抗日战争胜利后，工商界人士出于对政府的信任和前景的看好，回迁的回迁，复业的复业，市场开始复苏繁荣。但是，在官僚资本的控制下，日用工业品为主的美货，以低于国货的三分之一至五分之一的价格强占了市场，国货销售一落千丈。不少工厂相继倒闭。这一重重的扑打，即便燎原之火也经受不起呀。五十多家热水瓶厂只剩下了十六家，竞争空前残酷。就在去年，也就是民国35年，上海旦华实业厂弄了新工艺，以铝壳代替了马口铁。人么，趋新弃旧，他张向东打算跟上马，这是一笔巨款啊，把人家的发明弄过来是要钞票的。

花凌海听完张向东的牢骚，把一只簇新的漂亮铁罐头推给张向东，这个给侬，我勿吃了。我晓得侬困难……但是，你总不能让我亲眷饿死吧？

张向东拿起罐头，看了看上面的牡丹花，知道里面是上等雪茄。一支就要二十块大洋呢。他笑了笑，心里想，这个抵得上花盈衣的两年工资呢。为啥不把这笔钱直接给他们？又一想，救急不救穷啊。他眯着眼乜花凌海，我有穷亲眷也往侬此地送？花凌海听出话外之音：你自己开着厂呢，怎么不解决？遂一笑说，你那里的活轻嘛，我这里没女工。

好好好，我尽量，尽量。张向东把那只雪茄桶往包里一塞，走了，孵混塘（澡堂）去。

花凌海送到门口，双手一揖：拜托拜托，改日我请侬。

拖拖拉拉一个多月，盈衣才正式上工。

张老板背着手，端详着盈衣，这么大啦，上次见你才这么高。他比划了下，像行纳粹礼。我呢，蛮想让侬坐写字间的，不过，文化不够啊，到车间里去好伐？

盈衣说好的，张老板。

哎，张向东手掌往胸前一挡，别叫我老板，叫爷叔。

爷叔。盈衣温顺地叫了一声。领路的是个穿藏青色长袍的男人，约摸四十岁。看样子是职员。那人一路走，一路说，本来呢，老板想叫你称量配料的。哦，我是原料分析员，姓蒯，你叫我老蒯吧。

盈衣感激地点点头，人家本来不需要告诉我这些的。

为啥不叫我去了呢？

被人顶了去呀……按说呢，我不该说老板的不是。他那个儿子，真是会搅事，估计是看上那个小洋鸡了。哦，那个小姑娘原本是装配车间的。

他用叠得方方正正的手帕捂住嘴，咳嗽了一阵，继续说，称料呢，要比装热水瓶省力点，不过也有坏处，总归有粉尘的……你没看见搅拌工呢，因为是敞开式拌料，头发眉毛都是白的，容易生矽肺。

矽肺是个什么东西？反正对肺不好。想起因肺病死去的三个亲叔叔，盈衣面露恐惧，真作孽！父亲肯定不会让弟弟做这种事体的。

什么叫敞开式拌料？

老蒯笑了，就是没有屏障，没有保护啊。

他摇摇头，排一排二算下来，也实在呒啥好饭水（饭水：饭碗），这里的工种基本是水里来，火里去。

什么水里来火里去？盈衣对他看。

吹泡工，在熔炉旁作业，不就是火里么？很容易被玻璃液灼伤的。烘窑工也是跟火打交道的。水呢，一会你就知道了。你看，这里有谁穿布鞋？

可不是，来来往往的人，脚下都是套鞋。

怎么会有水呢？盈衣未及问，装配车间到了。

勿要乱走，叫侬做啥就做啥。老蒯轻轻关照。

“接手”的是个中年女人，肥短的身材，穿得山清水绿，脸上擦的脂粉足有三分厚，旗袍的胸扣上塞了一块丝手帕。盈衣晓得，这人是女工头，“拿姆瘟”。

“拿姆瘟”对老蒯媚笑了下，交给我吧。有空侬请我吃饭啊！

老蒯含糊地应了声，赶紧溜了。

女人冲着老蒯的后背翻了个白眼，小气鬼！她抽下手帕，朝盈衣甩了甩，侬跟我来。说完，昂着头往里走，扭一次腰，挪一步路。

几个工人举着喷枪往热水瓶壳上喷漆，一股刺鼻的漆味道。盈衣打了个响亮的喷嚏。那些人朝她看。

怎么喷花也在这里？盈衣轻声说。

“拿姆瘟”轻蔑地看了盈衣一眼，阴阳怪气地说，喷完不就可以装起来了么？

喂，乔大妹，侬带带伊啊。她朝盈衣翘翘下巴。

噢。好格。糯糯的苏州口音。

“拿姆瘟”招呼的，是一个三十岁左右的女工，她坐在一只纸板箱上，双腿间夹着一只倒放的热水瓶壳，手上拿了一只五磅的瓶胆，正准备塞进去。

乔大妹很健谈也很热心。她说这里工资是按天计算的，每天一块二。盈衣说，我也是一块二。乔大妹诧异道，倷（你）刚来就拿一块二啦，肯定有路道。盈衣这才明白，因为张老板的面子，她跳过了学徒期。

盈衣今天一身短打，大襟短衫，长裤，布鞋。她穿上乔大妹帮她领来的围身和袖套，学着乔大妹的样子，将筒子倒放着夹在两腿间。接下来她就害怕了——必须将瓶胆揿进去，才能旋上托底。要是热水瓶在手里炸了怎么办？还不让玻璃渣子扎个满脸花？

盈衣可怜兮兮地望着乔大妹，师傅，我不敢。

别怕，不会炸的。

有人炸过吗？盈衣吓势势地问。

大妹点点头，炸也不怕。

盈衣想，怎么不怕。沪淞抗战，那三个月不知听了多少爆炸声，现在，听见马路上爆胎也要吓得魂灵出窍的。可是，不干又怎么办？她咬着牙，别转了头，哆哆嗦嗦用力……哎，进去了！盈衣一阵欢呼，擦去满头的汗，不好意思地对乔大妹笑了笑。

乔大妹说，倷看，不是来赛格么。

盈衣没听懂，侬讲啥？

我是说，不是行了吗？

盈衣一听，这人的官话说得这么好啊。不简单呢。她就直直地问了，侬哪能到此地来做的？

乔大妹嘘了一声，神秘兮兮地说，倷第一日来，讲讲闲话不要紧，下趟当心点。

乔大妹就像一位武林高手，轻轻一带，拨开了盈衣的“重武器”。

为啥？

不许的呀。“拿姆瘟”要骂的，弄得不好还要扣钞票。

介凶啊？

当然。侬是第一趟出来做吧？

盈衣嗯了声。忽问，哪里来的水？她的鞋子里咕叽咕叽的，湿透了。这个车间地是干的，可是一路进来却是哗哗的水。

是啊，几个关口要用水的……内瓶割口要汏一遍，镀银前也要汏一遍。喂，手里动呀！套盖旋紧。对，旋紧。不能只顾“讲张”（说话），“拿姆瘟”看见要吃排头（骂）的。

刺毛团！盈衣脱口骂了一句。

“刺毛团”是苏沪一带的点心。将做好肉团子滚上糯米，上屉蒸熟。一颗颗糯米，就像一根根刺，“长满全身”。

侬讲啥？乔大妹顿了顿，明白过来，捂着嘴吃吃笑，像格。圆滚滚的，又凶。

这些往哪里送？盈衣指指装好的热水瓶。

隔壁，她们负责检验、装箱。侬勿要管，有人来拿的。

后来盈衣才知道，她这个工种算是好的。送瓶工的两只脚不比拉黄包车轻松。三只炉窑，进进出出，全靠他们跑来跑去，而且要快。拉泡工也不省力，火头上边烧边拉，全凭腕力。瓶胆检验是跟沸水打交道的，一不小心就会烫伤。而制壳，那些老掉牙的剪刀车、冲床，不知伤了多少人的手。喷漆呢，一是要技术，二是漆那东西有毒，要“咬人”的。

盈衣指指自己坐的纸箱，原来这里的人走了？她想听听看，这个乔大妹怎么说。

嗯侬（她）啊，乔大妹撇了撇嘴，轻骨头，勿要面孔！

盈衣想，看来，老蒯说的是实话。

乔大妹说，小开看上伊了。他是老板的儿子啊。想去哪里就哪里，想揩油就揩油。

盈衣咬了咬牙。

9

盈衣把工资连同加班费都交给了父亲，阿六叹口气，一日工钿还不及一只热水瓶。

阿爸，我要买双套鞋。这是盈衣自燕燕死后对他说的第一句话。这些日子里，她要么默默流泪，要么神情阴郁，死死沉默。阿六做梦也没想到，女儿把燕燕的死因分给了他一份。

十天过去了，半个月过去了，张炳南连影子也没来。也许他还没厌弃那个小洋鸡，也许有了新相好。有得白相呢！

人呀，是牵记不得的。这日快下班时，张炳南出现了。他是和一个陌生男人一起来的，进来时，嘴巴里说着话。

扯那娘的，今朝输得屋里厢也不认得。张炳南摸着油光光的大背头，一脸的懊恼。

陌生男人说，我还好，不寸不光，打平手。

盈衣装热水瓶的手在发抖。乔大妹笑了，凑过来，轻声说，怕什么，他又不会吃掉你。她想，他都没看上我呢，怎么会看上你？

看来，他是带着他的狐朋狗友来观光的。盈衣低了头，耳朵竖起。

少爷好！乔大妹说。

呀，他们过来了！盈衣咬了咬嘴唇，依旧低着头。

两只穿了擦得照得见人的皮鞋脚出现在她眼皮底下，猛一抬头，和张炳南打了个照面。张歪着头，嘴也歪着，他在笑，喂，侬哪能来了？沉倒头做什么？地上有金子啊？

乔大妹赶紧打招呼，张少爷，她是新来的，不懂规矩。

没有你的事！张炳南喝道。

伊瞄得准螺丝伐？张炳南用肩膀撞了一下同伴，哈哈大笑。笑得正起劲，突然啊呀一声，接着一阵响：第一响有点闷，紧接着是一串的脆响，“砰”，哗啦……原来，张炳南仰面摔了下去，他的背狠狠砸在了半箱热水瓶胆上。力道实在猛，箱子破了，地上银光闪闪，一片狼藉。

“拿姆瘟”连忙去拽。张炳南身体太重，“拿姆瘟”力气又太小，才起来一点又摔下去，接连两次。

陌生男人哈哈大笑，笑得前俯后仰。

张炳南一把推开“拿姆瘟”，手脚并用爬起来，恼羞成怒，看什么看，还不去干活？扣你们工资！扯那娘 × ！

等到张炳南骂骂咧咧走远，盈衣脱下身上的围身，蹲下来擦地——她怕其他人滑倒。

哦……，我晓得哉。倷做的手脚。乔大妹正哗啦哗啦扫地，忽然停下来。一个“哦”字转了几个弯。

盈衣抿嘴一笑。

那只装了菜油的咳嗽药水瓶子，她带进来藏在了自己的“座椅”底下。

倷胆子真大。乔大妹竖起大拇指。

盈衣倒是有点后怕——他现在知道我在这里上班了。会不会找上门来？要是缠夹不清，怎么办？

几天过去了，风平浪静。盈衣渐渐心定。

可是她太不了解张炳南了，哪里吃亏要在哪里找回来。

他又来了。

来者不善。

他坏笑着对盈衣说，花——盈——衣，谢谢侬的见面礼。

盈衣心里咯噔一下，也不辩解，狠狠瞪了他一眼。

乔大妹眼睛吧嗒吧嗒朝盈衣看，她不明白他说什么，但是知道他们之间似乎有故事，借口上厕所避开了。

“拿姆瘟”还站在一边，她不敢走，怕少爷有什么吩咐。

张炳南朝她挥挥手，侬去吧，此地不要侬管。

“拿姆瘟”有点吃醋，翻了盈衣一眼，边走边嘟囔，看伊不出，倒是有点来头的。

盈衣见身边没人，心里有点慌——万一这小猢狲动手动脚怎么办？又一想，车间里这么多人呢，量他不敢！她抬起下巴，挑衅地看着他，侬想做啥？

啊呀，侬勿要这副样子么，老朋友见面么，应该亲亲热热，是伐？哎，侬不是蔡小姐的表妹么？蹲在屋里不好？要跑到此地来吃苦头？

盈衣不响。

啊呀，勿去讲伊，反正，阿拉又见面了。缘分啊缘分！他装腔作势地击掌。

盈衣听见他啊呀啊呀的叫，心里的厌恶“噗噜、噗噜”泛泡泡，没好气地说，侬吃饱饭没事体，我没有介空！

凭他再说什么，她是打定主意是不理了。便拖了一箱瓶胆过来，闷头装起来。

啧啧，侬格身材真好，喂，阿拉轧朋友好伐？张炳南双手撑着膝盖，把身体弯成了90度，凑到盈衣面前。

滚那娘青胖咸鸭蛋！盈衣脸一别，在心里怒道。

张炳南见一些女工朝这边看，有的吃吃匿笑，乔大妹在一堆纸箱后闪闪烁烁，想过来又不过来的样子，有点尴尬，直起腰来说，侬忙吧，晚歇会。

会个屁！盈衣在肚子里说。

少爷走好啊！“拿姆瘟”走过来，皮笑肉不笑地说，花盈衣，少爷跟侬讲啥啦？

勿讲啥。盈衣冷冷地说。

嘁！不讲就不讲。“拿姆瘟”翻了个白眼，手帕一甩，喂，手脚快点啊，不够数字要扣工钿的。乔大妹！乔大妹！侬死过来，磨蹭什么！

乔大妹嘴里哎哎地跑过来，冲着“拿姆瘟”的背影呸了一口。

花盈衣，乔大妹朝门口努努嘴，神秘兮兮地说，倷阿是走伊的路子进厂的？我晓得，现在只出不进，不招人的呀，要招也是技术工。

盈衣说，不是的，别人介绍的。

乔大妹又问，这只油头苍蝇搭倷讲点啥？

盈衣摇摇头。

乔大妹指指“拿姆瘟”去的方向，小声说，倷当心点啊，这种人不是好物什。他们是吃血的。倷看我面色不好啊是？血都被他们吃掉了。

盈衣忍不住笑了，我看老蒯倒是还好，蛮客气的。

客气？这是人家不愿意和我们走得近。他们和我们是不一路的，高人一等的。说完，似乎觉得“我们”这词归纳得不准确，补充道，和我不是一路。

盈衣的脸一下子阴了。她听出她话里的意思。

套鞋又闷又热，盈衣生了湿气，奇痒无比。晚饭后，倒了一盆热水，坐在床沿上烫脚。

阿六背朝她，趴在饭桌上记账。也许是老了，一向话少的阿六嘴巴里开始嘟嘟囔囔，今朝这个涨，明朝那个涨。一日涨三涨！真是碰着了赤佬。短命法币，越来越不值钞票了。

笃笃。有人敲门。

啥人啊？阿六叫了声。回头望了望，见女儿没空，便自己起来开门。

一个陌生人。个子很高，皮肤很黑，长方脸，他拿下礼帽朝他鞠躬，老伯伯，侬好！

阿六莫名其妙地看着对方，迟疑地说，侬好。

借着弄堂口的路灯，阿六一眼看出此人穿的是高档衣料，手里拎的大蛋糕来自亚尔培路上的意大利蛋糕店，“文都拉”。

一个有钱的陌生人，向一个穷光蛋老人鞠躬。多少有点滑稽。

来人自我介绍：花阿六伯伯，我是张炳南，阿拉爷叫张向东，是花凌海的朋友。

喔喔，张、张少爷啊。阿六吃了一惊，请进，请进！嘴里说着，眼睛却横过来看女儿：老板的儿子怎么会寻上门？肯定是你闯了穷祸。

盈衣飞快地擦干脚，穿上拖鞋。心里在骂：神经病，侬来做啥？

啊呀，啥少爷啊，阿侄，阿侄。张炳南寒暄着，钻了进来。

三个人挤在了一条线上，就像一串糖葫芦。别说走动，就是转身也是困难。偏偏盈衣端起脚盆作势要倒水。

张炳南只好退到马路上。

盈衣一只脚刚跨出来，冷不防门边的张突然伸出手来，在她鼻头上刮了一下。哗的一声，盈衣手里半盆洗脚水悉数泼在张炳南身上。热雾腾起。等他回过神来，盈衣已经不见了。

张炳南又抖又拍，狼狈不堪。阿六闻声跑出来，看着水淋淋的张炳南，惊讶地问，怎么了？哪来的水。盈衣呢？张炳南嘿地一声，拔脚要走，被阿六一把拉住，来来来，我帮侬揩揩，这副样子哪能到街上去呢。张只好硬着头皮进门。

一定是盈衣干的好事！阿六一边上上下下地擦，一边低声下气地赔不是。心想，该死的小丫头，饭碗要敲掉了！

张炳南尴尬地说，不管她的事，是我撞到了她。

坐，请坐。阿六拉开长凳，不好意思，我这个地方实在小……

客气，客气，张炳南在长凳上坐下，摸了摸头说，我路过此地，顺便来看看你们。眼睛一眨，十几年了。

是啊，辰光真快。阿六敷衍道。心里还在想，他来做什么，他来做什么。

阿六伯伯，我蛮想和盈衣轧朋友的，不晓得侬肯伐。张炳南极其诚恳地说。

这倒是没想到！阿六呆住了。天上掉馅饼？且不说这事蹊跷，此人小时候十分顽劣，就算现在变好了，可两人的身份如同天龙和地龙（蚯蚓），不碰头的呀。从盈衣的反应看，她根本不喜欢他。怎么办？阿六看看桌子上的账本，得罪他，怕是没得记了。但是，又不能答应他，否则，盈衣要恨死他了。阿六决定既要回绝，也要给足面子，谢谢张少爷美意。小女贱命，配不上张少爷的，说完，拱拱手。

张炳南一呆，似乎没想到是这个结果，讪讪地笑了笑说，哦，那我告辞了。

阿六目送张炳南远去，转到隔壁。

果然，盈衣躲在这里，手里拎着那只铅皮脚盆。阿六说，怎么回事？那人身上的水，是不是你弄的？伊哪能想起来要和侬轧朋友？

盈衣满面通红，一声不吭，突然冲回家，抓起桌子上的蛋糕，连同骂声，一起掷了出去：白痴！神经病！

阿六心疼啊，起手“啪”地打了盈衣一记头皮，呵斥道：昏头了侬！

盈衣的泪水顺着面颊流下，声音沙哑而颤抖：燕燕就是害在伊手里的！

阿六一脸茫然。他实在不知道发生了什么事。

第七章

1

一大早，阿六愁眉苦脸坐在门口的阴影里。原本，他的手里会捧一杯茶的。大热天，他爱喝“热辣辣”的茶。捧着茶，看着马路上流动的风景，多少还是有点惬意的。是啊，三个人，一个也没闲着，儿子在隔壁摆鞋摊，女儿在热水瓶厂上班，自己呢，就坐在家门口看看。日子虽不富裕，可也还是能吃饱穿暖。可是，阿六必须戒茶了。刚才，他到隔壁烟纸店去买肥皂，老板拿出一块肥皂往柜台上一丢，说，60万！阿六说，怎么60万了？前天还是40万呢，你这样，我赤脚也追不上啊。老板身子往后一仰，乜着阿六说，有啥办法呢？进价贵呀。肥皂可以省点，汰衣裳的辰光意思意思，可肚皮不给你面子的呀，你倒是想意思意思，可它要抗议，叫你没力气，叫你生病。你是斗不过它的。米价一涨，再涨，三涨，四涨，五涨，涨得买不起了。1月份的时候还是158万一石，到了5月份，580万，上个月更是不得了，1800万！一石米，一百二十斤，三个人，算它每人每天半斤，一个月四十五，两个月九十，九十加四十五……三个月还不到，还是半饥半饱呢。阿六连连叹气。

要是晒晒太阳就能饱，多好！

张家姆妈手里挽了只小菜篮，从隔壁楼梯上下来，看见阿六，招呼道，早！阿六有气无力地说，侬早。张家姆妈说，小菜买好了？阿六摇摇头，酱菜吃吃算了，买啥菜啊。张家姆妈说，哪能来事呢？身体吃不消的呀。说是这么说，她心里也明白。只是，泥菩萨过江，自身难保啊。阿六晓得张家姆妈的心思，笑笑说，再讲，以后就好了。

这话连阿六自己都骗不过。只要内战还在打，这个“以后”还不知道怎么样呢。

张家姆妈讲不出什么安慰话，就说，我去了啊。

阿六点点头。太阳过来了，他又往里缩了缩。

花凌海也不好过。他原想大干一场，起码，将皮箱厂的规模恢复到沪淞抗战前。第一步是走出去了：在后院搭了一座吊脚楼，下面工场，上面仓库，几个月来，运作还算顺利，可是第二步却悬在了半空——前几日看好的一座旧仓库被人抢了去。现在的情况是：第一脚缩不回来，第二步又跨不出去。就这么尴尬。

弄这个后院，要谢两位太太，尤其是兰兰。每棵树，每盆花，每张石凳、石桌，都是她辛苦觅来的。那些树啊，好似长了好几年，其实种下没多久。一个人工庭院的最高境界就是：谁都觉得它们原本一直就站在那里。如今，搞得住宅不像住宅，工厂不像工厂。

下一步该怎么办？厂房虽说还可以再找，但价格不一样了呀。受生产规模限制，回笼的资金毕竟少。这边投入多了，那边就投入少了——原料、机器、人工一样在涨。因此，扩大生产是当务之急，不进则退啊。机会不是等，而是抢——多少热钱被日高的物价消耗掉了？就这么等着让手里的资金缩水？

花凌海越想越怕，越想越急。上海的8月份，正是酷暑，他的后脊却是冷飕飕的。

苏兰兰推门进来，啊哟，我的好老爷！大热天的，侬倒是困得牢。她哗地拉开窗帘，起来吧，张妈烧的小米粥侬尝尝看。我觉得好看是好看，不过呒啥吃头，还是大米好。

阳光瀑布般泻下来，淌在地板上，黄灿灿的。

花凌海眯起眼睛，翻身而起，愀然道，不想吃。

他解开睡衣腰带，重又拉上厚重的呢窗帘。

这种窗帘隔音遮光最好了。最近他老失眠，正好用得着。这是苏兰兰的主意，她说，现在时兴假落地窗帘，整个一面墙都遮住的。

她既想赶时髦又囿于手头不宽裕，因此折中：买舶来货，舶来货料子好啊，但是不对花。她说这还是托人买的，市场很紧俏。花凌海想，就连这窗帘也是不尴不尬。

我是来告诉侬，之蝶刚刚打电话来，讲要回上海。昏暗的光线下，苏兰兰像影子般在屋子里移来移去。

瞎搅！现在回来做啥？我这里用不着伊。花凌海仰起脖子，扣上了衬衫领口又拉开窗帘。阳光下，他的脸愈发苍白了。

苏兰兰化了淡妆，嘴唇上涂了亮闪闪的粉色口红，身上穿了一件粉色软缎齐膝旗袍，光着手臂，手腕上一串粉色珍珠。光鲜而娇媚。

“宁可抱香枝上老，不随黄叶舞秋风”。上海的女人哪，再老也是要俏的。花凌海感慨地望望苏兰兰，摸了摸自己的头。顶上的头发越来越少了，发际线也明显后移……他老了，他们都老了。

伊要回来就回来么。侬勿想，我想！她倚在宽大的沙发里，斜了眼看他。

她不喜欢他落落寡欢的样子，很没劲。

到底不是侬的骨血，冷来西。算了，我又麻将去了。苏兰兰身子一扭，站起来就走。

花凌海没理她，他在想，不如约了张向东喝茶吧，也许他有办法。

2

“小壶天”曾是花凌海最钟情的地方。茶客多为短打、赤足的谋生者。便宜呀，三分银子，就能喝一盏。那种老式的茶盏，是有盖没底子的。他们说话从不遮掩吞吐，消息都是实实在在的，不用担心上当受骗——那些奸商政客会故意放假消息引人上当。而且，他爱吃那里的叉烧包。一口茶，一口叉烧包，味道不要太灵噢。他已经有年头没去了。“一二八”后，虹口的茶房都停顿了。类似的茶馆（有叉烧包的）在武昌路有一家。他们就约在了那里。午饭也打算在那里将就。当然，价格高了，来的也不再是散发汗臭的粗人。他现在需要的，正是来自这个阶层人的信息：有没有小工厂主破产转让，或是外迁的空厂房，哪怕小业主的作坊也是好的。多弄几个，集腋成裘么。

他们挑了临街的座位。

张向东说，花兄，侬不约我，我也要约侬了。肚皮里的话没人可说啊。

怎么？侬也不顺？

怎么不是？张向东看着茶博士冲茶，愁眉苦脸地说，我的贷款到期了，可批发商欠款还没到，这个罚息，可不是一眼眼（一点点）呀。

那侬催啊！

催个屁！催死了也没用。人家说再等等。扯那娘的，再等我要进棺材了。

侬进棺材？我才要进棺材呢。不过，死前也要把棺材弄大点，省得憋气！

张向东笑了，死了还有气憋？

花凌海也笑，老兄，侬手里有没有空地的消息？我想弄大点。老厂房我问过了，加倍银子也不让，人家做大了。我的主要竞争对手就是他。碰着赤佬！老鬼让小鬼吃了豆腐。

上海滩上啥事体没有？小的总归吃亏，实力不够么。我倒听说有爿热水瓶厂要关门，只是，我没这么多流动资金，吃不下来。馋得我口水嗒嗒滴啊。拨侬么……我想想也不合算，地方不比侬原来的厂小，就算吃下来，还要改造，把资金搁死了。寻仓库的主意不错，省了一笔。

花凌海竖起耳朵，想听听人们在说什么，可是只闻嗡嗡声——人人都压低声音说话。又是国事！国事有什么好谈的？只要不打到上海，什么都照常！

忽然，有个人撩着长衫下摆气急地跑上楼来，手里高举着一卷报纸：朱先生，朱先生……出……出大事体了

共军打进上海了？大家不由自主围拢来。

那个朱先生一把夺过报纸，急速地翻了一遍。从头版到末版，都是发行新币的消息。两个眼尖的看见了，头版头条是国民政府总统令：《财政经济紧急处分令》，后面是《金圆券发行办法》《人民所有金银外币处理办法》《中华民国人民存放国外外汇资产登记管理办法》《整顿财政及加强管制经济办法》等条例。

茶馆一下子炸了，几个茶博士愣在那里，不知道发生了什么事。

张向东急匆匆朝花凌海拱拱手，花兄，改日会。

改日会，改日会！花凌海的魂已经不在身上了。

非但他，整个上海人都没魂了。街上的人仿佛像掐了头的苍蝇，又像吃了鸦片，亢奋而混乱。

苏兰兰显然知道了，否则，上了麻将桌是不会轻易下来的。见丈夫匆匆回家，连忙体贴地递上一叠报纸。花凌海关照苏兰兰，任何人不要打扰他。

花凌海关上书房门，逐字逐行推敲，和自己有关的有三条：其一，家里的法币、金条、银洋必须在 9 月 30 日前统统换新币；其二，存货以及未

来产出的皮箱只能以今日市价售出。其三，新币含金，不得兑换。

法币换就换了，本来也不值钱，可真金白银要变成纸头，那是剜心头肉啊。有什么办法呢？违者没收！至于限价销售，再看看吧。这么大的市场，谁管得过来？若有松动，再说不迟。

当下电话副手，摆上柜面的，不撤，卖光算数。仓库里的，冻结！

直到掌灯时分，花凌海才走出书房。脸色阴沉，满面倦容。他让苏兰兰告诉大太毛彩娣，把手里的私房钱统统交给账房造册，由他亲自兑换。

苏兰兰陪着小心说，那，还发还给阿拉吗？

花凌海没理她，拔出钢笔，走到日历牌前，在 8 月 19 日上划了个叉。

3

几乎在同时，阿六得到了消息。自然是在儿子那里知道的。总算，不再涨了。荣生望着难得展颜的父亲，跟着笑了笑。低头摸着手上的老茧，他觉得，事情没这么简单。市场岂能听政令调遣？上海那么多大亨，他们不会坐以待毙的。乱的日子在后头呢。

果不其然，张家姆妈风风火火地跑进来，快点去买物什！阿六说，先去换新钞票呀。换了再买。

啊呀，换啥新钞票，赶紧买物什去！大家都在抢啊！

抢？作啥抢？

张家姆妈急死了，侬真是笨，没看见限价啊。

看见了呀。

大家都在说，买光算了，不拿出来了。到辰光有钞票也买不到物什！懂了伐？

噢，懂了，懂了。谢谢侬来告诉我。

勿要谢了，赶紧去吧！话音未落，人已跑出十来米。

走，阿拉买米去！阿六关照儿子收摊。当年，背米差点挨枪子的情景在阿六脑子里清晰起来。米是顶顶要紧的。可惜，盈衣上班去了，少了个人手。阿六投五投六找空米袋，又分给儿子一半法币，叮嘱道：当心钞票，记住，我们只买米！一定要买到！

马路上都是人，一团团，一片片，就像蚁群在蠕动，看得人头皮发麻。基本是两个流向，换新币的，购物的。家境好的，自然不缺常备的东西，总不能囤积在家里吧？于是换币去。购物的，大都是普通百姓，中下层人，涨价涨怕了，生怕政府变脸，物价又上去，还是买回家安心。再说也没多少钱可换。

抢！当时的市场状态就是这样。

这个状态在逼花凌海和张向东。是心理上的。市场越“热”，他们越慌。这个市场呀，好像伸出一双手，在问他们讨要东西：买无可买了，你们还不拿出来？！更为严重的是，政府也步步紧逼。报纸上频频出现谁谁被吊销执照，谁谁的货物被没收，谁谁被抓了，甚至，还枪毙人。看来，捂不住了！他俩又一次商量对策。

张向东的招风耳朵抽了抽，沮丧地说，上海人怎么购物力这么强呢？侬讲，热水瓶又不能吃咯，掼了听个响？又不能停产，停了，不等于自杀吗？不停是死，停也是死。我不晓得怎么办好了。

花凌海叹口气，我不是一样？批发商好打发，都是熟人，总不好意思来屋里搜吧？门市上就不来事了，轧得一塌糊涂。原想存货卖完就不卖了。也不晓得是啥人透露了消息，讲工场里还有。好唻，这两日，天天门口轰了不少人。侬晓得的，我一家一档全在后面，哪能叫伊拉进来呢？只好讲，卖完啦。我这个物什不比其他，做起来慢来些的，耐心等等啊。唉，就怕伊拉不相信，来个检举。花凌海像驱赶什么东西似，挥挥手，算了，拿出去算了，省得没有太平觉困。

说着说着，花凌海一阵心酸，颇为哀怨地说，阿拉啊，还不及乡下人，不及吃吃做做的老百姓。他们是，无产可贬，不受影响啊。

张向东喝了口水，不以为然地摇头，乡下人？做做吃吃？帮帮忙，这种日子侬倒是过过看？

花凌海哑然。

囤积的大有人在。当然，还有黑市。这是市场，这块硬币的另一面。花凌海们明明知道也不敢啊！没有资源和财富支持，不从政令者，是没有好下场的。

两人比较来，比较去，有得没收，还是多少回笼点好。这边尽量快，那边尽量慢——快点进原材料，慢点出售产品。可是，他俩打的是如意算盘——哪里还买得到原料呢？千做万做，蚀本生意不做。大家都这么想，自然是有价无市。

敲门声骤然而起。花凌海脸色骤变，又来了！张兄侬坐一歇，我去看看。

是张妈。她慌慌张张地说，二太太觉过去了。

花凌海一呆，立刻转回书房，抱拳道，内人不适……失礼失礼！

张向东起身说，侬忙吧，电话联系。

花凌海匆匆赶往苏兰兰卧室，问身后的张妈，哪能桩事体？

二太太接了一只电话，好像是少爷坐的轮船翻了。

啊？花凌海眼前一黑，身子晃了一晃。张妈连忙扶住。

老爷！老爷！毛彩娣心急腿慢地走过来。花凌海站住了等她，两人相扶着，软膀软脚地走了进去。

满屋的深褐色家具，此刻显得分外阴沉压抑。沙发套子、坐垫、床上用品差不多都是白色，只有大红大绿的靠枕显出一点生气。苏兰兰身着砖红色及膝水纹绸旗袍，棉絮般瘫在床上。两只雪白的细胳膊呈“=”型搁在肚子上，仿佛盘子里搁的两条小餐巾。双目紧闭，脸色惨白。

花凌海吩咐张妈，快，打电话请医生来！

苏兰兰突然睁开眼睛，大叫一声，啊，儿子回来啦！随即跳下床来，在屋子里不停地跑来跑去，儿子回来了，快放洗澡水，儿子回来了，快点快点！

花凌海拦住了她，兰兰，兰兰……侬醒醒啊！

苏兰兰愣愣地看着他，侬是老爷？来得正好，快点帮我拦牢儿子，伊又要走了！边说边抱住花凌海。

医生，医生怎么还不来？再打电话！花凌海跌足道。

毛彩娣两只手颤抖着合起来，竖摆在自己胸前，嘴里一个劲地念佛。

……

等到苏兰兰睡着，花凌海问医生，我太太精神出问题了？医生说，急火攻心。别再让她受刺激。

花凌海吩咐下人小心看护，不得疏忽。自己回到书房，把当天的报纸仔仔细细看了一遍。没有沉船的消息啊。这么大的事，不会不刊发的。谁来的电话呢？会不会恶作剧？是被他打发的批发商？买家？可是，他们不知道之蝶要回家呀。于是再叫来张妈，侬接的电话？是。听出是谁了吗？摇头。你接了叫二太太听的？是。说了找二太太？不是，是找老爷。您和张老爷在谈事情，所以我叫了二太太。花凌海挥挥手，张妈退了出去。

他坐到写字台旁，燃起一支香烟。才吸一口，赶紧掐灭。真是昏头了，烟不是戒烟了么？！

啊呀，我真笨，为什么不直接打电话给之蝶？花凌海跳了起来。

电话没人接，只有嘟嘟的长音。他一直打一直打，直到晚餐时分，那头喂了一声。花凌海试探道，之蝶？那头说，爹爹，是我。花凌海哽咽道，儿子，侬好的呀。花之蝶说，好的，就是忙，得过一阵回来了。噢，好好好。没事，只是问问侬。

花凌海撂下电话，觉得双腿发虚，慢慢踱到窗前。眼皮上撩，望着亮灰色的天空出神。

脑子里的东西越是多，越是木。他就这么怔怔地站着，半天也没想出关于翻船谣言的出处，他搞不明白，苏兰兰怎么就信了呢？对方说是谁了吗？我的朋友？不会！又想，儿子既然好好的，追查下去也没意思了。

张妈在书房外说，老爷，用餐吧。

花凌海走出来，直接去了苏兰兰那里。他轻轻握着她的手，在耳边说，兰兰，兰兰，阿拉儿子一眼（点）事体也没有，那只电话是误会，误会呀兰兰。我已经和之蝶通过电话了，伊好好的。真的，我不骗侬。不相信侬自家打电话。

苏兰兰睁了睁眼睛，却是说不出话来。脸色却是转过来了。

花凌海松了一口气，吊着的心方始安定，也不吃晚餐，沐浴后，吃了三片安眠药，躺到床上。他想好好睡一觉。

这一躺，就起不来了。思虑过度，加上睡眠严重不足，拖垮了他原本病弱的身体。

“空空空”一阵阵来自身体深处的猛咳，累得他吭哧吭哧直喘气，才吃一点，又全呕出来，脸色潮红，浑身虚汗。

毛彩娣坐在床前，摩挲着花凌海瘦骨嶙峋的后背，哭道，老爷呀，侬倒是困了床上，叫我哪能办呢？叫我哪能办呢？

花凌海边喘边说，侬……侬叫阿拉娘上来，让伊来，帮帮侬。皮箱厂就……先关了吧，反正……反正做也是亏……不做也是亏……叫账房把工人的工资结……结了。说完，闭着眼睛喘气，喘一阵，咳一阵。先是血丝，后来就是大口的鲜血了。鲜红鲜红的，混着液体。毛彩娣急得人中吊，完了，痨病复发！吩咐张妈叫救命车，自己七手八脚给丈夫喂云南白药。

救护车来了，苏兰兰撑着要跟去，被毛彩娣挡住：阿妹，求求侬，太平点吧。我一家头（一个人）实在顾不过来。

她怕苏兰兰传染上，全然不想自己也有可能被传染。

医生安慰眼泡红肿的毛彩娣，咳嗽不要紧，就是要咳出郁积在呼吸道内的血块，避免窒息。

护士看着鲜血一滴一滴输进静脉，临走，顺手把将仰面躺着的花凌海脸侧过来——她说防止咳血吸入呼吸道。

毛彩娣在医院里陪了一天，觉得这么下去也不是办法，打算雇人来照顾他。可是，一说是痨病，谁也不肯来。富贵病啊，谁生得起？毛彩娣只好塞钱给看护，让她多关照，有什么情况及时联系。她是近五十的人了，熬不了夜。再说，苏兰兰时好时坏的，她也放心不下，万一发作起来，一把火烧了房子怎么办？有人说送精神病院吧。毛彩娣不同意，老爷也不会同意的。毛彩娣琢磨着要不要把花之蝶叫回来。又想，回来必定要去看老爷，传上了更不得了。好在婆婆要来，倒不是要她做什么事，好歹，自己肩胛上的责任要轻一点。

4

对于限价，阿六喜忧参半。一方面担心政策会不会变，有钱能不能买到东西，另一方面担心女儿的饭碗。对他来说，当然希望“8.19 防线”固若金汤。而对实业家，可是要命呢。张老板撑不下去——女儿就要失业。

他隔着方桌凑过去看墙上——他把报纸上的一行字帖了上去：全国各地各种物品及劳务价，应按照 1948 年 8 月 19 日各该地各种物品货价依兑换率折合金圆券出售。

劳务价。阿六的指头点到这里不动了。心里琢磨，劳务价就是薪水吧，下个月，她的薪水改发金圆券了。

“我本是顶天立地男儿汉，这好汉无钱到处难。”小赤佬，侬倒是开心。儿子的一句《秦琼卖马》触动了阿六的心事。唉，怎么不是呢，好汉无钱到处难啊。

女儿一回来，花阿六就问，那厂里正常伐？

花盈衣摇摇头，听讲要轮班开工了。

轮班开工不就是有人有活，有人没活吗？阿六急了。一急，就想着去花凌海家，他得敲敲边鼓，打打预防针。

带她去还是不带她去？他看了盈衣一眼。还是带吧。于是关照儿子，侬带只眼睛看好点啊，三星大楼不能出事！晓得伐？荣生说，晓得了。放心去吧。

进门，张妈就说，六老爷来啦。又看看盈衣，这位是？我女儿。盈衣对张妈笑笑，张妈呆呆地看着盈衣。父女一点不像，一个长方脸，一个瓜子脸，估计像娘呢，她娘肯定好看，这个六老爷，还蛮有艳福的。张妈引阿六们进了客厅，端上茶来，说，我去叫太太。

叫太太，为什么不叫老爷？阿六有些奇怪。

毛彩娣看见阿六眼圈就红了。阿六吃了一惊，妹妹，怎么了？毛彩娣如此这般说了下，作孽，不晓得哪个赤佬恶死做，放假消息骗阿拉，侬看，屋里横倒两个，不是要了我的命吗？

阿六同情地看着毛彩娣，半晌才说，唉，真是想不到，真是想不到。那么，阿弟现在情况……

好转了，隔几天咳一次血，每次一调羹左右。有时鲜红，有时咖啡色，有时血丝。面色不灵，精神也没有。

医生在呢，一道去看看？毛彩娣征询道。她想，要是怕传染就别去。

阿六眼睛眨了眨，念头飞转，传染病！饭碗！怎么取舍？管他呢，不会这么巧吧？再说箭在弦上，不去说不过去。因此说，走，看看去。

花凌海见堂兄来，挣扎着要起来，被阿六一把摁住，别动，听医生怎么说。

盈衣站在一边看医生开方。龙飞凤舞的，一个字也不认得。毛彩娣似有同感，央道，请先生念一遍。那人是个谢顶的矮胖男人，小而细的眼睛瞟了毛彩娣一眼，出药人能看懂。毛赶紧塞上钞票。男人收起钞票说了声谢谢，这才拿起方子念叨：当归、赤芍、天冬、侧柏叶、茜草根各 10g，熟地、生地、藕节各 15g，蒲黄、甘草各 4g。念毕，咕哝道，侬又勿懂。想起钞票的好处，又额外叮嘱几句：淤血不去则新血不能归经，当以养血化瘀为原则。按此方每日 1 剂，连服 7 天。若无咳血，再续前方，巩固疗效。

病愈后，花凌海再无心气办厂。

花之蝶接棒，把黄河皮箱厂办得轰轰烈烈，直到 1956 年公私合营，此是后话。

毛彩娣吩咐张妈去药房，又带着花阿六父女去看苏兰兰。

苏兰兰像只猫咪，蜷缩在窗下的大沙发里，紧紧抱着一只花枕头，面无表情地看着来人。

盈衣望着她，百感交集。她的这个小婶婶曾经像《红楼梦》小人书中的凤姐，百伶百俐的一个人，如今，只剩下一个空壳子了。

她的这场病，花凌海的病都是因之蝶而起啊。要是她花盈衣听见噩耗会怎么样？大病一场甚至精神出毛病？盈衣不禁呆了。

毛彩娣俯下身子问苏兰兰，妹妹，侬认得伊拉伐？

苏兰兰微微点头，挤出一点笑。

毛彩娣吸了下鼻子说，阿哥，你们在这里吃饭吧。

阿六正犹豫，一个苍老的女声从门口传来，是啊，留下来吃饭吧。阿六转头一看，这不是乡下婶婶吗？他的亲婶娘，花凌海的母亲。阿六赶紧扯了盈衣迎上去，双手扶住，婶娘，侬哪能来了？老太太说，看看儿子，伊身体不好。

花凌海站在门口，望着屋子里五个人，强忍住眼泪。她们，他的女人，一个也没放弃他。就连堂兄也不避险。心里又是感激又是悲凉。

水晶吊灯，精致的餐具，可口的饭菜。六个人围坐在古色古香的红木雕花圆桌前，你让菜，他添饭，尽管大家都在营造快乐的就餐气氛，可还是难掩愁云惨雾。

阿六想，这种情况下提盈衣的事怕是不方便，再熬熬吧，辞退她倒是不太可能，不看僧面看佛面嘛。那个张向东和花凌海不是一日两日了，不会叫她卷铺盖滚蛋的。

饭后，又吃了一盏茶，阿六便告辞，邀婶娘方便时来家吃个便饭，说难得上来，一定要给面子的！不用担心我请不起，荣生皮鞋摊生意蛮好，盈衣也在做生活。说到这里，阿六盯了花凌海一眼。他想，我领子豁拨侬了，接不接，在侬！

“豁领子”，旁敲侧击也。

盈衣暗地撇嘴，生意好？半日赤佬也没一个。

毛彩娣说，阿哥放心，我会送老太太过来。

5

果然，第三天傍晚，毛彩娣把老太太送了来。这老太太呀，典型的南方人，俗称小洋鸡身材，又常年在乡下（上海人嘴里的乡下不是指农村。比如，他们把原是上海“顶头上司”的苏州也叫做乡下），她的脸色红润有光泽，走起路来一点不像70多岁的人。尽管如此，毛彩娣到底不放心，还是亲自送她过来。阿六像等在岸边的渔民，看着“货船”一点点“开”过来。说她们是货船自然是有道理的。阿六想了，人家这一家到底是脚路粗的，交际广泛，如今这局势天天变，总要有外力支持，才不至于饿肚皮。活命到底还是比面子重要——里子都没了，要面子做什么呢？请老太太来，情谊自然是要的。她和阿叔把他从11岁带到成年。就算自己再难，这顿饭也要请的。此外，也可将自己的难处对老太太说一说，请老人家搭个梯子。

阿六热情地招呼她们，婶婶，妹妹，稀客稀客，我迭个地方实在忒小，转身不开，委屈“那”（你们）了。毛彩娣说，我勿进去了，今朝夜到阿拉屋里厢有“人客”来（旧时上海人把客人叫做“人客”）。阿六说，那我就不耽搁侬了，走好啊！

阿六招呼婶婶上坐，将准备好的小菜从煤气灶下的小橱柜里一样一样搬出来。他一直担着心呢，虽然立秋了，但中午还是很热，怕珍贵的菜肴坏了。他的这些珍贵菜品其实最普通不过了：一碟干煎带鱼，一碟发芽豆，一碟油豆腐塞肉，一碟糖醋小排骨。他将排骨上笼蒸了蒸，又亲自炒了两只菜。一只炒素：香菇黑木耳黄花菜，一只小青菜。随后恭恭敬敬给老太太盛上饭。

老太太朝南，阿六朝北，盈衣和荣生挤在了朝西，靠走廊一面的长凳上。

阿六的眼睛、筷子一门心思都在老太太身上。荣生和盈衣大口吃饭，小口吃菜，夹菜时小心翼翼，只动靠自己最近的菜碟。他们知道，只要客人没吃好，他们也不能放下筷子的。因此，不得不偷眼看老太太吃饭。这老太太呀，吃饭是特别的慢，一口总要嚼上三十多嚼才咽下去。也许所有的老太太都这么吃吧？盈衣和荣生交换了一下眼神，只好“死样怪气”地蠕动嘴巴。

阿六的话比平常多了不知多少，好像他才是老太太似的，他把这些年的事从头到尾说了一遍。老人家不知是嘴拙还是不愿意多说，只是反复说，不容易，不容易。

总算吃完了。坐了一歇，老太太说，辰光不早了，我回去了。阿六吩咐盈衣送好婆回去。

毛彩娣已经等急了，原想吃午饭的，婆母在儿子那里一直磨蹭着不走，午饭拖成了晚饭。说，姆妈，明早去吧，她偏又不肯。年纪大的人啊，固执。她每隔几分钟就要到门口张望一次，张妈说，侬放心吧，勿会出事体的。我立在这里等，侬去陪客人吧。

盈衣和老太太进门，张妈说，总算回来了，太太急死了。盈衣说，我走了啊。张妈急忙拉住，太太吩咐了，说谁送来别叫走，叫带东西呢。

盈衣只好跟着张妈去见太太。

毛彩娣身边坐了一个陌生女人，年纪和毛不相上下，相貌平平，她的打扮却让盈衣眼睛一亮，蓝色凡士林布短褂——这不稀奇，稀奇的是，腰里缚一条灰色的围裙，就像毛毛头围嘴的下半截，上面还有一只大贴袋。围裙三面是荷叶边，上端是条一寸多宽的带子，紧紧系在细窄的腰里，臀部显得格外的大而丰满。她的头发盘在了脑后，银光闪闪的簪子露出一截柄，柄上是桃红色的穗子。黑色的宽腿裤，白色的线袜，下面是一双黑色布底搭配鞋。

盈衣忽然想起婆婆，那个昆山老太，脸不由绷了起来。忽然意识到这是在别人家，赶紧调整过来，恭敬地招呼毛彩娣：大婶婶好。

毛彩娣说，来，盈衣，我来介绍一下。这是我苏州乡下的小姐妹顾太太，这是我家老爷的侄囡，花盈衣。

乡下也叫太太？盈衣这么想着，嘴里却说，顾太太好。朝阳生女人弯了弯腰。

顾太太笑得眼睛成了一条缝，喔唷，当不起的。还是大小姐（未出阁的女孩）吧？话是问盈衣，眼睛却朝毛彩娣看。

这个……，毛彩娣眼睛一转，微微笑道，是呀。侬帮伊介绍一个？

顾太太一口标准苏白，十分好听：真格巧，阿巧笃（笃：的）娘碰着阿巧笃爷，养仔格巧儿子。我从小一道长大的小姐妹，作孽，年纪轻轻就生病死脱哉，男人呢，被人偷偷在茶杯里放了鸦片泡。结果人家吃空，上了吊。三个小人，唉，三个小人，只剩一个，在上海“小吕宋”童装店。是我介绍的。虽说是送送货色，不过有手艺，的的刮刮香山泥水匠出身。香山匠人倷啊晓得？造紫禁城的！

顾太太竖起拇指，摇了摇，继续说，人虽然矮点，但是肯吃苦，实在，不虚头豁险的。说完，把脸转向盈衣，似乎在征询她的意见。

盈衣红着脸，低头不语。

毛彩娣慌忙打圆场，笑道，盈衣，侬回去跟那爷讲啊。

盈衣点点头。脑子有些懵。

6

他站起来的时候，盈衣打量了一眼。的确矮，甚至比父亲都矮。面相倒是不错，发际线再高点就是天庭饱满地阁方圆了。双眼皮，大眼睛，粗短的“一”字眉。鼻正口方，两耳大而妥帖。小平头如同刚收割的稻田。上身穿一件崭新的铁灰色卡其布中山装，下面是宽大的中式裤子，脚上一双黑色圆口布鞋。

他端坐着，听他母亲的小姐妹顾太太介绍自己。

俚（他）叫王永昌，比盈衣大十一岁，大是大了点，不过身体穷（穷：很）好格，一点毛病也呒不。屋里也清清爽爽。工作么，也蛮好的。

顾太太的苏白盈衣有些听不懂，不过大意她是听出来了。这个清爽，也是阿六把她许配给他的徒弟水根的原因之一。是啊，爹娘兄弟姊妹一个也没有。够清爽的！盈衣不动也不作声，木头人似的坐着。父母之命，媒妁之言。她只是一个小辈。小辈要做的就是听话。她是不是跟他走，和他生活在一起，为他生儿育女。全凭父亲一句话。如今，她就像跳了一跳没过去的鱼——，花之蝶！他是龙，她是鱼。他在龙门那边，她在龙门这边。

她偷偷溜过眼睛看他。他感觉到了，对她一笑。盈衣赶紧避开。

阿六很满意，对毛彩娣和顾太太说，那就定了。“小吕宋”是上海有名的百货商店，主营童装，在金陵东路。商场地面全用厚玻璃，内装电灯，一到晚上，灯火辉煌，仿佛水晶宫。这么个店，薪水应该不少。就算失业，还可以靠泥刀养活她。

阿六的信念始终没变：荒年饿不死手艺人。儿子择业如是，女儿嫁人也如是。

没有悬念，没有过程，没有上海小姐少爷式的浪漫，盈衣要嫁了。

她说不出是喜欢还是不喜欢，也没权利说喜欢还是不喜欢。就像上次一样，理由只有一个：给弟弟腾地方。自古以来，女儿总是要嫁的。一回是嫁，两回也是嫁。娘家，只是成人之前的栖息地。如果没有弟弟，也许，就是招女婿了。像王永昌没根没底的穷光蛋当上门女婿完全是有可能的。何况他是一个乡下人，一个外乡人。好歹，她留在上海了。这让她欣慰。

二十三岁花盈衣腰是腰，臀是臀，五官清秀，举止大方。听顾阿姨说，这女人的手工也是一流，衣服鞋子都会做，为人老实忠厚。永昌自是十二分的欢喜。可是，说是娶，他连栖息地也没有。

要说，他在上海有些年头了。他母亲的这个小姐妹是个骰子活络的人，在上海认得的人还真不少，他的老板也是顾太太的朋友。从十八岁来沪，也有十来年了。这十来年，也没挣下房产。住的，是老板提供的集体宿舍。

怎么解决婚房呢？永昌只能等岳父拿主意。而阿六的主意在张家姆妈这里。

张家姆妈又高兴又忐忑。高兴的是，盈衣终于有人家了，忐忑的是，不晓得这个人的人品如何，别像上次那样，弄了个不三不四的轻骨头。阿六说，侬放心，阿拉这个弟媳妇做事体蛮稳当的，伊相信的人也不会错。我看过了，人蛮正派的。伊的穷正是说明的这一点：马无夜草不肥，人无横财不福。发横财的都是什么人？不嫖不赌不投机不坑人的本分人，才是我们这种人家的缘分。侬讲是伐？

经一事，长一智，阿六是觉悟了，稳重了。张家姆妈很高兴，连连说，是啊，是啊。我这个心啊，算是放下了。这样侬看好伐，让伊拉先在大楼里借两天，做新房，过后再想办法顶房子。

除了马桶、提桶、脚桶，阿六给了盈衣一只榉木小杌子和樟木箱。垫箱钿是几串铜板。又把帽子上的一块玉取下来，给女儿打了一只嵌宝戒。新娘子没新衣服不行吧？阿六踌躇着。盈衣仿佛看出父亲的心事，但她不说要也不说不要。对于未来，她觉得很迷惘，就像坐在一只小船上，在茫茫的湖面上飘荡。新衣服算得了什么？出客衣裳便可（老上海把去别人家做客叫做“出客”。有时候表扬某人知礼懂规矩，也这么说：这人老“出客”哦）。

婚宴是毛彩娣一手操办的，她说永昌父母没了，他们就代表男方了。所幸花凌海和苏兰兰的身体一日好似一日，倒也喜气洋洋。盈衣想，不晓得之蝶知道不知道她又嫁人。毛彩娣见盈衣脸上不太活络，心想，她是为住处担心呢。因此说，盈衣呀，侬勿要急，三朝过后，那（你们）就住到阿拉“格答”（这里）来。

永昌闻言朝顾太太看，顾太太点点头。永昌便心里有数，不说推辞的话了。

阿六却说，不来事格，这哪能好意思呢？

花凌海插言道，我也有此意。后楼反正空出来了，住多久都行。

毛彩娣解释说，就是那个仓库，打扫打扫还是可以住人的。吃么，伊拉自家烧也可以，跟阿拉一道吃也可以。

盈衣接口道，阿拉自家烧吧，谢谢爷叔婶婶。

毛彩娣笑了，谢点啥，你们来了，阿拉屋里也多点人气，还要谢谢你们唻。

阿六不满地看了盈衣一眼。心想，我还没说呢，你倒是插上来了，还有没有规矩？又一想，管什么呢？随他们去吧。因此掉过头来，拿眼瞟荣生。儿子啊，你的终身大事怎么办？不知不觉，阿六的眉毛又拧起来了。

说来也巧，张家姆妈隔壁的房间原是租给店员的，此人刚被炒鱿鱼，退租了。张家姆妈求房东拖几天再招租，女房东一口答应：怎么说也是半个自家人。说是自家人，房租也还是要的。张家姆妈死活不要盈衣的钱，说，侬像我小辈一样的，就勿要客气了。

新婚之夜，永昌很体贴。极尽殷勤。盈衣有些诧异，一个从不近女色的男人为什么做那种事这么娴熟，这么会撩拨？

没等盈衣开口，永昌自己坦白了，他是有过一次婚姻的，那女的是苏州人，因此，家也安在了苏州山塘街。那是临河的一条老街，安静而闲适。每个礼拜天，他总要买一大堆的东西回家，柴米油盐，家里一切用度他都安排妥帖。不料才过了一年，女人就跟人跑了。听人说，他们是走水路的，家具甚至大米，装了好几船呢。全卷走了。盈衣唏嘘道，原来侬也是苦命。便觉亲近不少。也说了自己的事。当然，隐瞒了花之蝶这一节。永昌说，过去的扔了吧，那些烂菜叶子不要了。盈衣凄苦摇头，忘不了的。永昌恻然，紧紧拥住妻子，耳语道，我不会叫你再吃苦了。

第二天，盈衣把张家姆妈给的镂花金镯子拿出来给永昌看。

永昌一边把玩，一边感慨，还是好人多啊。盈衣，认她做寄娘吧，反正她也没小辈。多门亲眷走走，闹热点。

盈衣摇摇头。她想，张家姆妈是燕燕的干娘，即便她不在了，也还是。

7

盈衣夫妇在三星大楼住了两夜，第三日中午，张家姆妈请客，饭后，他们就搬到了倪成桥花凌海家。

后楼很空旷，尤其停工以后，异常冷清。周围又都是平房，仿佛就他们吊在半空，空茫，甚至寂寞。按照盈衣意思，他们进出走后门，没事别到前面去。花凌海们却也不来走动。竟然是鸡犬之声相闻，老死不相往来的样子。

阿六的担心终于成为事实。10月1日，国民政府宣布放弃限价政策。消息就像飓风，把上海吹得七歪八倒。四大公司被挤爆了，人踩到了柜台上，这边没了，拥到那边，就像蝗虫，所到之处，纽扣也不剩一粒，鞋也不剩一双。能扫的，扫了个空，根本来不及补货。补也无从补。没货！那些小铺小店，早就关门落闩，卖无可卖。

最挤的当然是米店。那是命啊！花阿六死死抱住前面的，后面的人也抱住了他，就这样，一个个串在了一起。不时有人从他们的肩膀上，头上踩过去。有个女人吃不消了，昏了过去，可前后顶着，倒不下去，结果，死在了人群里。

阿六递上钱，也没看对方给他多少，双臂紧紧抱住粮袋，退出人潮。

荣生的战绩比他好：两只米袋往楼下的水泥地上一放，明显比花阿六的高出两寸。花阿六面露悦色，小赤佬，侬来事嘛。

荣生说，碰巧而已，伙计自己也昏头了。他用袖子擦了擦脸上的汗，担心地说，姐姐不晓得去轧米没有。

阿六白了儿子一眼，伊男人会想办法的，勿要侬管。

盈衣还真的没去轧米。天刚亮就上班去了，路远啊，起码要提前一个小时。直到中午吃饭，“拿姆瘟”也没出现，大家都觉得奇怪。有人说，叫她凶！活该炒鱿鱼。乔大妹说，作兴生病哉。人们也是叫好，反正，只要是她触霉头都是好事体。有的哼戏，有的敲饭盒。过了一歇，又猜测，新来的工头会是谁，要是前门拒狼后面进虎我们可惨了。大家正瞎扯，“拿姆瘟”进门了，大概是听到了众人议论，一副想发作的面孔。忽不知怎么一来，把万丈怒火化作了冷冷一笑，说，哭的日子在后头呢，开心个屁！乔大妹笑嘻嘻说，倷讲啥？“拿姆瘟”翻了她一眼，限价取消了，告诉侬！而后拍拍手，大声喊道，辰光到了！做生活，做生活！大家哄闹起来，啊呀，要涨价了，勿好勿好！“拿姆瘟”踢了叫得最响的喷漆工一脚，要死唻，侬不想做滚蛋！大家听好了，啥人再捣蛋我就报告老板，叫伊卷铺盖滚蛋。

车间里立即安静下来，谁也不想丢了碗饭啊。哪怕这只饭碗里只有一粒米。

上班容易下班难。夜幕降临，路上挤得要命，仿佛开水，一直在炉子上“噗落噗落”滚。盈衣心里急啊，又是牵挂自己家，又是牵挂父亲他们。才一个多月呀，政令怎么变得这么快？！

盈衣进门一看，地上全是东西。永昌正满头大汗坐在凳子上拿扇子拼命扇呢。一问，才知道，他们老板人好，看到报纸马上预支薪水，说你们赶紧买东西去吧，哪怕早一刻也是好的，我也要买东西去了。居然提前打烊。

永昌的想法和花阿六一样，拿了工资直奔米店，扛了整整一石米回来，往地上一扔，又奔出去了。油盐酱醋不算，又把日用品买了个遍，什么草纸啊肥皂啊，甚至还买了一只火腿！盈衣说你疯了，买这么贵的东西？那得多少米钱啊！

永昌没说话。他想，万一肚子里有了，没有营养怎么行？

盈衣说，我想到牛庄路去。我不定心。永昌犹豫了下，他对地上那堆东西看，是不是要分点给岳父呢？但是……虽说店员的工资比做厂的高，可市场这种样子，仗又越打越凶……

盈衣见他盯着地上的东西不说话，便想，放心，我不会贴娘家的。也贴不起。

阿六见盈衣空着手跑来，面色颇为不悦。嫁出女儿泼出水，果然不错。荣生说，阿姐，吃力来西的，跑来做啥？盈衣说，我不放心，来看看。荣生知道姐姐不放心什么，指指楼梯后说，放心，买好了。阿姐侬坐呀。

不了。盈衣看看父亲的脸色，低了头说，阿爸，我走了啊。

阿六也不留饭，说，好，侬回去吧。

荣生跟出来，拍拍盈衣的肩头，说，侬勿要动气啊。伊心情勿好。

盈衣说，我晓得格。

这一日，盈衣早上起来头里晕陶陶的，浑身没有力气。不由心里发急，千万别生病！千万别生病。越是这么想，越是觉得没力气。她闭上眼睛对自己说，别慌，也许是饿的。自从价格放开，她就只吃半饱，永昌也是。永昌说，倷是女人，力气小，应该多吃点。盈衣说，侬是男人，生活比我重，应该多吃点。两人推来推去，谁也不肯多吃。永昌在小吕宋上班没有错，但是顾太太没有说他是送货的，身份比店员要低得多，薪水也少。前些天因限价引发抢购狂潮，致使许多商店货源断绝，损失惨重，加之内战的影响，市场购买力锐减，即便像小吕宋这样的百货店也是经营困难，一蹶不振。要不是他的老板是顾太太小姐妹，恐怕饭碗早没了。因此，他们只能维持低无再低的生活。有一次，永昌忍不住买点肉回来，可盈衣不肯动筷子，她说熬油多实惠啊，不知能烧多少菜呢，油渣烧豆腐，也是好吃得不得了。再说，我不吃红烧肉的。永昌叹了口气，只好一个人吞下了那两块肥肉。那只火腿，放了半个多月了，一直没动。为了省煤气，他们烧一次饭吃两天。盈衣拉开碗橱，里面有一碗饭，几块白煮萝卜。这是她的午饭。永昌不在家吃。她拨出一点，放点开水捣了捣，又夹了两块猫耳朵萝卜干（卵圆形的白萝卜腌制的，样子像猫耳朵，边缘厚而脆），扒了一口，一阵恶心，吐了出来。盈衣用墩布擦去水门汀上的那口饭，心痛得要命。唉，浪费！她不敢吃，也不想吃了。

盈衣上着班，肚子咕咕叫。她有点不好意思，弯下腰来，似乎想压住空着的胃。

越是缺吃，越是要说吃。乔大妹说，侬今朝带啥菜了？盈衣摇摇头。我今天是鸡壳子烧洋山芋（土豆）。她有些得意洋洋。虽然没肉，那也是上等荤腥，稀奇物事了。

她等着花盈衣说羡慕的话。

不料，盈衣打了一个恶心，眼圈也红了。

乔大妹说，不对啊，生病了？

盈衣说，一个多月没来了，不晓得是不是……侬勿要对“拿姆瘟”讲啊！

才说出口，盈衣就后悔了。

乔大妹说，放心，我不会做这种伤阴鹭的事体的。

盈衣悄悄把这件事压了下来。

可是，怎么压得住呢？呕吐越来越厉害。“拿姆瘟”说，侬还是勿要来上班了，等小人养下来再讲。她说“还是”，也就是说，她不做主或者因为是老板介绍来的女工她不敢做主。盈衣不响。她想，做一日是一日，多一钿是一钿，有钞票赚总是好的。可心里却是发虚。她决定去找张向东摊牌。

可是他不在。

此刻，她的老板正在花凌海家里发牢骚。他说，花兄啊，工不如商，商不如囤，囤不如投机。打老虎？杜维屏不是放出来了？只会吃吃阿拉这种人。

他点起一根烟。才抽了得一口，花凌海连连咳嗽。张向东连忙掐灭。唉，侬真是被迭个毛病害苦了。

是啊。好不容易巴望到抗战胜利，赶走日货，再加上后方货源枯竭……多好的市场，多好的赚钱机会啊，被我这病耽搁了。张向东安慰说，钞票赚不完的，还是身体要紧。我也心不定。侬开勿成，我也开勿成了。

花凌海说，出啥事体了？

张向东挠了挠招风耳，库存银子马上用光唻。补不进原料，做个屁！不光阿拉，金笔厂也要停产。

花凌海点点头，是啊，瓶胆要银子，金笔要金子。政府不准私藏金银呢。

我拍了只电报去，让同业公会帮忙。要是不能解决……，“啪”，张向东双手一拍：完结！不过，侬侄囡也要回去了。他似有歉意地说。

皮之不存，毛将焉附。怪不得侬的。花凌海慢吞吞呷了一口茶，右手拇指朝后面一指说，伊拉就住在后楼。我只能帮伊拉这点点忙了。

两人长时间沉默。

张向东忽然叹气，唉，张炳南这只小赤佬，专门惹事体，弄大了一个舞女的肚皮，这种女人侬好碰的？没说法，只好陪钞票唻。还是那之蝶好，文绉绉的……近来有消息伐？

花凌海眼睛看着张向东，黯然摇头，伊想回来帮我开厂。这种形势开啥厂？涨得忒结棍了，老百姓购买力勿来事了。

是啊。张向东若有所思地说，辽沈会战失利，徐蚌会战（淮海战役）前途凶险，国军在东北、华北都吃了败仗。看来，撑不牢了。阿拉还是要早做打算。

打算，怎么打算？

张向东不语。他想，还是各奔前程吧。

原本岌岌可危的国民经济又来推手，民国37年11月11日，国民政府公布《修改金圆券发行办法》，取消金圆券发行限额，准许人民持有金银外币。美元与金圆券的兑换率。由原来的1：4提高为1：20。一场币改下来，花凌海成了穷光蛋。他算是明白了，法币骗白银，金券骗黄金，这个政府啊，简直是流氓！

他打电话问张向东，侬换了没有？

对方说，金条我一根没动！

花凌海似乎看到了他脸上狡黠的笑。挂了电话问自己：我真是老了？上海人的冒险精神没有了？心里怪张向东不上路：原本应该共进退的，结果他一个人打小算盘！把他丢在了一边。他恨自己，越老越糊涂，上海滩上，能随便相信一个人吗？！

到了11月14日，米价已是三百几十元一石了。盈衣一个月的薪金，不过维持几天。永昌说，侬蹲在屋里歇歇吧，不要上班了。盈衣举起套鞋说，不歇也要歇，没原料了。

快要过年了，永昌关照盈衣送块火腿给岳父。可她被堵在了路上。学生在游行呢。他们举着彩旗横幅，有节奏地高喊：

大官大贪！

百姓死完！

你捞我捞！

地无寸草！

盈衣害怕有人浑水摸鱼，把那块金贵的火腿藏进了腋下，臂膊夹紧。心里想，父亲看见这个高兴了吧？

8

转过年来，来了两个消息：徐蚌会战以国军失败告终、中央银行业务局电复上海市工业会，同意核配工业用金银。这两个消息叫张向东头痛。原料解决了，还要不要开工？其实他心里已有答案，只是不愿承认。直到这时，他才真正体会了花凌海的心情。理想破灭对人的打击有多大！曾经，他们为破产自杀的言老板不值，他们又何尝理会过他的心情呢？眼看上海不保，豪门显要携带黄金、美钞纷纷外逃，不少资本家抽空资金，消极经营，整个市场沦于半瘫痪状态。三月的一天夜里，张向东苦苦思索。

桌上一张万元面额的新票，让他最终下了决心。

五更时分，他敲响了花凌海家的大门。

初春的上海，寒气袭人。花凌海穿了件棕黑色的马裤呢长衫，慌慌张张出来开门。见是张向东，惊魂甫定。花凌海拍着胸口说，侬要吓煞我了！出啥事体了？共产党打进来了？

张向东扯了花凌海往书房里走，轻声说，我有要紧事体。

月牙还在天边。花凌海打开灯。下人赶来问老爷什么事？花凌海挥挥手，叫他们退下。迅速关上书房门，紧张地说，到底啥事体，快讲啊！

张向东说，我决定遣散工人，转卖机器，到台湾去。蒋介石把央行的金子都偷运出去了，到台湾不会吃亏。侬看看迭张票子——，他甩了甩那张万元新票，介大的面额出来了——经济要崩溃了！

花凌海吃惊道，侬跟政府有来往？

张向东摇摇头。

是啊，他有金条呢，估计不少。花凌海说，我是不怕。只有这房子。总不能把我赶到马路上去吧？

张向东哂道，侬就哭穷吧。不会吃饭钞票也没有了吧？

花凌海道，那倒不至于。“穷穷穷，屋里还有三担铜”。

好了，侬保重！我走了，有机会回来看侬。张向东抱了抱拳。

花凌海心里难受，忍了忍说，好！后会有期。

他想，也许这辈子都见不了面了。

消息满天飞，离上海越来越近的枪声中，金圆券哗哗地流出来，就像拉肚子般刹不住车，而物价如风筝飘摇直上。钞票一到手，人们像扔烫山芋一样赶紧换实物。此时的大米，竟然卖到了4亿多金圆券一石。更可怕的是，要么无粮可售，要么囤积拒售。

买米买油是永昌的事，盈衣呢，自从老板逃走后就一直在家，先是拆了自己的毛衣给未出世的小毛头织衣裳，现在又扯了被单做尿布和“和尚衣”（婴儿的衣服。毛边，没有扣子，大襟）。他们在等，等新生命出世，等局势稳定，充满了期待和不安。

欢迎解放军的锣鼓仿佛在欢迎花盈衣女儿的降生。

永昌不断向躺在床上的盈衣报告外面的情况：解放军困在马路上，对人蛮和气的，军管会贴了布告，他们称金圆券是伪币，限期换一种叫“人民币”的钞票，10 万换 1 元。

盈衣说，不晓得这个人民币会不会只用几个月。

永昌说，不会吧？不是换了政府吗？他的口气有点软。市面上，许多商品以银元标价，有的干脆声明不收人民币。担心人民币贬值。因此，永昌还是老习惯，薪水没等捂热，就换回来米和煤。

月子坐完了，火腿也吃完了。永昌笑道，当初买了，就是预备给你坐月子的。盈衣也笑，侬倒是蛮细心的。

小毛头很漂亮，圆圆的脑袋，圆圆的眼睛，圆圆的小嘴。

真是福相！张家姆妈抱着赞不绝口，女小人好啊，头胎就是要女小人，可以帮妈妈做事体了。

盈衣想，怎么不是呢，她小时候就是这么过来的。

永昌说，拍张满月照吧。

张家姆妈很赞成，说我来出钞票。

荣生说，我是娘舅了，我来出！天上老鸦大，地上娘舅大。

盈衣笑道，侬只小猢狲，这句闲话倒是晓得的。

荣生抬抬眉毛说，那当然！

张家姆妈指着荣生说，侬也要动动脑筋了，啥辰光讨新娘子啊？

荣生脸上有些窘，掩饰道，我来抱！

看着这几个人，盈衣有些失落，父亲就来过一次，什么也没说，也没有欢喜的样子。是不是他不喜欢女小囡？他一向是重男轻女的。

她凑过去看正在熟睡的女儿。长长的睫毛覆盖着眼睛，才一个月，脸已经很白净了。恍惚间，她想起了最小的妹妹，她还没有名字就死了。

盈衣赶紧抬头望天，郁闷的时候看看天空就好了，那么明丽，那么辽阔。

小毛头很乖，到了照相馆就醒了。骨碌骨碌朝人看。

半寸的黑白照。一共六张，毛彩娣、顾太太、张家姆妈、荣生、永昌各拿一张，剩下的那张，盈衣藏进了母亲留下的包裹里。

半个多世纪以来，这张照片一直跟随着盈衣，直到上世纪九十年代，在一次搬场时遗失。

接下来是起名字。永昌不知从哪里听来的野话，他说要算了命才好起名字的，金木水火土，缺什么，名字里补上。又问盈衣，侬有八字伐？盈衣摇摇头，不晓得。她的出嫁，就像阿猫阿狗，合什么八字！还不及燕燕呢。永昌说，我也不晓得。所以，我们的小囡一定要算一算，否则，怎么攀人家？（“攀”通“配”，特指童养媳、娃娃亲，后指定亲。）

上海的星相家很多，各大报刊上每日登着大幅广告。可张家姆妈说，报纸上侬弄勿懂的，啥人晓得真假？真正的好手勿登报，勿宣传，照样门庭若市，日进斗金。我认得一个人，老灵格。

盈衣忽然想起，有个姓吴的瞎子，是花凌海家的老朋友，何不找他？

张家姆妈见盈衣犹豫，便说，张家姆妈会摆噱头，拨侬上当？

盈衣敛了心神，忙道，当然不会。

这是一家酒店包房。此为同道最高等级。托庇寺庙会馆的次之，末等的要算俗称“推露天牌九”的地摊了，他们盘膝而坐，即席卖卜。

算命先生五十多岁，黑灰竹布长衫，玄色瓜皮帽。打扮有些老旧，可盈衣看了亲切。之蝶就不喜欢西装制服之类的。不晓得他现在怎么样，还穿不穿长衫。这孩子，要是之蝶的多好！盈衣脸红了……她偷偷看了看永昌，心里有些羞愧。

张家姆妈说，这位先生是全才，不光会看相也会起卦拆字。

“先生”听了，愈发搭足架子，把小毛头的脸拨来拨去，不错不错，天庭宝满，地阁方圆，特别是嘴形与额头都不错，一生应该有不错的际遇。问清几月几日什么时辰生产，便铺开字卦，写了一卷，共六十四卦。叫永昌拣起一卦，他嘴巴里叽里咕噜，像是在盘算五行生克。最后说，小毛头五行缺金，名字就从这“金”上起吧，叫金宝如何？

永昌和盈衣喏喏称是，待要付钱，“先生”推辞道，既是张家嫂嫂亲眷，钞票勿要了。我送伊一命！

9

哪晓得，一语成谶！

那是1949年底的事。

盈衣时常抱着小金宝，带着尿布到隔壁人家去——隔壁楼上有个和金宝一样大的小囡，小人在地板上白相，大人讲讲闲话。有伴的日子过得飞快。

一日，盈衣走到客厅，有人提醒她，楼上的小囡在出痧子。盈衣慌忙抱着金宝逃出去。

可还是传染上了。

开始她不信，以为是感冒：发热，流涕，咳嗽，精神倦怠，胃口不好。三四天后，女儿的脸上、发际、耳后爆出针尖大小的小红点。盈衣的心仿佛一条鱼，一下子被钓到了喉咙口。怎么办？听说，这个物什不好见风的。盈衣瑟缩着抱紧了女儿，在屋子里走来走去。疹子似乎很痒，金宝从小被子里伸出小手去挠脸。啊呀，挠破了要变麻子的！盈衣赶紧把女儿放到床上，找出两只袜子套在她手上，用头绳扎紧。

一天又一天。盈衣不敢懈怠，整日整夜地守着她。热度还在往上窜，她的身体越来越烫。红点一点点蔓延到颈部、躯干及四肢，越来越密，有些地方甚至连成一片。金宝总是要水喝，却不见小便。是不是被烧干了？永昌很焦虑，一遍遍说，怎么还没好啊，怎么还没好啊。

他摸摸女儿烧得通红的脸，买来体温表。

40度！要不要去医院？永昌焦急地问老婆。盈衣摇摇头，我也勿晓得——好像隔壁人家的小毛头没有去医院。出瘀子都是这样的吧？

金宝在盈衣怀里不停地哭闹，横不好，竖不好。

永昌说，这么下去我真是不放心，我去问爷！

阿六听了，淡淡说，随便你们。他不说送医院，也不说不要去医院。摆出“那我就不管了”的神气。

永昌怅然回来，忧心忡忡地盯着金宝——他实在拿不定主意——万一出门见了风严重了呢？

盈衣说，侬上班去吧，蹲在此地也没用。俗话说，冷在风上，穷在债上。盈衣家四周空旷，仿佛有架大马力的鼓风机，把西北风呼呼地往门窗里灌。永昌走前把煤球炉子拎进来，往上面炖了一吊子水。关照盈衣，小心水烧干。

不一会，水开了。盖头“噗噗”地跳，盈衣干脆把盖头拿掉。水蒸气像白云，在屋子里升腾，飘浮，渐渐吞没了盈衣、金宝，乃至整个屋子。

很暖和，很舒服。盈衣倚在床栏上闭上了眼睛。怀里的女儿似乎也安逸了，蹬踢的劲头越来越小。不知过了多久，盈衣身子往前一冲，醒了。感觉浑身无力，再看怀里的女儿，双目紧闭，一动不动。

金宝，金宝……，盈衣边抖边喊。金宝不动，也不睁眼。盈衣急了，金宝！金宝！她大声叫喊，拼命摇她。女儿就像一只布娃娃，软软的，没了声息。

盈衣两眼一翻，昏了过去。

永昌下班了，一眼看见横在地上的母女。不好！煤气中毒了！他赶紧打开门窗，抱起女儿，把盈衣拖出门外。

在寒风刺激下，盈衣苏醒了。她抱住永昌的大腿号啕大哭起来，金宝啊，我的金宝啊……侬睁开眼睛看看姆妈啊……

永昌一动不动站在那里，很长时间了，一句话也说不出。怀里的女儿正在一点点失去温度，变得僵硬。他的眼泪无声地滴在她稚嫩的脸庞上。一滴，又一滴。

晚上盈衣发起了高烧。头是沉的，身子是烫的，感觉是凉的，她裹紧了被子躺着，眼前渐渐迷乱，一会是燕燕，一会是盈庭，一会是小毛头，两个一模一样的小毛头。分不清哪个是她的妹妹，哪个是她的女儿。

张家姆妈来过，阿六来过，荣生来过，甚至，花凌海和两个老婆都来过，可盈衣不知道。

永昌不喜欢阿六。他就像一只猫，盯着眼睛望着你，你却永远不知道他在想什么。看他踱来踱去的样子心里实在有气。随便阿拉？侬是大人哎，阿拉勿懂，侬也勿懂？！现在好，外孙囡没有了。侬开心伐？

阿六没有开心也没有不开心。心里想，死就死吧。死了可以再生。

可是盈衣生不出来。哀痛占据了她的心，她的心满了，人却瘦了。她闭经了。

张家姆妈关照永昌，看看中医吧，调养一阵会好的。可是盈衣不肯吃药，永昌费劲力气请来的医生被盈衣赶了出去。盈衣说，让我死了罢。活着有什么好？这是平燕燕说过的话，盈衣不知不觉说了出来。永昌大急，他可不想再次失去妻子，他已经是人到中年，没了盈衣，他这辈子完了。他抱着盈衣流下了眼泪，盈衣呀，我们会有新宝宝的，一切会好起来的。盈衣推开他，红着眼睛说，怪侬！侬拎炉子进来做啥？侬要是勿拎进来……伊……伊就不会死。

盈衣泣不成声。

是啊，是啊，是我自家作死啊！永昌抱着头蹲下去，痛苦地扯自己的头发。

盈衣看见丈夫如此，心里说不出的难过，是啊，他不知道。要是知道，他还会拎炉子进来吗？他会杀了自己的女儿吗？我们都不知道啊！盈衣搂着他的头，号啕大哭。也不知哭了多久，她实在哭不动了，没了眼泪，只是弱弱地喘气。

永昌捋着盈衣散乱的头发，在她耳边说，我烧了侬欢喜吃的米烧粥，吃点好伐？就吃一口。他把盈衣扶到饭桌边，盛了半碗薄粥汤过来，又从柜橱里拿出一小碟肉松，推到盈衣面前。

这是阿拉老板送的，倷吃点吧，太仓肉松，老有名的。永昌的苏州话里夹着上海话。

盈衣往嘴里拨一口，又推开碗——我实在咽不下去。扶着桌子挪到床边，倒了下去。永昌过来给妻子盖好被子，轻轻拍着她，一下，一下。盈衣渐渐睡去。

张家姆妈三日两头跑来看盈衣，她不说阿六的不是，也不说永昌的不是，只是一个劲地怪自己，要是常来走走就好了，要是常来走走就好了……后面的话没说出来：要是我晓得小毛头出痧子，也不会出这种事！再冷，煤饼炉子是不能拎进来的呀。不识字的人真是不懂！

张家姆妈来一趟劝一趟，每次都话差不多：观音娘娘身边缺个童女呢，看金宝这么好看，就要了去。盈衣烦了，侬没有生养过，哪能晓得我的感受？她也不理她，拿着金宝的照片仔仔细细地看，眼泪从下巴上一滴一滴掉下来，放下照片，又看金宝的物什，小帽子，小鞋子，布娃娃。然后，把母亲留下的包裹拿出来，放在床上，翻一样，抹把眼泪，翻一样，想一个人。姆妈，两个妹妹，外婆，燕燕，顾国桢，最后，小心翼翼把金宝的东西放进去。可是，太多了，包袱系不起来，她干脆爬上床去，跪在了包袱上。

张家姆妈实在看不下去了，一把把她拉下来，说侬做啥？放不落分开好咪。

盈衣一甩手，勿要侬管！

张家姆妈面孔一红，心想，勿要跟伊计较，伊是伤心过度了。便说，好好好，就放在一只包裹里，我来帮侬好伐？

盈衣身子让了让，算是默许。张家姆妈揿紧包裹，盈衣的手从张家姆妈的胳膊缝里穿过来，系上四只角。盈衣把包裹放进樟木箱，又回到床边。她拿起照片，想了想，用手绢包了，放在枕头底下。张家姆妈很想把照片收掉，咬着嘴唇，忍住了。她绞了一把热毛巾，递给盈衣，说，勿要哭来，介冷的天，面孔上要生老萝丝了。

盈衣抢过毛巾，白了张家姆妈一眼。

张家姆妈苦笑笑，侬迭个小囡啊……，她想说，可以再养的呀，但是她不敢。要是盈衣气不顺，冲出来一句：侬倒是养养看！叫她怎么下台？

张家姆妈找到荣生，说侬去劝劝阿姐吧，侬格闲话伊会得听格。

荣生犯了难，怎么劝呢？他也偷偷哭过，只是，在姐姐面前强颜欢笑罢了。多好白相的小人啊！对一个孩子的夭折，总不能鼓盆而歌吧？他真是想不通，父亲怎么这么冷漠？半句安慰的话也没有！可是，现在的确不是说安慰话的时候，这只会加剧她的无助。但是不提也不行，只是暂时避过，心结还是在呀。硬气点！他心里对姐姐说。他相信经历过千难万难的姐姐能过这一关。

荣生来了。他把左脚翘在右脚之上，低着头，酝酿着“硬气话”。生活中的痛苦，没有限度，没有尽头，甚至没有来由。有时你明知轻轻一跳就可以躲开，却偏偏站在原地，纹丝不动。阿姐啊，我必须推你一把！

盈衣倒了杯热开水递给弟弟，哑声说，焐焐手吧。

荣生接过杯子放到桌上，双手握住姐姐的手，盯住姐姐眼泪汪汪的眼睛，缓慢而坚定地说，有结局就有新的开始。

结局，开始。盈衣细细咀嚼。此话虽说得轻飘飘不知深浅，可也是实话（要不是荣生这句话，1949 年的日历，盈衣怕是翻不过去了）。

她沉默了很久，两只眼睛朝弟弟看。

荣生也不说话。

座钟滴答滴答在走。盈衣脑子里的念头也在走。

我送伊一命！

盈衣把牙齿磨得格格响。短命算命先生！再也不算什么狗屁命了！怪来怪去，还是自己笨啊。双目一会儿是火，一会儿是水。

荣生看着姐姐的眼睛心里疑惑，她到底听进去自己的话没有啊？！他站起来，拍了下她的肩膀，盈衣的身体晃了一下，神志一下子恢复了过来，长长出了口气，僵硬的身子软下来了。她缓缓地说，我晓得了。她很辛苦地抑制着自己，可是，剧痛还是不时翻腾着。

荣生强笑道，姐姐想开就好。我去买小馄饨侬吃！

盈衣拉住弟弟，勿要，屋里还有粥，一道吃点吧，有肉松呢。

总算，这事过去了。永昌看见盈衣正常吃饭，心里稍稍放心。

可是，盈衣提出要去看看金宝的坟。永昌脸色马上变了。

哪来的坟啊！钞票买吃的还不够呢。不过是自己钉了只小木箱，到郊外埋了了事，也还是偷偷摸摸的呢。你要是去，哇哇一哭，还不被人发现了掘了去？那是人家的地啊！

可怎么对她说呢？永昌支吾道，侬好好交吃药啊。

盈衣对丈夫的话置若罔闻，又一次说，我要去坟上！

永昌哦了一声。心想，先答应了再说。这事还得小舅子来说。

荣生说，让伊去吧，心结开了就好，最好是……

永昌明白他的意思，最好是马上怀孕。但是，有这么容易吗？

10

吃了几个月的药，月事没来。盈衣再不肯吃，说别浪费钞票了。也确实，永昌的薪水只够开伙仓，吃药都是求老板预支的。永昌踌躇道，那就依你吧。他想，根子还在心情上，她老是梦中惊醒，老是触景伤情。那只包袱怕她去翻，买了只木箱压了上去，又伺机偷出金宝的相片，交给荣生保管。盈衣追问，永昌说，我也不晓得呀，也许掉在地上你自己不小心扫走了，或是被风刮走了。盈衣只能生闷气，却也无可奈何。

中秋节那天，张家姆妈来了，硬是拖盈衣去医院检查，说这么久不来月经也许是有了呢！盈衣斜了永昌一眼，一定是他搬的救兵。想起上次对张家姆妈不敬，心里有些歉疚，婉转道，勿要浪费钞票了。随便伊去吧。

张家姆妈呵呵一笑，勿要侬钞票格，教会医院不收穷人钞票。永昌说，怎么看得出是穷人呢？盈衣翻了永昌一眼，“八节”！永昌不懂，你说什么？盈衣不由笑了，他当然不懂。“八节”是扬州话，傻瓜的意思，从老张那里学到的。要不是她帮忙，也许全家给日本人杀死了。不知道这个人是否还活着。盈衣又是怅怅的。永昌倒是蛮高兴，老婆能笑了。别说骂他傻瓜，就是打他一顿也是愿意。

果然，还真是有了！两个月了。盈衣疑惑了，有没有搞错，我怎么一点反应也没有？只是胃口不好，不呕不吐的。医生说，不会错的。

张家姆妈抚掌道，我是仙人！我也可以去算命了。

盈衣夫妇陡然面无人色。

我送伊一命！五个字像霹雳，犹在他们耳边。

张家姆妈呆了呆，慌不迭往地上吐唾沫，啊呀，呸呸呸！姜太公在此，百无禁忌！

盈衣阴着脸不说话。

永昌小心翼翼地说，小毛头的名字怎么办？

盈衣忽然问，这爿医院叫什么？

“广仁”，美国人开的。张家姆妈说，所以不要钞票。

永昌说，还真有这种好事体呢。

张家姆妈说，当然。教会医院么。勿迭能做，哪能晓得上帝的好处呢？

她以为，上帝是所有教会组织最大的官，就像中国的玉皇大帝。

盈衣似乎没听见他们的话，手按在自己的肚子上，说，就叫广仁吧。

“广仁”好是好，不过，女小人叫这个名字……，永昌在那里掂量，盈衣不耐烦了，再讲，再讲！永昌想，她在想金宝呢。自己又何尝不是？他们有同样的心结。

真希望是个女孩。

花凌海也有心结，他一直在关注局势，就像一个伺机出击的猎人。一个实业家，市场就是战场。老骥伏枥，志在千里。他对张向东说只剩下房子并非实话，他早已把纸币伺机换成“大头、小头”（银元）。这“三担铜”，足以支持他东山再起。看了一年，他看出来了，共产党没有共了私营工商业的产，而是在扶植。如今，物价稳定，开工率不断上升。正是赚钱的好机会。可他只能心痒！差的不是本钱，不是市场，而是精力。

花凌海不免想到儿子。

苏兰兰更是戳心戳肺地想。上次吃了吓头，她像被喷雾剂喷到的虫子，半死不活，常常梦见江水滔滔，船翻了，之蝶在沉浮……去年6月份，台湾国民党出动海军，在长江口外布雷，封锁上海口岸，她更是如同热锅上的蚂蚁，完了完了，之蝶就是想回也回不来。还有一件，也是叫她内心惶惶——她做梦也没想到共产党还要管老百姓的婚姻，就在上个月，也就是1950年的5月1日，《中华人民共和国婚姻法》开始实施。

婚姻自由

禁止纳妾

一夫一妻

她在这几个字下划了杠杠。又怕人看见，把报纸藏了起来。皇帝都离婚呢，何况现在都有“法”了！苏兰兰想，该叫儿子回来了。看在儿子面上，他不会和她离婚吧？可是，他要了她就不能要毛彩娣。她不光是原配，还是招赘，甚至是花凌海的心理支撑——他生病的时候，是她在身边服侍他的呀！再说，家当是她毛家挣下的……

这事谁也说不得，只能在心里闹鬼。可鬼闹久了，人终究吃不消的。就在苏兰兰准备摊牌时，花凌海找她来了。

苏兰兰紧张极了，找我离婚来了？

没等花凌海开口，苏兰兰抢先将报纸摊在桌上，无声地指了指。

花凌海有些莫名其妙，俯下身子，看到醒目的红墨水，不禁笑了。原来，吃不好困不好是为这个啊。

花凌海拍着苏兰兰瘦削的肩膀，哈哈大笑。

苏兰兰有些尴尬，这有什么好笑的？

花凌海说，这是婚姻法颁布以后啊，阿拉是以前，两笔账！

苏兰兰忸怩地笑了。

花凌海说，我想叫阿拉儿子回来，侬看哪能（怎么样）？

苏兰兰高兴得跳起来，我正有此意！不晓得阿姐怎么想。

花凌海说我问过彩娣了，她也赞成，我是这样考虑的——

花凌海把自己的打算就着那张报纸画起来，最后把钢笔一丢，侬看好伐。

苏兰兰兴奋地脸都红了，啊呀，侬是讲，阿拉又要过好日子了？

花凌海郑重地点点头。听我朋友讲，之蝶现在结棍得不得了，独当一面。侬老是怪伊不打电话来，人家是忙呀！他的这个“是”就像戏白，拖着尾音。

苏兰兰笑容满面连连摆手，勿怪！勿怪！

苏兰兰当即打电话让儿子买船票，花之蝶说，好的，我准备交接。争取中秋回来。

啊呀，辰光真快，又是一个中秋节了，这趟好了，团圆了！苏兰兰搁下电话，打开唱机，拉着花凌海跳“恰恰”。她说，我们也对得起祖宗亡人了，我们好好祭拜一下。

11

过几天，广仁就满月了。张家姆妈说，男小人要做双满月的。永昌不以为然，为啥女小人一个月就剃头吃满月酒，男小人要两个月？张家姆妈笑了，那是“上抬头”（祖宗）传下来的规矩。盈衣说，没啥做不做的，穷人家命贱。张家姆妈说，呸呸，勿要讲命！

盈衣一惊，心想自己又乱讲话了，此话说得么？

永昌赶紧打圆场，我去找爷商量商量。

他们走了，盈衣抱着儿子踱来踱去，后来就站到了东窗口。

窗外，有一群人在排队，那是一爿面包店。

盈衣扭着腰，摇晃着小毛头，眼睛望着对面，心思却在阿六身上。

不晓得爷开心不开心。满月酒到底办不办，怎么办，全在他一句话。在医院时，他来看过她，拎了两包红糖。只问了句，奶够伐。幸好奶水充足，否则，也只好喂米汤了，奶粉是买不起的。忽然，盈衣眼珠子不动了。对面，一个人西服革履的人转过身来——，好面熟啊。他？花之蝶？不会不会，没听说他回来啊。再说，他是讨厌西装的，他骂穿西装的人是洋装瘪三。再再说，他来了岂有不见她的道理？毕竟，她就住在他们家。一定是自己看花眼了。咦，他往前门方向走了。咳，前门方向也不一定是进花凌海家啊，难道那个方向只有花家吗？

盈衣很牛自己的气，真是碰着赤佬了，瞎想点啥？！

盈衣没看错。那人的确是花之蝶。

那张船票，一个筋斗从 1950 年 10 月 19 日翻到了 1951 年 6 月 28 日。

就在之蝶启程前一天，传来志愿军赴朝的消息。花凌海大惊失色，但愿儿子顺风顺水，以后再怎么打，一家子是再不能分开了。万一自己死了，连个送终的人也没有！心里有些埋怨花盈衣，要不是她和之蝶缠夹不清，他也不会送儿子走。就为这一点，他和苏兰兰不去后面，让他们住自己家，不过是阿六的面子。倒是彩娣，因为是她的大媒，闲来也走动走动。

这一日，花凌海全家起了个早。掸尘洒扫，买花换窗帘，又关照厨子，务必把各家招牌菜买回来。苏兰兰和张妈干脆直奔码头，守在那里。

花凌海坐立不安。菜都凉了，他们还没影子。正焦急，一位西装革履的先生提着皮箱走了进来，后面是喜气洋洋的苏兰兰和张妈。

他真的回来了！花凌海紧紧抓住儿子的臂膊，满含泪花。儿子的臂膊粗壮了许多。一个真正长大了的儿子！儿子回来正当时。大陆的战争平息了，朝鲜的打仗也成了好消息——军需物资需求增加，各地基本建设开始……上海私营工商业出现了“淡季不淡、旺季更旺”的势头。一个新天地，如初夏的太阳，璀璨夺目。

花凌海和苏兰兰一边一个，拥着儿子有说有笑，彩娣躲在后面，不声不响捻着佛珠。对于之蝶的回来，她没这么多的期许，也没激动。

他们团团坐在餐桌前的时候，盈衣在产床上痛苦地呻吟。四个小时后，一个叫“广仁”的婴儿出生了。

说到开厂，后楼是绕不过去的。

花之蝶听说盈衣再婚添丁有些坐不住了，提出要看望她。花凌海说，现在不方便。过几天就满月了，满月后再看不迟。

花之蝶扶了扶琥珀色的眼镜，点点头。

按照习俗，产妇称之为“血人”，沾之有血光之灾。他不信这个，但是他得尊重老人。

花凌海注意地看看儿子。他想，嚯嚯，旧情不忘啊，好小子，像我！

忽然想到兰兰的顾虑，笑了。

之蝶不明所以，也跟着笑了笑。

盈衣满怀疑虑，永昌一回来，她就急忙问，花家儿子回来了？

永昌一愣，什么花家儿子？你不是姓花吗？你说荣生？

咳，花凌海有个儿子的。

哦，回来了回来了，伊去过牛庄路，送了不少东西。喏，这是给你的，爷叫我带过来。永昌举举手里的纸盒子。他想，问他做什么？怎么不问问我们办酒的事？

盈衣小心翼翼把熟睡的小毛头放进摇篮，接过盒子。

盒子很大也很漂亮，粉底，上面是银灰色的菊花。像是衣裙。永昌说，你不打开看看？盈衣摇摇头，我这个样子穿什么也不好看，先放着吧。她把盒子塞进了床底下。

永昌说，办酒的事体，爷讲随便阿拉。他似乎不晓得怎么办，眼睛看着盈衣。

又是随便！我就知道他会这么讲。盈衣沉吟了下，脸色凝重地说，永昌，人家儿子回来了。阿拉不能不识相。

是啊。永昌点头附和，我想想啊，我们结婚的辰光，老板倒是提过，她在苏州有房产，正好缺人看房子。我们去的话，房钿省了。

盈衣闷声不响。离开上海？她一时委决不下，心里有些难过。

永昌说，苏州老好的，物价比此地便宜。房子又大。

盈衣看着他的眼睛，那么，靠啥生活呢？

永昌说，我还做本行好了。工作应该不难寻。

盈衣点头。现在，全国都在搞基本建设，泥水匠倒是需要的。

好吧。盈衣简短地说，等满月我们就走！

永昌说，是不是再养一养？

盈衣摇摇头。

永昌和阿六一说，阿六说，原本我也要找你们。去年年底，上海郊区开始搞土改了。

盈衣想，这跟我们有啥关系？我们又没有土地。

阿六继续说，江湾镇是试验。荣生讲，土改先要划……划啥？阿六想不起来了，问荣生。

荣生说，阶级。

对，就是分几等样人。不光乡下，镇上的人也是要分。我想我们已经不在那里了，成分不成分不管，但是空地要没收的啊。房子是没有了，可地皮还在。阿六拿出地契。一张经过战火烘烤，破破烂烂的黄纸。

永昌问，江湾镇在哪里？

杨树浦底。阿六不满地看看他，在上海这么久，连江湾镇都不晓得？

反正侬是泥水匠，造一间吧。阿六说。

不了。盈衣接口道。她想，我不能夺兄弟的财产。

荣生欲言又止，只是阿姐阿姐地叫。

盈衣知道弟弟舍不得，红着眼睛说，我每年都会做鞋子上来的。

荣生低着头，避开姐姐的注视。他想，上次离家时也这么说。唉，鞋子，鞋子……但愿这次没嫁错人。

各人想自己的心事，屋子里一点声音也没有。

过了一歇，荣生说，阿姐，我送你们。

别送了。想早点出门，天热，早上风凉点。

屋子里的气氛就像上海的天空，被纠缠在一起的电线割得七零八落的天空，压抑、局促、混乱和不安。

盈衣慢慢后退，一个转身，快速跨出门槛。

走到牛庄路口，她抬头望了望某个月台，落地长窗后，张家姆妈是不是在唱“阿必大回娘家”？

盈衣一低头，一滴眼泪掉在小广仁红扑扑的脸蛋上。

他睡得正香。

2008-11-1——2009-12-31 初稿

2010-1-3——2010-1-21 修改